S·I·R

Simplicity ☞단순   Ignorance ☞무식   Radical ☞과격

S.I.R. 1

최영채 판타지 장편 소설

초판 1쇄 찍은 날 § 2002년 8월 5일
초판 1쇄 펴낸 날 § 2002년 8월 15일

지은이 § 최영채
펴낸이 § 서경석

편집장 § 문혜영
편집 § 장상수 · 박영주 · 김회정 · 권민정 · 이종민
마케팅 § 정필 · 강양원 · 김규진 · 안진원

펴낸곳 § 도서출판 청어람
등록번호 § 제1081-1-89호
등록일자 § 1999. 5. 31
어람번호 § 제1-0268호

주소 § 경기도 부천시 원미구 심곡1동 350-1 남성B/D 3F (우) 420-011
전화 § 032-656-4452 팩스 § 032-656-4453
http://www.chungeoram.com
E-mail § eoram99@chollian.net

ⓒ 최영채, 2002

값 7,500원

ISBN 89-5505-431-9 (SET)
ISBN 89-5505-432-7 04810

최영채 판타지 장편소설

S·I·R

Simplicity 단순   Ignorance 무식   Radical 과격

1

일단은 쉴까

도서출판
청어람

목 차

① 일단은 쉴까

땅. 땅. 땅.

"지금부터 도르미네스에 대한 재판을 시작한다. 모두 정숙하도록."

웅성웅성~

"조용히 하란 말 못 들었나! 조용히 하란 말이야, 조용!"

"……."

"허엄~ 그럼 지금부터 도르미네스에 대한 재판을 시작하겠다. 먼저 오늘의 피고인 도르미네스의 죄상에 대해 말하겠다. 도르미네스는 어떠한 경우에도 동료를 해쳐서는 안 된다는 우리 세계의 율법을 엉망으로 만들었다. 사망 둘, 중상 둘, 경상 셋. 지금까지 우리들이 수만 년 동안 이 땅에서 살아오며 이번처럼 끔찍한 사건이 일어나긴 처음이다. 따라서 로드인 나 카르미어스는 원로 회의 결정 사항에 따라, 또 경종을 울리는 의미에서 도르미네스에게 '영원의 수면(睡眠)'을 명령한다.

그녀의 수면을 깨울 수 있는 것은 로드의 상징인 이 '루 페리온' 뿐이다. 도르미네스가 루 페리온을 가져온 자의 요구를 받아들이지 않는 한 '영원의 수면'은 영원히 지속된다. 지금 내가 내린 판결에 이의가 있는 자는 말하라."

"……."

"정녕 이의가 없는가?"

"……."

"이의가 없다면 이것으로 재판을 폐회한다."

땅. 땅. 땅.

＊　　　＊　　　＊

"정말 이 반지로 이 자식을 깨울 수 있을까? 그건 그렇고 직접 보니 정말 더럽게 크네."

아직 앳된 음성이 들린 후 조금은 둔탁한 소리가 곧 이어 들렸다.

퍽―!

"야! 일어나!"

"……."

"야! 일어나란 말이야!"

"……."

퍽퍽―!

"아니, 이게 정말…… 빨리 일어나란 말이야! 그래서 내 소원을 들어줘야 할 것 아니야!"

퍽퍽퍽―!

"일어나, 빨리 일어나란 말이야. 널 만나려고 내가 얼마나 어렵게 여길 찾아왔는데…… 안 일어나?"

퍽퍽퍽퍽ー!

갈수록 날카로워지는 어린 음성과 계속해서 발길로 뭔가를 차는 듯 들리는 둔탁한 소리.

짙은 어둠 속에서 들리는 두 가지 소리가 단조롭게 들릴 때쯤 귀청을 찢을 듯한 짐승의 울부짖음이 들렸다.

"크아이앙ー 크르르르~!"

마치 섬광처럼 붉은빛이 잠시 번쩍였다가 사라졌다. 그리고 붉은색을 띤 엄청난 크기의 무엇과 그 앞에 서 있는 작은 생물의 모습이 언뜻 보였다.

짙은 어둠에 싸인 공간.

"크르르르~ 넌 누군데 감히 나의 잠을 깨우는 것이냐?"

"조용히 말해, 나 귀 안 먹었어. 그리고 난 너의 주인이란 말이야."

"뭐? 하찮은 미물 주제에 감히 누구에게 주인 운운하는 것이냐? 크아이앙~!"

무척이나 화가 난 듯 으르렁거리는 소리가 천둥처럼 터져 나왔고, 붉은 섬광이 번쩍이는 순간 다시 두 개의 물체가 잠시 보였다가 사라졌다. 엄청난 포효였지만 상대는 조금도 당황하지 않은 음성으로 외쳤다.

"이 반지 몰라?"

"아니, 그 반지는? 설마… 루 페리온?"

"그렇다. 맹약의 반지 루 페리온이다. 그러니 어서 날 강하게 만들어줘."

상대의 요구가 너무나 기가 막혔기 때문일까?

한동안 아무런 음성도 들리지 않았다.

"그것이 네 요구냐?"

"그렇다."

"좋아, 네 요구를 들어주지."

지금이니까 하는 말이지만 정말 멍청한 요구였어.

왜냐고?

물론 당시는 어렸고, 또 정말 강해지고 싶었기 때문에 그런 요구를 한 것이지만 그 말 때문에 장장 13년 동안 지옥과 같은 생활을 해야만 했거든.

정말 이 갈리도록 끔찍한 시간이었지.

다시는 경험하고 싶지 않은…….

제1장

마누라?

마누라?

따스한 봄 햇볕을 받으며 세상 모든 동식물들이 나른함을 이기지 못해 입이 찢어져라 하품을 하고 있을 때였다. 레트로니아 왕국과 투르멘시아 제국을 가로지르는 뮤기냐 산맥을 내려오는 두 남녀가 있었다.

간단한 라이트 레더를 입고 있는 사내는 약 20세 정도로 보였고, 화사한 여행복을 한 여인은 25세쯤으로 보였다.

180파레스(1파레스=1센티미터)는 충분히 될 듯한 키를 가진 사내는 약간은 곱슬곱슬한 금발을 가죽 끈으로 질끈 동여맨 모습을 하고 있었는데 약간 붉게 느껴지는 얼굴색을 하고 있어 금발과 잘 조화를 이루고 있었다. 시원하게 생긴 눈매에 미소가 머금어져 있는 입술을 보면 청년은 상당히 활발한 성격의 소유자로 보였다.

라이트 레더 밖으로 드러난 팔엔 탄탄해 보이는 근육이 자리하고 있었고 등에는 컴포짓 보우와 특이하게 손잡이 부분에 컵 가드가 붙어 있는 클레이모어가 매달려 있었다.

단단해 보이는 체격에 규칙적으로 발걸음을 옮기는 모습이 상당한 오랜 세월 동안 무술을 익힌 듯 보였다.

그런 반면 그의 곁에서 걸음을 옮기고 있는 여인은 일반적인 여성보다 10파레스 이상 커 보이는 늘씬한 키를 가진 여인이었다. 하지만 기분 나쁜 일이 있는지 아름다운 얼굴을 잔뜩 찡그린 채 전방을 노려보며 걸음을 옮기고 있었다.

미인은 찡그려도 아름다워 보이는 것일까?

붉은 머릿결을 바람에 흩날리며 전방을 노려보는 모습은 너무나 매력적으로 보였다.

"이봐, 도네. 이제 기분 좀 풀어."

"닥쳐! 멍청해 가지고. 어떻게 여행을 시작하자마자 사기부터 당할 수 있지?"

"사기는 누가 당했다고 그래. 어쩌면 지금쯤 그 사람은 날 찾고 있을지도 모르잖아."

청년의 말에 여인은 걸음을 멈추고 기가 막히다는 얼굴로 사내의 얼굴을 바라보았다.

걸음은 멈추었지만 청년은 여전히 빙글빙글 미소를 짓고 있었다. 청년의 미소는 천진난만하기 이를 데 없어 결코 상대를 미워할 수 없게 만드는 매력이 있었다.

한동안 청년을 노려보던 여인은 한숨과 함께 고개를 젓고 말았다.

"이봐, 도네. 이제 그만 화 풀라니까."

"날 도네라고 부르지 말라고 했잖아. 그건 그렇고 대체 용병 길드는 왜 찾아가는 거지?"

"왜라니? 당연히 돈을 벌기 위해서지."

"돈?"

예상치 못한 상대의 대답에 도네는 어이가 없다는 듯 청년의 얼굴을 쳐다봤다.

"대체 용병 생활 따위를 해서 얼마나 돈을 번다고 용병 길드에 가입까지 한다는 거야? 대체 필요한 돈이 얼마나 되는데?"

짜증스러워하는 도네를 달래기 위해 사내는 차근차근 설명을 해주었다.

"도네, 내가 지금부터 하는 이야기를 잘 들어봐. 내가 용병 길드에 가입하려는 이유는 돈을 벌려는 의도도 있지만 부족한 경험을 쌓아 앞으로 내가 높은 지위에 올랐을 때 부하들을 좀 더 효율적으로 다룰 수 있는 방법을 익히기 위해서란 말이야. 또 그러기 위해서는 가장 좋은 방법이 군대에 들어가는 것인데 현재의 내 신분으로는 들어갈 수 없을 뿐더러 설사 들어간다고 하더라도 너무 시간이 오래 걸린단 말이야. 그래서 용병 길드에 가입하려는 것이고, 앞으로 내가 반드시 배워야 할 것을 공짜로 배울 수 있는 절호의 기회란 말이야. 게다가 나중을 위해 돈도 상당히 많이 벌어놔야 한단 말이야. 그런 이유로 용병 생활을 하면서 트레져 헌터나 바운티 헌터도 하려고 해. 이봐, 그런 눈으로 보지 마. 돈도 벌어야 하지만 지금은 경험이 우선이거든. 내가 얼마나 충실하게 경험을 쌓느냐에 따라……."

"이봐, 렉스. 좀 간단하게 말할 수 없어?"

"참, 도네는 생각하는 걸 싫어하지. 일단은 경험도 쌓고 돈도 벌기 위해서라고 알고 있으면 돼. 생각은 내가 할 테니까 도네는 그냥 나만 따라오면 된다니까."

"알았어. 정신 복잡하니까 그만 하고 앞장이나 서."

도네는 더 이상 말하기 싫은지 조금은 싸늘하게 말했다. 하지만 그런 그녀의 모습에 익숙한지 렉스는 한번 피식 웃고는 다시 걸음을 옮겼다.

잠시 후 두 사람이 도착한 곳은 하이네브르크란 비교적 큰 도시였다.

하이네브르크는 레트로니아 왕국의 도시 가운데 가장 동쪽에 위치한 도시로 이웃 나라인 투르멘시아 제국과의 국경에서 그리 떨어지지 않은 도시였다.

국경이라 해도 평야 지대에 인접해 있는 국경이 아니라 평균 해발이 3,000파렌(1파렌=1미터) 이상 되는 험준한 준령이 즐비하게 늘어서 있는 뮤기냐 산맥이 자연적인 국경 구실을 하고 있었다. 게다가 숫자가 알려지지 않은 드래곤의 레어까지 있다고 해서 산을 넘는 사람은 눈을 씻고 찾아보려고 해도 전혀 찾아볼 수 없는 곳이 바로 하이네브르크였다.

레트로니아 왕국이나 투르멘시아 제국, 두 왕국 모두 국민성이 호전적이지 않은 관계로 국경 경비가 철저하지는 않았지만 그렇다고 국경을 지키는 병사마저 없는 것은 아니었다.

뮤기냐 산맥 곳곳에 수없이 많은 레인저 부대가 존재하고 있었고 하이네브르크 시에도 상당한 숫자의 병사가 주둔하고 있었다. 그런 탓에 도시 곳곳에는 무기를 휴대하거나 중무장한 병사들의 모습을 심심치 않게 발견할 수 있었다.

하이네브르크 시는 레트로니아 왕국에서도 유명한 포도 산지로 이곳에서 제조된 포도주는 레트로니아 왕국 전체에서 최고가로 유통될 정도로 귀한 대접을 받고 있었다.

그런 이유로 인심 좋게 생긴 상인들과 곱지 않은, 아니, 더러운 인상을 가진 용병들의 모습도 쉽게 발견할 수 있었다.

북적거리는 사람들의 모습을 발견한 도네가 눈살을 찌푸린 반면 렉스는 정말 반갑다는 표정을 지었다.

"하아, 여긴 정말 사람들이 많구나. 이게 대체 얼마 만에 보는 도시야?"

감격스럽다는 듯이 입을 여는 렉스와는 달리 도네는 더욱 눈살을 찌푸렸다.

"내가 인간들이 만든 도시를 방문할 때마다 느끼는 감정이지만 인간들의 번식력만은 정말 신들마저도 감탄할 거야."

"이봐, 도네. 출출하니까 일단 식사부터 하고 난 후에 용병 길드에 들르는 것이 어때? 또 길드에 대해서도 알아봐야 하니까 말이야."

"제발 나한테 묻지 말고 앞장서서 가기나 해."

짜증 섞인 도네의 말에 렉스는 다시 한 번 씨익 웃고는 앞장서서 걸음을 옮겼다. 잠시 후 그의 발길이 멈춘 곳은 3층으로 이루어진 건물 앞이었다.

〈그린 필드〉란 이름을 가진 상당히 커다란 식당이었다.

가게 앞에서 렉스와 도네를 발견한 어린 점원은 재빨리 그들에게 다가와 속사포처럼 인사를 건넸다.

"저희 그린 필드를 찾아주셔서 감사합니다. 저희 그린 필드는 90년의 전통을 가진 하이네브르크 시를 대표하는 식당으로 각종 신선한 재료와 특급 요리 실력을 가진 주방장님의 요리 실력이 한데 어우러져

환상적인 맛을 자랑하는 식당입니다. 이웃 나라인 투르멘시아 제국에
계신 분들도 저희 식당의 소문을 듣고 이곳을 다녀갈 정도로……."

"이봐, 언제 끝나?"

"예?"

갑작스런 렉스의 말에 점원의 눈이 휘둥그레졌다.

그 모습을 본 렉스는 뒤에서 짜증 섞인 표정으로 서 있는 도네를 가
리키며 입을 열었다.

"저 여자가 말이야, 지금 몇 끼를 굶어서 상당히 기분이 안 좋은 상
태거든. 자네가 만약 조금만 더 시간을 끌면, 내가 장담하지만 아마 이
식당을 불질러 버릴 거야. 그래도 계속해서 이 음식점 자랑을 할 건
가?"

렉스의 말에 점원은 곁눈질로 도네의 얼굴을 보았다. 정말 그의 말
처럼 잔뜩 짜증이 나 있는 얼굴이었다.

환상적으로 생긴 도네의 아름다움에 멍한 표정을 지으면서도 '저렇
게 아름다운 여자가 웃고 있으면 더 예쁠 텐데' 하는 안타까운 마음이
들었다. 하지만 오랜 시간 동안 단련된 프로페셔널답게 곧 손님맞이
환영 포즈를 취한 후 재빨리 가게 안으로 안내했다.

"절 따라오시지요."

점원의 안내를 받아 가게 안으로 들어선 두 사람은 일단 식당의 내
부가 밖에서 보았을 때보다 더욱 넓고 화려하다는 것을 알게 되었다.
50여 개에 달하는 탁자는 손님들로 꽉 차 있었고, 그들이 먹고 마시는
소리와 대화하는 소리가 귀를 멍멍하게 만들 정도로 시끌벅적했다.

2층으로 올라가서야 렉스와 도네는 점원의 안내를 받아 좀 조용한
테이블에 앉을 수 있었다.

"여기는 어떤 요리가 맛있지?"

"모든 음식이 다 맛있습니다만 살짝 익힌 로스트 비프를 차게 식힌 콜드 미트가 그중 가장 맛있습니다. 그 콜드 미트를 한 번 맛보신 분들은 절대 그 환상적인 맛을 잊지 못해……."

점원의 말이 길어지려고 하자 렉스는 다시 한 번 도네를 가리키며 조용히 검지만을 펴서 흔들었다.

황급히 입을 다문 점원은 후닥닥 아래층으로 내려갔다.

'제기랄, 자식이 무슨 말을 못하게 해.'

하지만 이런 투덜거림은 자신의 생존을 위해 당연히 마음속으로 중얼거릴 뿐이었다. 여행객들이나 모험가들 중에는 정말 성질 더러운 존재들이 간혹, 아주 간혹 있다는 것을 다년간의 점원 생활을 통해 충분히 숙지하고 있기 때문이다.

잠시 후 점원이 주문한 음식을 가져올 때까지도 도네는 성난 표정을 풀지 않고 있었다. 점원이 황급히 물러난 다음 콜드 미트의 맛을 본 렉스는 탄성을 터뜨렸다.

"하아, 정말 맛있어. 도네, 어서 먹어봐. 정말 맛있어. 정말 환상적인 맛인데?"

도네는 환상적이라는 콜드 미트의 맛보다 지금 렉스가 무슨 생각을 가지고 있는지 그것이 더 궁금했다.

자신이 비록 인간들 세상을 여행한 것이 상당히 오랜 시간 전의 일이라고는 하지만 인간들의 속성이 어떠한 것인지 나름대로는 완전히 파악하고 있다고 생각했었다.

가진 자가 더 가지기 위해 남을 짓밟고, 출세와 자신이 원하는 것을 얻기 위해서는 친구의 가슴에도 기꺼이 웃으면서 검을 찌르는 생명체들이 바로 도네가 본 인간들이었다.

다른 생명체들은 적과 친구의 구분이 명확하지만 인간들만은 그렇지 않았다. 적을 상대하기 위해 친구를 만들지만 친구가 가진 힘이 너무 강하면 다시 적과도 손을 잡는 아주 야비하고, 치사하고, 비겁한 생명체가 바로 인간들이었다.

비록 상당한 세월이 흘렀다고는 하지만 그런 인간들의 속성이 변하지는 않았을 것이란 생각을 가지고 있는 도네로서는 렉스의 느긋하기 이를 데 없는 지금 행동을 전혀 이해할 수 없었다.

현재 자신이 가지고 있는 힘이라면 당장 레트로니아 왕국의 수도인 포얀을 간단히 불바다로 만들 능력이 있다. 또 실제로도 렉스가 자신에게 그런 부탁을 한다면 기꺼이 들어줄 생각이었다. 그리고 그렇게 된다면 자신은 맹약의 속박으로부터 해방되어 자유의 몸이 되기 때문이었다.

한데 정작 문제는 렉스가 자신에게 그런 부탁 할 생각을 조금도 하고 있지 않다는 것에 있었다. 오히려 자신이 그런 자신의 생각을 말하면서 몇 번이나 즉각적으로 조치를 취하기를 권했지만 무슨 이유 때문인지 렉스는 그때마다 거절을 했다.

그냥 자신의 성질대로라면 당장 포얀으로 날아가 수도를 불바다로 만들어 버리고 렉스의 곁을 떠나고 싶지만 상대에게 결코 강요할 수 없는 그놈의 맹약인지 뭔지 때문에 이렇게도 저렇게도 못하는 자신이 너무나 한심스러웠다.

도네가 몇 번 포크질을 하다 말자 렉스는 더 이상 권하지 않고 점원에게 용병 길드의 위치를 물었다.

"하이네브르크 시에는 레트로니아 왕국에서도 유명한 두 개의 용병 길드가 있습니다. 바로 카로프 용병 길드와 제타론 용병 길드죠."

"그래? 어느 길드가 더 크지?"

"길드의 규모나 역사, 그리고 여태껏 쌓아온 실적 모두 비슷합니다. 실은 카로프 용병 길드의 길드장이신 알 카로프님이나 제타론 용병 길드의 길드장이신 루이 제타론님은 모두 이곳 하이네브르크 출신 용병으로 왕국 전체에 이름을 날리시던 분들입니다. 원래는 절친한 친구 사이였다고 전해지는데 어느 날 갑자기 원수 사이가 되었고 10여 년 전 각각 자신의 이름을 딴 용병 길드를 만드셨습니다. 그런 탓인지는 모르지만 두 용병 길드에 소속된 용병들도 별로 사이가 좋지 않습니다."

잠시 두 사람의 복장을 살핀 점원은 곧 말을 이었다.

"만약 손님께서 길드에 가입하실 거라면 전 카로프 용병 길드에 가입하시라고 권해 드리고 싶습니다."

"카로프 용병 길드? 특별한 이유가 있나?"

"예, 실력만 있다면 제타론 용병 길드보다 더 대우를 받을 수 있고, 또 분위기도 훨씬 자유스럽기 때문입니다."

"그래?"

"꼭 카로프 용병 길드를 들러보십시오."

"여기 얼마지?"

"1인분에 90실버씩이니까 1골드 80실버입니다."

"더럽게 비싸군."

"그렇긴 합니다만 대신 맛이 환상적이지 않습니까? 게다가 마음씨 좋은 분들은 나머지를 팁 하라고 2골드씩 주시기도 합니다."

뻔뻔스럽게 팁까지 요구하는 점원의 말에 렉스는 잠시 점원을 노려보았다. 비록 자신이 세상을 한동안 떠나 있었지만 대략적인 물가에 대해서는 알고 있었기 때문이다.

잠시 후 렉스는 팁을 포함해 어쩔 수 없이 계산을 하고 도네와 함께 음식점을 빠져나왔다. 그리고는 점원이 가르쳐 준 카로프 용병 길드로 향했다.

국경 도시와는 어울리지 않게 오가는 사람들의 표정은 밝았고 따스한 봄 기운에 어울리게 아가씨들의 옷차림은 화사하기 이를 데 없었다.

렉스가 그런 아가씨들을 게슴츠레한 눈으로 바라보자 당장 도네의 눈초리가 치켜 올라갔다. 그리고 잠시 후 렉스에게 처절한 응징이 가해졌다. 동시에 들리는 애절한 비명 소리.

"으아악~!"

눈가에 맺힌 눈물을 닦으며 렉스는 도네를 노려봤다. 하지만 서슬퍼런 도네의 눈빛에 슬그머니 고개를 돌렸다.

"왜 꼬집은 거야?"

"내가 이렇게 곁에 있는데 감히 다른 여자에게 눈길을 줘? 렉스, 너 죽고 싶어?"

도네의 질투에 가득 찬 말에 렉스는 깜짝 놀랐다는 표정을 지으며 잠시 동안 아무런 말도 하지 못했다.

쪼옥~

렉스가 갑자기 자신의 볼에 키스를 하자 이번엔 도네가 놀라 멍해진 표정을 지었다.

"하여간 도네는 하는 짓이 너무 귀엽다니까."

"너, 너, 거기 안 서!"

"하하하, 너무 화내지 마. 예쁜 얼굴에 주름 생겨."

웃으며 앞서 도망가는 렉스와 화를 내며 쫓아가는 도네.

사람들은 그런 두 남녀의 모습을 봄 햇살처럼 환한 미소를 지으며 바라보았다.

잠시 후 렉스는 카로프 용병 길드를 발견할 수 있었다.

일반적인 용병 길드가 도시의 외곽에 위치한 것에 반해 카로프 용병 길드는 도시 한가운데 위치하고 있었다. 그리고 대로를 맞은편에 3층의 건물이 보였고, 건물의 벽에는 검은색 페인트로 '제타론 용병 길드'라는 글이 크게 적혀 있었다.

대로를 사이에 두고 있는 두 용병 길드. 게다가 두 용병 길드는 라이벌 관계.

잠시 두 용병 길드의 이름을 바라보던 렉스는 곧 카로프 용병 길드로 걸음을 옮겼다.

점원의 말대로 레트로니아 왕국에서도 유명한 탓인지 접수대는 1층에 있었는데 꽤나 많은 사람들로 북적이고 있었다.

청부를 의뢰하는 사람들을 맞이하는 접수 창구도 6곳이나 되었고 용병 길드에 가입하기 위해 찾아온 용병들의 접수를 받는 접수 창구도 3곳이나 되었지만 워낙 사람들의 수가 많은 탓인지 줄은 좀처럼 줄어들지 않고 있었다.

너무나 북적거리는 실내에서 앉지도 못하고 서서 기다리는 동안 도네의 얼굴이 서서히 붉어져 갔다.

자신이 왜 이런 곳에서, 게다가 보기만 해도 정신이 어지러울 것같이 복잡한 시장통 같은 곳에서 멍청하게 서 있어야 하는 것인지 아무리 생각해 봐도 그 이유를 알 수 없었다. 하지만 이 모든 것이 렉스 때문이라는 생각이 들자 렉스를 바라보는 그녀의 눈초리엔 시간이 지날수록 점점 힘이 실려갔다.

그런 도네의 이상을 가장 먼저 발견한 사람은 역시 렉스였다. 그녀의 상태를 보아하니 얼마 가지 못해 이곳이 불바다로 변할 것은 불을 보듯 뻔한 일이었다.

어떻게든 조치를 취해야 했다.

"잠깐 저 좀 보시겠습니까?"

"뭐야?"

렉스의 공손한 부름에 앞쪽에 서 있던 용병이 잔뜩 인상을 쓰며 고개를 돌렸다.

'정말 인상 더럽게 생겼군. 면상에다 대고 바느질 연습을 했나?'

정말 눈살을 찌푸릴 정도로 흉악한 몰골을 한 30대 중반의 사내였다. 시꺼멓게 그을린 얼굴에는 크고 작은 상처들이 뒤덮고 있었고, 치켜 올라간 눈에서는 금방이라도 렉스를 어떻게 할 듯 보이는 사나운 빛이 흘러나오고 있었다.

"잠시 드릴 말씀이 있습니다만……."

"너, 나 알아?"

"뭐, 알지는 못합니다만……."

"그런데 무슨 할 말이 있다는 거야?"

"이건 남들이 들어서는 안 되는 이야기라서……."

계속해서 말꼬리를 흐리는 렉스의 태도에 사내도 호기심이 생기는지 자신의 머리를 그에게 디밀었다.

"뭐야?"

"멍청하게 남의 말을 너무 믿으면 이런 꼴을 당할 수도 있다는 거지 뭐."

펵!

렉스의 말에 한창 귀를 기울이던 사내는 마지막 말에 흠칫 놀라 피하려고 했지만 그보다 렉스의 주먹이 훨씬 빨랐다. 뒷덜미를 얻어맞은 사내는 맥없이 기절해 버렸고, 그런 사내를 렉스는 조용히 끌고 가 벽에 기대어놓았다.

대체 렉스가 무슨 짓을 하나 하고 지켜보던 도네는 렉스가 보인 무지막지한 행동에 어이가 없었다. 하지만 잠시 그의 성격을 생각해 본 도네는 당연하다고 생각했는지 곧 고개를 끄덕였다.

도네가 잠시 생각에 빠져 있는 사이 렉스는 차례로 앞에 서 있던 적(?)들을 제거하고 마침내 가장 앞쪽에 설 수 있었다. 물론 그런 렉스의 행동을 눈치 챈 주위 사람도 있었지만 워낙 혼잡했고, 또 자신과는 상관없는 일이기에 보고도 못 본 척했다.

가장 앞쪽에 선 렉스는 접수를 받고 있던 귀엽게 생긴 아가씨를 발견하고는 가볍게 윙크를 했다.

"안녕, 귀여운 레이디?"

"아, 안녕하세요?"

"여기 카로프 용병 길드에 가입을 하려고 하는데 뭘 어떻게 해야 하지?"

"가입을 하시려면 여기 서류에 기입을 하신 후 저에게 제출하시면 돼요. 그리고 그때 가입비로 1골드를 함께 주시면 저희 카로프 용병 길드에 가입하게 됩니다. 그리고 아마 내일 실력 테스트가 있을 겁니다."

"그건 그렇고… 한 장 더 주겠어?"

"예?"

"가입할 사람이 한 사람 더 있어서……."

"내가 언제 가입한다고 했어?"

"잠자코 내가 시키는 대로 해. 어서 달라니까."

"예, 여기 있어요."

아가씨에게 가입 서류를 한 장 더 받아 든 렉스는 카로프 용병 길드를 빠져나왔다. 그런 렉스의 뒤를 도네가 못마땅한 표정으로 따르고 있었다.

"지금 어딜 가는 거야?"

"오늘 저녁 잘 곳을 찾아야 하잖아."

렉스는 용병 길드에서 그리 멀리 떨어지지 않은 곳에 있는 여관을 찾았다. 깨끗한 외관을 가진 여관은 〈고향의 언덕〉이란 이름을 가진 4층 건물로 상당한 크기를 가지고 있었다.

난생처음 여관을 찾은 렉스는 그 건물이 여관이라는 것을 몇 번이나 확인하고서야 안으로 들어갔다.

1층에 들어선 렉스는 1층 전체가 식당인 것을 발견할 수 있었다. 이미 식사 시간이 지났건만 상당수의 사람들이 술과 음식을 먹고 있었고, 또 그들 대부분 상인이나 용병들인 것을 확인할 수 있었다.

"어서 오십시오. 뭘 드릴까요?"

"우리는 뭘 먹으러 온 것이 아니라 잘 곳이 필요해서……."

"아! 숙박을 원하십니까?"

"그렇소."

살집이 두둑해 인심 좋게 생긴 주인은 숙박부를 살피더니 곧 두 사람에게 입을 열었다.

"1인실은 대부분 나갔고… 2인실이 있는데 그것으로 드릴까요?"

"2인실밖에 없다면 할 수 없지. 주시오."

"안 돼!"

거의 동시에 터져 나온 두 사람의 다른 대답에 주인은 어리둥절한 표정을 감추지 못했다.

"1인실이 없다고 하잖아."

"그렇다고 너랑 함께 자란 말이야? 그건 내가 절대 용납 못 해!"

"그럼 어쩌자는 얘기야? 안 잘 거야?"

"누가 안 잔다고 했어? 그냥 너랑은 같이 잘 수 없다는 것 뿐이야. 2인실을 두 개 빌려."

"뭣 때문에 쓸데없이 돈을 낭비하지?"

"저어~ 손님, 드릴 말씀이……."

"주인양반은 잠시 기다리시오. 이봐, 도네."

"안 된다고 했잖아!"

"저어 손님들, 방은 있는데요?"

"시끄럽다니까 그러네. 이봐, 도네. 방이 있다고 하잖아. 엥? 바, 방금 뭐라고 했소? 방이 있다니, 그게 무슨 말이오?"

"1인실이 대부분 나갔다고 했지 없다고는 말씀드리지 않았습니다. 비싸기는 하지만 1인용 특실이 몇 개 남아 있습니다만……."

"그럼 그걸로 줘."

도네의 단언에 렉스는 아까운 기회를 놓쳤다는 듯 입맛을 다시고는 여관 주인을 싸늘하게 노려보았다. 서슬 퍼런 렉스의 눈빛에 여관 주인의 뒤통수에서는 식은땀이 흘러내렸다.

"난 내 방에서 쉴 테니까 깨울 생각 하지 마."

말을 마친 도네를 여관 주인이 가르쳐 준 자신의 방을 찾아 2층으로 올라가 버렸다. 혼자 남은 렉스는 어쩔 수 없이 자신의 방에서 두 장의 서류를 작성한 다음 용병 길드에 접수하기 위해 잠시 여관을 떠났다.

＊　　　＊　　　＊

다음날 조금 늦게 아침 식사를 마친 렉스와 도네는 느긋한 걸음으로 카로프 용병 길드로 향했다.

카로프 용병 길드의 훈련장에는 카로프 용병 길드가 레트로니아 왕국에서도 상당한 명성을 날리고 있는 것을 증명이라도 하듯 꽤나 많은 수의 용병과 마법사들로 북적이고 있었다. 하지만 용병들의 수가 150여 명인데 반해 마법사들의 수는 채 열 명도 되지 않았다. 그러나 그들의 실력 테스트를 구경하기 위해 몰려든 구경꾼들과 길드에 소속되어 있는 용병들이나 마법사들로 테스트 장은 이미 만원이었다.

한쪽에 마련된 차양 밑에는 카로프 용병 길드의 창업자이자 오너인 알 카로프와 그의 부하이자 서열 2위인 유리 베네트가 자리하고 있었다.

카로프는 50대 중반 정도로 보이는 장년의 사내였다. 어제 점원에게서 들은 이야기처럼 호쾌한 인상을 가진 사내였는데 그를 더욱 강한 사내로 보이게 만드는 것은 위로 말려 올라간 멋진 검은색의 콧수염이었다.

그런 알에 비해 유리는 중성적인 매력을 가진 40대 중반의 사내였다. 무표정한 얼굴을 가진 유리는 얼굴만큼이나 무심한 눈빛으로 장내를 지켜보고 있었다.

잠시 웅성거리는 사람들을 지켜보던 유리가 한 걸음 앞으로 나서며 입을 열었다.

"어제까지 접수된 용병들과 마법사들의 실력에 대한 테스트를 지금부터 시작하겠다. 실력이 뛰어나면 뛰어난 만큼 남들보다 더 큰 보상을 받는 것은 당연한 일. 오늘의 테스트를 통해 뛰어난 실력을 인정받은 사람은 몇 명의 용병을 거느릴 수 있는 조장에 임명될 것이다. 가진 바 실력을 마음껏, 그리고 유감없이 발휘하도록. 이상."

유리의 말에 테스트에 참가하기 위해 모인 용병들의 눈빛이 일제히 달라졌다.

"지금부터 호명하는 사람은 앞으로 나서도록. 카알 머스키, 안톤 레블랑, 제이슨 타베로, 존 루이스."

길드의 실질적인 운영자라고 할 수 있는 30대 후반의 이안 디클레의 호명에 네 명의 사내들이 모여든 용병들을 헤치고 훈련장의 중앙으로 나섰다.

구경꾼들은 어떤 식으로 그들의 실력을 테스트할 것인지 궁금해 그들에게서 시선을 떼지 않았다. 또 이안의 호명을 받고 나선 용병들도 궁금해하기는 마찬가지였다.

"지금 그대들이 서 있는 곳엔 직경 15파렌 정도 되는 원이 그려져 있다. 테스트 방식은 간단하다. 지금부터 그대들은 그곳에서 혼전을 벌여 멈추라는 명령이 있기 전까지 상대를 원 밖으로 밀어내면 된다."

이안의 말에 용병들은 테스트의 방식이 전혀 예상 밖인지 놀라는 기색이 역력했다. 물론 길드에 가입하기 위해서는 어떤 방식으로든 자신의 실력을 보여야 할 필요가 있긴 하지만 이런 식의 테스트는 그 어디에서도 들어보지도, 경험해 보지도 못한 괴상한 방식이었다.

용병들이야 놀라든 말든 이안은 말을 이었다.

"무기는 어떠한 것을 사용해도 무방하며 부상을 입은 자, 원 밖으로 밀려난 자는 우리 길드에서 가장 낮은 직책인 3급 용병이 된다. 차례로 2급, 1급, 특급의 순으로 매겨진다. 참고로 말하자면 우리 길드에서 특급 용병은 네 명에 불과하다. 길드장이신 알 카로프님, 유리 베네트님, 이글 조의 조장인 안드레이, 그리고 본인 이안 디클레가 바로 특급 용병으로 분류된 사람들이다. 또 한 가지 특급 용병으로 분류가 되면 매년 600골드의 연봉이 지급되며 2월에 있는 오마 브리이트님의 축제 때와 9월에 있는 보이얀님의 축제 때 50골드씩의 특별 보너스를 받을 수 있다."

이안의 말에 용병들의 눈에서 일제히 불꽃이 튀었다.

1년에 600골드라면 한 달에 50골드가 되는 셈이니 일반인으로서는 상상도 할 수 없을 정도의 금액이었다.

현재 국민들의 생활 수준에서 5골드라면 4인 가족이 한 달 동안 풍족하지는 않지만 그래도 굶지 않고는 살 수 있을 만한 액수였다. 그런데 그 10배에 이르는 돈을 한 달 만에 벌 수 있다는 소리에 용병들의 눈에서 불꽃이 치솟는 것도 당연한 일이었다. 대부분의 용병 길드에서 1급 용병들에게 지급하는 금액이 대략 30골드 정도였으니 용병들이 놀라면서도 반색하는 것도 어찌 보면 당연한 일이었다.

"시작!"

이안의 음성에 원 안에 서 있던 용병들은 잠시 움찔했다. 하지만 그것도 잠시, 각자의 무기를 잡은 손에 힘을 주고는 상대를 노려보기 시작했고, 그런 그들 사이에는 당장 팽팽한 긴장감이 흘렀다.

"누가 이길 것 같아?"

"저따위 인간들의 칼싸움엔 관심없어."

도네의 퉁명스런 대답에 렉스는 잠시 그녀의 얼굴을 바라보다가 고개를 저었다.

"이봐, 도네. 어차피 시작된 일이잖아. 좀 즐거운 마음으로 지낼 순 없는 거야?"

"전혀 즐겁지 않은데 어떻게 즐겁게 보내라는 거야?"

"여기에 그렇게 오래 있지 않을 테니까 제발 그 얼굴 좀 펴라, 응? 예쁜 얼굴에 주름지잖아."

계속된 렉스의 설득에 결국 도네도 넘어가지 않을 수 없었다. 오랜 시간—물론 도네가 보낸 시간에 비교하면 형편없이 짧은 시간이지만—동안 알고 지낸 탓인지 도무지 렉스의 아양에는 화를 낼 수 없었다. 또 자신이 화를 낸다고 해도 꿈쩍할 그도 아니었지만.

"멈춰!"

갑작스런 이안의 외침에 한참 격투를 벌이던 용병들은 긴장을 풀지 않은 채 동작을 멈췄다.

"카알 머스키 2급, 안톤 레블랑 2급, 제이슨 타베로 3급, 존 루이스 3급. 이상. 다음……."

"잠깐! 내가 왜 3급이란 말이오?"

근육질을 가진 제이슨의 불만 섞인 질문에 이안의 눈초리가 싸늘하게 변했다.

"지금 내가 내린 판정에 불복하는 것인가?"

"나도 벌써 10여 년 동안 용병으로 생활을 해왔소. 다른 곳에서는 상당한 대우를 받고 있었는데 3급이라니… 난 도저히 받아들일 수 없소."

"내가 내린 판단은 정확한 것이다. 우리 카로프 용병 길드에 그대

정도 되는 실력을 가진 용병들은 셀 수 없을 정도로 많다. 내가 내린 판정에 불만이 있다면 그대를 우대해 주는 길드를 찾아가라. 어떻게 하겠는가?"

"흥! 좋소. 나도 이곳에 더 이상 있고 싶은 생각 없소!"

말을 마친 제이슨은 사람들을 헤치며 그 자리를 떠났고, 용병들의 테스트는 계속해서 진행되었다.

어떤 조는 빠르게 진행이 되었고 어떤 조는 한참 동안 격전이 벌여야 등급을 받을 수 있었다. 하지만 대부분 2급, 3급 판정을 받을 뿐 1급의 판정을 받은 사람은 단 한 명뿐이었다.

150여 명이나 되는 용병 가운데 1급 용병의 실력을 가진 자가 단 한 명밖에 안 된다는 사실에 이안은 눈살을 찌푸렸다. 제대로 된 실력을 가지고 있지도 않으면서 떠버리처럼 자신의 실력을 과대포장해서 떠들어대는 용병들이 대부분이었던 것이다.

이제 남은 사람은 겨우 다섯 명뿐. 하지만 알이나 유리, 그리고 이안은 특별히 그들에게 기대를 걸진 않았다.

"젝슨 맥리버, 한스, 로빈 제루스, 렉스 레티나, 크레이 루 샤이나. 호명한 사람은 앞으로 나서라."

이안이 이름을 호명하자 다섯 명의 사내가 흰색으로 표시된 원 안으로 걸음을 옮겼다.

드디어 결전의 시간이 된 것이다. 렉스는 먼저 상대들의 눈을 확인했다.

실력이 일정 경지에 이른 사람이라면 상대의 눈만 봐도 그의 실력이 어느 정도인지 파악할 수 있는 법이기에 먼저 상대의 눈을 살핀 것이다.

젝슨이란 사내나 한스란 사내의 실력은 자신이 보기에 3급에 불과했고, 로빈이란 사내도 2급의 실력을 넘긴 힘들어 보였다. 결론적으로 남은 사람은 크레이 루 샤이나란 이름을 가진 사내뿐이었다.

나이는 20대 후반에서 30대 초반 정도로 보였는데 마치 테스트를 치른 후 무도회에 가기로 약속이 되어 있는 듯 상당히 화려한 복장을 하고 있었고, 또 걸친 의복만큼이나 수려한 용모의 사내였다.

갸름한 얼굴에 브라운 계열의 머릿결을 살짝 늘어뜨린 크레이는 전반적으로 슬림한 체형을 가지고 있었고 무기도 체격에 맞는 레이피어를 들고 있었다. 하지만 그를 더욱 특징적으로 만드는 것은 그의 날카로운 눈이었다.

강렬하면서도 침착한 눈빛에서 전해지는 기운이 그를 결코 얕볼 수 없게 만들었다. 그런 렉스의 생각이 전해졌는지 크레이 역시 렉스를 주시하고 있었다.

다른 사람들은 일찌감치 무기를 뽑아 들고 있었지만 두 사람만은 꼼짝도 하지 않고 있었다. 구경을 하던 사람들은 그런 두 사람의 모습에 그들 자신의 실력만 믿고 경솔하게 행동하는 것이라 생각하고 혀를 찼다. 그때 이안의 외침이 들렸다.

"시작!"

이안의 명령이 떨어지자 렉스를 향해 동시에 두 명이 달려들었다. 젝슨과 로빈이었다.

그들은 자신보다 나이 어린 렉스가 다른 사람들보다는 상대하기 쉬울 것이란 생각에서 그를 공격한 것인데, 뜻밖에 서로의 생각이 일치했던 것이다.

렉스는 자신의 머리와 다리를 향해 날아드는 두 자루의 검을 발견하고서도 그 자리에서 꿈쩍도 하지 않았다. 그러다 두 사람과의 거리가 1파렌도 떨어지지 않았을 때 갑자기 머리 쪽을 공격하던 로빈을 향해 달려들었다.

두 사람의 거리는 순식간에 좁혀졌고, 렉스는 달려들던 탄력을 이용해 그대로 로빈의 가슴으로 파고들어 어깨로 그의 가슴을 들이받았다.

퍽!

로빈의 몸이 허공을 날아 원 밖으로 날아가는 것을 발견한 렉스는 그제야 재차 공격을 하려고 검을 들어 올리던 젝슨에게 달려들었다. 그리고는 당황해 어쩔 줄 몰라 하던 젝슨의 명치를 가지고 있던 클레이모어를 내밀어 손잡이를 이용해 그대로 찔렀다.

"헉!"

짧은 신음과 함께 젝슨의 몸은 앞으로 쓰러졌고, 젝슨은 그대로 기절해 버리고 말았다. 그러는 동안 크레이란 청년도 한스란 사내를 간단하게 원 밖으로 몰아낸 후였다.

갑자기 테스트 장소에 정적이 흘렀다.

두 사람의 모습을 바라보던 사람들은 팽팽한 긴장감에 자신도 모르게 조용히 침을 삼키고 있었다.

조용하지만 날카로운 시선으로 상대를 노려보던 두 사람 가운데 먼저 움직임을 보인 사람은 크레이였다.

두 사람은 약 7파렌 정도의 거리가 떨어져 있었지만 크레이는 일순간에 그 거리를 좁히며 달려왔다. 그리고 동시에 그가 들고 있던 레이피어는 현란한 움직임을 보였다.

번쩍— 번쩍—

그의 레이피어가 움직일 때마다 레이피어의 블레이드 부분에 햇빛이 반사되어 마치 그가 빛의 검을 들고 휘두르는 것처럼 느껴졌다.

현란한 레이피어의 움직임에 렉스는 순간 눈이 부셔 자신도 모르게 눈을 감고 말았다. 그리고 아무 소리도 들리지 않았다. 렉스가 순간적으로 당황할 때 그의 귀에 도네의 음성이 들렸다.

'멍청아! 정신 차려!'

재빨리 정신을 차린 렉스는 자신의 신체 주위에서 급격하게 마나가 움직이는 곳으로 클레이모어를 휘둘렀다.

챙~

날카로운 금속음과 함께 크레이가 놀란 얼굴로 뒤로 물러서는 모습이 보였다. 크레이는 설마 상대가 이렇게 간단히 자신의 공격을 막아 내리라고는 생각하지 못했기에 그 놀라움이란 상당한 것이었다.

겨우 크레이의 공격을 막아낸 렉스는 상대의 조잡하고 비겁한 수에 자신이 잠시라도 속았다는 생각에 분노가 치미는 것을 느꼈다. 한순간이지만 자신을 곤란하게 만든 크레이에게 톡톡히 혼을 내주겠다고 결심한 렉스는 클레이모어를 휘두르며 달려들었다.

갑작스레 렉스가 달려들자 크레이는 황급히 뒤로 피하려고 했다. 하지만 이미 테스트 장의 흰색 원은 30파레스도 남지 않았다. 게다가 상대가 달려드는 속도가 너무 빨라 옆으로 피할 시간도 없었다.

어쩔 수 없이 크레이는 레이피어에 자신이 가진 마나를 모조리 집어넣고 렉스의 클레이모어를 향해 휘둘렀다.

크레이는 자신의 레이피어가 이제 20대 초반으로 보이는 상대의 클레이모어를 간단하게 잘라 버릴 것을 믿어 의심치 않았다.

한데 그 순간 크레이의 눈이 휘둥그레졌다. 금방이라도 크레이의 몸을 반으로 갈라 버릴 듯 달려들던 렉스가 갑자기 멈춘 것이었다. 달려오던 속도나 탄력을 보아서는 멈추는 것이 도저히 불가능했는데도 말이다.

"호오~ 그랬단 말이지. 좋아."

크레이가 들고 있는 레이피어가 새파란 색의 마나에 휩싸인 것을 발견한 렉스가 뜻 모를 소릴 중얼거렸다.

구경을 하던 사람들이나 알, 유리, 이안은 크레이가 들고 있던 레이피어가 새파랗게 빛을 뿌리기 시작하자 탄성을 터뜨렸다. 그리고 그런 크레이를 렉스가 어떻게 상대할 것인지 궁금해했다.

웅~ 웅~

갑자기 렉스가 들고 있던 클레이모어가 괴상한 소리와 함께 새파란 색의 마나에 휩싸였다. 그리고는 마나에 싸인 클레이모어로 크레이를 향해 사정없이 휘두르기 시작했다. 그리고 그때부터 크레이의 악몽이 시작되었다.

챙~ 챙~ 챙~

귀를 찢을 듯한 요란한 금속음이 주위에 울려 퍼졌다.

구경꾼들이야 귀를 막든 말든 렉스는 크레이의 레이피어를 향해 마치 장작이라도 패듯 계속해서 클레이모어를 내려쳤다.

자신의 예상과는 달리 렉스가 마나를 자유자재로 사용할 수 있는 실력자란 것을 깨달은 크레이는 황급히 그 자리를 벗어나려고 했지만 렉스는 그럴 만한 틈을 조금도 주지 않았다.

전래되는 속담처럼 '무식한 놈이 힘만 세다'라는 말을 증명이라도 하듯 클레이모어와 한 번 부딪칠 때마다 크레이는 손목뿐만 아니라 팔꿈치와 어깨까지 저릿저릿해 오는 것을 느꼈다. 게다가 격식도 없고 절도도 없이 장작이라도 패듯 그저 무식하기 이를 데 없는 상대의 검술에 크레이는 기가 질리지 않을 수 없었다. 그리고 시간이 지날수록 렉스에게 공포를 느낀 것은 검을 내려칠 때마다 보이는 그의 광기 서린 얼굴 때문이었다.

항복이란 말을 하고 싶었지만 렉스는 그런 틈을 주지 않았다. 내려치는 속도는 점점 빨라졌고 충격은 더욱 커졌다. 손아귀가 찢어지는 것 같았지만 잠시라도 방심했다간 렉스의 검에 자신의 몸이 두 조각으로 잘릴 것 같은 두려움에 조금도 방어를 소홀히 할 수 없었다.

크레이의 자세는 시간이 지날수록 점점 낮아져 결국엔 무릎까지 꿇었지만 아예 끝장을 보려는 듯 렉스는 공격의 고삐를 늦추지 않았다. 이제 크레이가 들고 있는 레이피어는 톱으로 대신 사용해도 무방할 정도로 이빨이 빠졌고, 가늘게 금까지 가 있어 몇 번만 더 충격을 받으면 그대로 박살날 것 같았다.

챙~ 챙~ 챙~

완전히 바닥에 주저앉아 렉스의 공격을 받아내던 크레이는 이 지옥과 같은 시간이 한시라도 빨리 끝났으면 하고 바랐지만 이안의 멈추라는 외침은 좀처럼 들리지 않았다.

미친 사람처럼 날뛰는 렉스의 행동을 지켜보며 부르르 몸을 떨던 사람들이 생각하는 것은 오로지 한 가지뿐이었다. 어떤 일이 있어도 저 인간만은 상대하지 말아야 한다는 생각을 결심하고, 결심하고, 다시 한 번 결심했다.

"멈춰!"

가장 먼저 정신을 차린 알의 제지에 거짓말처럼 렉스의 행동이 멈춰졌다. 그리고 크레이를 향해 나름대로는 정다운(?) 미소를 지었다.

"휴우~ 멈추란 이야기가 조금만 늦었으면 정말 큰일 날 뻔했어. 그렇지?"

렉스의 그 말에 크레이는 가슴 깊숙한 곳에서 뜨거운 것이 울컥하는 것을 느꼈다. 그와 동시에 눈시울이 뜨거워졌다. 그런 크레이의 표정을 발견한 렉스는 한껏 미안하다는 표정을 지으며 한마디를 건넸다.

"그렇게 무서웠어? 이거 미안해서 어쩌지?"

그 말을 들은 주위 사람들은 자신도 모르게 모두 몸서리를 쳤다.

렉스가 크레이에게 손을 내밀었지만 크레이는 그 손을 뿌리치며 자리에서 일어났다. 그런 크레이를 보고 피식 웃던 렉스는 이안에게 질문을 했다.

"우리는 판정을 안 내려줄 거요?"

"으음, 크레이 루 샤이나 1급, 렉스 레티나 준특급. 이것으로 용병들에 대한 테스트를 마치겠다. 다음은 마법사들에 대한 테스트를 시작하겠다. 먼저 도네 레티나, 크리스 모톤, 스티브 오거슨, 안톤 토레스, 앞으로 나서도록."

이안의 호출에 네 명의 남녀 마법사들이 테스트 장소로 나섰다.

"그대들에 대한 테스트는 장소가 협소한 관계로 자신의 마법 클래스를 말하고 그 해당 클래스의 마법을 시연하는 것으로 테스트를 대신하겠다. 먼저 크리스 모톤."

이안의 말에 40대 중반에 과묵해 보이는 인상의 사내가 한 걸음 앞으로 나섰다.

"본인은 바스토크에 있는 마법 학교를 다녔소. 현재 내 실력은 4클래스의 마스터로 아이스 계열의 마법을 주로 사용하고 있소. 아이스 블레이드!"

크리스의 시동어에 그의 머리 위에 당장 길이 3파렌은 충분히 될 듯 보이는 얼음 칼이 모습을 드러냈다. 그가 손으로 방향만 가리킨다면 당장이라도 날아갈 듯 허공에서 끊임없이 움직이고 있었다.

구경꾼들은 얼음 칼이 자신들을 향할 때마다 움찔움찔 몸을 웅크렸다.

"좋아, 다음은 스티브 오거슨."

이안의 호명에 크리스는 제자리로 들어가고 30대 초반으로 보이는 청년이 앞으로 나섰다.

"나는 수도 포얀에 있는 왕립 마법 학교에서 마법을 배웠고, 현재 실력은 4클래스의 마스터요. 화염계 마법은 무엇이든 자신있소. 파이어 더스트!"

스티브가 시동어를 외치자 약 5파렌 정도 되는 높이에 하루살이처럼 작은 불똥들이 나타났고, 그의 손짓에 따라 무리를 지어 날아다니기 시작했다. 그러다 스티브가 주먹을 불끈 쥐자 일제히 한곳으로 불똥들이 모이더니 폭음과 함께 허공에서 거대한 불길이 치솟았다.

펑!

구경꾼들은 그 소리와 불기운에 놀라 자신도 모르게 몇 걸음 뒤로 물러섰다.

"처음 보는 것이지만 상당히 화려한 기술이군. 다음은 도네 레티나. 레티나? 그대는 조금 전 용병 테스트를 받았던 렉스 레티나와 어떤 관계인가?"

"아무 사이도……."

"마누라요."

"뭐?"

이안의 질문에 도네가 아무 사이도 아니라고 설명하려는 순간 렉스의 입에서는 순간적으로 마누라란 소리가 튀어나왔다.

어이없어하는 도네와 태연한 표정으로 휘파람을 부는 렉스.

두 남녀의 모습을 잠시 바라보던 이안은 렉스처럼 무식하기 이를 데 없는 인간과 결혼한 아름다운 여인, 도네의 불행한 장래에 대해 진심으로 애도를 하고는 입을 열었다.

"부부라고 해서 우리 길드에 가입하지 못할 이유는 없으니까 그 점은 상관없고…… 그대의 실력을 우리에게 보여주기 바라오, 도네 디아 레티나."

이안이 결혼한 부인에게나 사용하는 디아라는 단어를 이름 가운데 넣어 호명을 하자 도네의 눈에서 당장 불꽃이 튀었다. 그냥 성질 같아서는 본래의 모습으로 돌아가 이곳을 박살 내버렸으면 좋겠지만 또 한 번 극한의 인내심을 발휘해 화를 억눌러야만 했다.

"난 마법 학교에 다닌 적이 없기 때문에 내 레벨이 얼마나 되는지 몰라. 그래서 만들 수 있는 것도 파이어 볼 하나밖에 없어."

나직한 그녀의 말에 그 자리에 모인 사람들은 어이가 없었다. 마법에 입문한 사람이라면 누구든 만들 줄 아는 파이어 볼밖에 익히지 못한 사람을 누가 마법사라고 인정할 수 있겠는가?

도네는 그런 사람들의 시선 따위는 아랑곳하지 않고 시동어를 외쳤다.

"파이어 볼!"

그녀의 외침이 들렸지만 어디에도 파이어 볼의 모습은 보이지 않았다.

그 모습에 구경꾼들은 너무나도 어이가 없어 헛웃음을 터뜨렸다.

"하하하, 세, 세상에 파이어 볼조차 제대로 만들지 못하는 사람을 마법사라고 불러야 하나?"

"그러게나 말이야. 남편이란 작자는 꼭 미친놈 같고 마누라는 파이어 볼도 못 만드는 마법사라…… 정말 환상적인 부부야. 하하하!"

"푸하하하!"

배를 잡고 웃음을 터뜨리는 사람들과는 달리 마법사들은 대단히 놀란 모습으로 도네의 얼굴을 바라보고 있었다.

"이, 이렇게 거대한 마나의 파동은 단 한 번도 접해본 적이 없는데……."

"그렇다면 귀하도 느꼈단 말이오?"

"그럼 당신들도……?"

"정말 저 여인이 이 마나의 파동을 만들었단 말이오?"

마법사들의 얼굴에 어린 불신의 기색을 발견한 도네는 싸늘하게 웃고는 그들에게 질문을 했다.

"이 정도면 내 레벨이 몇 클래스지?"

"5클래스의 마스터? 아니야, 이렇게 어마어마한 마나의 파동을 만들수 있으려면 최소 6클래스의 마스터는 되어야만 겨우……."

"아니오, 오래전에 궁정 마법사이신 파스에님을 뵌 적이 있었는데 그분은 6클래스의 마스터이셨고 7클래스의 유저이셨소. 그분께서 후배들을 위해 잠시 시범을 보여주신 적이 있는데 그럼에도 불구하고 이정도로 마나가 움직이는 것은 느낄 수 없었소."

"그럼 저 여자, 아니, 부인의 레벨이 설마 7클래스의 마스터 이상이란 말이오? 저렇게 젊은 나이에 어떻게… 그건 말도 안 되는 소리요!"

도저히 믿을 수 없다고 외치는 중년 마법사의 얼굴에는 불신의 기색이 완연했다.

한편 도네가 마법 시연에 실패한 것으로 생각하고 웃음을 터뜨리던 구경꾼들은 주위의 온도가 점점 올라가자 흘러내리는 땀을 닦고 있었다.

　이안 역시 흘러내리는 땀을 닦으며 입을 열었다.

　"레티나 부인의 마법 실력은 본 길드에 적합하지 않은 것으로 판단이 되며……."

　"아니외다."

　이안의 말에 먼저 자신의 마법 실력을 보인 크리스가 반박하며 한 걸음 앞으로 나섰다.

　"무슨 말인가? 자네들도 보았다시피 레티나 부인은 마법 시연에서 실패했기 때문에……."

　"아니오. 저 위를 보시오."

　크리스의 말을 전혀 이해하지 못하면서 이안은 그의 말대로 고개를 들어 하늘을 바라보았다. 그리고는 깜짝 놀란 표정을 짓지 않을 수 없었다.

　하늘에 떠 있는 태양이 두 개였던 것이었다.

　정오가 지난 시각, 작아 보이는 하얀색의 태양과 그보다 배 정도 커 보이는 붉은색의 태양이 천공에 떠 있었다. 그리고 지금 그들이 느끼는 열기는 분명 붉은색의 태양에게서 뿜어지고 있었다.

　대체 얼마만큼 높이 떠 있는 것인지 알 수는 없었지만 하늘에 태양이 둘일 수는 없으니 둘 중 하나는 아마 도네가 만든 파이어 볼이 분명했다.

　"서, 설마 저게 파이어 볼?"

　"그렇소이다."

"그렇다면 저 부인의 레벨은 대체……?"

"우리가 생각하기에는 최소 6클래스의 마스터, 최대 7클래스의 마스터가 아닐까 짐작이 되오."

"6클래스나 7클래스의 마스터?"

이안은 크리스의 말에 어이가 없었다.

6클래스의 마스터라면 궁정 마법사나 되어야 도달할 수 있는 레벨이었다. 그런데 그런 실력을, 아니, 그보다 뛰어날지 모르는 실력을 가진 여인이 겨우 용병 길드에 가입하기 위해 테스트를 받고 있다는 사실을 이안은 도저히 믿을 수 없었다. 그러나 크리스의 말에 테스트를 받기 위해 모여 있던 마법사들은 동감한다는 듯 일제히 고개를 끄덕였다.

이안은 용병이기에 마법사들처럼 마나의 파동을 느낄 수는 없었지만 마법사들이 인정하는 것에 나름대로 타당한 이유가 있을 것이라 생각하고는 고개를 끄덕였다.

"모두의 생각이 그렇다면 좋소. 레티나 부인의 레벨은 6클래스의 마스터로 결정을 내리겠소."

"좋은 말로 충고하겠는데… 절대 날 레티나 부인이라고 부르지 마. 그냥 도네라고 불러."

"레티나… 아니, 레이디 도네는 6클래스의 마스터라고 판정을 내리겠소."

이안의 판정을 들은 도네는 더 이상은 서 있을 필요도 없다는 듯 렉스가 서 있는 곳으로 향했다. 그러자 하늘에 떠 있던 붉은 태양이 어느새 사라지고 없었다.

그 자리에 모였던 구경꾼들은 그제야 불어오는 바람이 시원하게 바뀐 것을 깨닫고는 놀란 입을 다물지 못했다.

그 후로 계속된 마법사들의 마법 시연에서 5클래스의 유저에 해당되는 마법사는 단 한 사람에 불과했고 대부분 4클래스의 마스터나 유저들이었다.

테스트의 결과에 따라 길드장인 알 카로프와의 면담 시간이 정해졌다. 렉스와 도네는 테스트의 결과 최상위에 속해 있었기 때문에 다음 날 루니언(오후) 4시에 면담이 잡혔다.

렉스는 다시 한 번 면담 시간을 확인하고는 도네와 함께 길드의 훈련장을 떠났다.

제 2 장

면담

면담

　투숙해 있던 여관으로 돌아온 렉스는 바비큐와 함께 포도주를 주문
했다. 하지만 마주 보고 앉아 있던 도네의 표정이 별로 밝지 못한 것을,
아니, 못마땅해하는 빛이 역력한 것을 발견하고는 그녀에게 말을 건넸
다.

　"왜 그래, 도네?"

　"내가 네 마누라라고? 내참, 어이가 없어서……. 내가 언제 너와 결
혼을 했지?"

　"꼭 사람들 앞에서 결혼식을 해야 부부가 되는 거야? 사실혼(事實婚)
이라는 것도 있잖아. 그러니까 그냥 이해해. 그렇다고 네 정체를 사람
들 앞에게 밝힐 수는 없잖아."

　여전히 싱글거리며 말하는 렉스의 얼굴을 잠시 빤히 쳐다보던 도네
는 꼴 보기 싫다는 듯 고개를 홱 돌리고 말았다.

얼마 지나지 않아 맛있게 구워진 고기와 포도주가 나오자 렉스는 도네에게 술을 권했다.

"도네, 그만 화 풀고 술이나 한잔해."

"……."

"그만 화 풀라니까 그러네. 그래, 내가 잘못했어. 사과할 테니까 그만 화 풀고 어서 술잔이나 받아. 어서."

"정말 앞으로는 안 그럴 거지?"

"그래, 절대 다른 사람에게 네가 내 마누라라는 말 안 할 테니까 술잔이나 어서 받아."

"좋아, 이번은 그냥 지나가 주겠지만 다음에는 절대 용서 안 해. 여태껏 내 비위를 건드리고 살아남은 사람은 너밖에 없다는 것만 알고 있어."

"알았다니까."

도네가 그 말과 함께 술잔을 받자 렉스는 씨익 미소를 짓고는 그녀의 잔에 술을 따라주었다.

붉은색의 포도주가 잔에 찰랑찰랑 차면서 그윽하고 향긋한 포도 향이 주위에 퍼졌다. 잠시 그 향을 맡던 도네는 그 포도주가 최소 40년 이상 된 상품(上品)에 속하는 포도주라는 것을 단번에 깨달을 수 있었다.

쨍.

가볍게 잔을 마주친 도네는 가볍게 한 모금을 마셨다. ·

달콤하고 향긋한 포도주가 목을 넘어가면서 온몸의 세포 깊숙이 포도주가 스머드는 것을 느낄 수 있었다. 눈을 감고 포도주를 음미하는 도네와는 달리 렉스는 마치 냉수라도 마시듯 단 두 모금 만에 포도주를 홀짝 마셔 버리고는 입맛을 다셨다.

"세상에! 포도주를 그렇게 마시는 사람이 어디 있어?"

"어디 있냐니? 그럼 포도주를 입으로 마시지 않고 코로 마시는 사람이 있기라도 하단 말이야?"

"그게 아니라 포도주는 가볍게 한 모금을 입에 머금고 그 향과 맛을 즐기는 것이지, 너처럼 단숨에 마셔 버리면 향이나 맛을 전혀 느낄 수 없잖아."

도네의 말에 렉스의 얼굴에는 귀찮아하는 빛이 역력했다.

"격식이나 절차니 예절이니 하는 것은 매너를 지키기 좋아하는 놈들에게나 지키라고 해. 난 편한 게 좋아. 나만 좋고 편하면 됐지, 무엇 때문에 남의 눈을 신경 써야 하는 거지?"

"남의 눈을 신경 쓰라는 것이 아니라 포도주의 깊은 맛을 느끼라는 거잖아."

"알았어, 알았다고. 어떨 때 보면 네가 더 인간 같아. 그런 생각 안 들어?"

렉스의 퉁명스런 말에 도네는 할 말이 없었다.

항상 이런 식이었다.

자신이 조금이라도 렉스의 잘못을 지적하면 순순히 자신의 잘못을 시인한 적이 없었다. 그러면서 결론은 항상 자신이 렉스보다 훨씬 더 인간스럽다는 말을 꺼낸다. 하지만 그건 말도 안 되는 소리다.

렉스야 순수한 인간이었지만 자신은 인간으로 폴리모프한 상태가 아닌가?

고개를 절레절레 흔들던 도네는 자신 앞에 있는 음식을 들며 자신이 궁금하게 생각한 것을 물었다.

"이제 앞으로 어떻게 할 거야?"

"일단은 용병 생활을 좀 즐기면서 앞으로의 할 일을 생각해 보자고. 솔직히 지금까지는 쉴 틈이 전혀 없었잖아. 놀면서 앞으로의 일을 생각해 보려고 해. 또 나름대로 조사할 일도 있고."

"조사할 일? 뭘 조사해?"

"좀 더 구체화되면 도네에게도 말해 줄게."

"재미있는 대화 같은데 우리도 알면 안 될까?"

갑자기 뒤에서 들린 음성에 렉스는 천천히 고개를 뒤로 돌려 상대를 확인했다.

어제 카로프 용병 길드에 가입을 하기 위해 길드를 찾았을 때 만났던, 렉스에게 불의의 일격을 당했던 인상 더러운 용병과 세 명의 용병들이 살벌한 인상을 하며 서 있었다. 하지만 렉스는 그들의 얼굴이 잘 생각나지 않는지 고개를 갸우뚱거릴 뿐이었다.

"저어… 실례지만 절 아십니까?"

"뭐? 그럼 네놈은 우리를 모른단 말이야?"

"글쎄, 이렇듯 나에게 시비를 거는 것을 보면 우리가 만난 적이 있는 것도 같은데… 솔직하게 말해서 전 여러분들을 어디에서 만났는지 잘 기억이……."

렉스의 공손한 말에 사내들은 일제히 치밀어 오르는 분노를 참을 수 없었다.

"이 XXX하고 XXX보다 못한 놈아! 네 녀석이 어제 카로프 용병 길드에서 우리에게 한 짓이 생각나지 않는단 말이야?"

"우리가 네놈에게 당한 것만 해도 열받을 일인데 이젠 발뺌까지 해?"

"그, 그게 아니라 전 정말 기억이 나지 않아서……."

"멍청아! 저놈들은 어제 네가 접수를 빨리하기 위해 뒤통수를 쳐서 몽땅 기절시켰던 놈들이잖아."

"아~ 접수대에 있던 그 멍청이들!"

도네가 어제 있었던 일을 이야기해 주자 렉스는 그제야 기억난다는 듯 탄성을 터뜨렸고, 렉스의 탄성에 용병들의 얼굴은 일제히 시뻘겋게 달아올랐다. 세상에 이렇게 뻔뻔하고, 뺀질거리고, 때려주고 싶은 인간은 한 번도 만나본 적이 없었다.

"그래, 무슨 일로 이렇게 몰려오셨습니까?"

"무슨 일은 무슨 일. 어제 너에게 당한 걸 복수하려고 온 거지. 보고도 모르겠어?"

한심하다는 듯한 도네의 말에 렉스는 심드렁한 표정을 지으며 네 명의 용병들의 얼굴을 쳐다보았다. 돌아선 렉스는 용병들을 가리키며 입을 열었다.

"복수? 멍청한 쟤들이? 그것도 나한테? 에이, 그건 말도 안 되는 소리지."

렉스가 가당치도 않다는 듯 입을 열자 더 이상 참지 못한 용병 가운데 하나가 렉스의 뒤통수를 향해 주먹을 휘둘렀다.

그 모습을 발견한 용병들은 렉스가 그 용병의 공격에 당해 개구리처럼 쫘악 뻗어버릴 것을 의심치 않았다. 하지만 렉스는 그런 용병들의 기대를 훌륭하게 배신했다.

그 자리에 주저앉은 렉스는 뒤를 돌아보지도 않은 채 힘차게 팔꿈치를 휘둘렀다. 팔꿈치의 끝은 공격하던 용병의 복부 조금 밑에 위치한 남자의 말하기 곤란한 부분에 사정없이 틀어박혔고, 공격을 받은 용병은 짧은 신음과 함께 자신의 아랫도리를 감싸며 그대로 바닥을 뒹굴었다.

"엇? 미안, 이건 절대 고의였어. 하지만 이렇게 세게 치려고 한 것은 아니었는데 미안해서 어쩌지?"

하지만 렉스의 얼굴엔 조금도, 아니, 손톱만큼도 미안한 표정은 없었다. 그런 렉스의 행동에 도네는 고개를 저었고, 함께 왔던 용병들은 그의 파렴치한 행동에 할 말을 잃은 듯 멍한 표정을 짓다가 치미는 분노를 참지 못해 얼굴이 시뻘겋게 달아올랐다.

그렇지만 렉스의 행동은 그것으로 끝난 것이 아니었다. 말할 수 없는 고통을 인내하며 바닥을 뒹굴고 있던 용병의 턱을 그대로 걷어차 버렸다.

퍽!

"큭!"

용병의 얼굴이 선혈로 낭자하게 물들었고 마치 통나무가 쓰러지듯 그대로 뒤로 넘어갔다.

쿵!

용병이 기절해 쓰러지자 렉스는 천천히 고개를 돌려 용병들을 바라보며 가소롭다는 표정을 지었다.

"상대도 안 되는 가소로운 것들이 어디서 감히……."

"이 비겁한 놈아, 죽어!"

"이 하룻강아지 같은 놈!"

"저 자식을 죽여!"

렉스의 말에 발끈한 용병 셋은 각자의 무기를 꺼내 휘두르면서 달려들었다. 하지만 렉스는 그들의 모습을 보고도 여전히 클레이모어를 뽑아들 생각은 하지 않았다.

먼저 자신을 향해 내려치는 칼날의 옆면을 친 렉스는 상대가 너무 상체에 힘이 들어가 앞으로 숙여지는 것을 보고 그대로 상대의 턱을 후려갈겼다. 하지만 공중으로 떠오른 상대가 기절한 것을 확인할 사이도 없이 렉스는 자신을 노리고 날아드는 검을 피해야 했다.

재빨리 뒤로 피한 렉스는 옆 테이블에 있던 나이프와 포크를 들고는 용병들을 향해 던졌다. 렉스가 무엇인가를 던지는 것을 발견한 용병들은 황급히 피하려고 했지만 그만 늦고 말았다.

"큭!"

"윽!"

쨍그랑!

신음과 함께 두 용병의 검은 요란스런 소리와 함께 바닥에 떨어졌고 포크와 나이프가 박힌 손목에서는 적지 않은 선혈이 흘러내렸다.

용병들이 전의를 상실한 것을 발견한 렉스는 더 이상 손을 쓰고 싶은 생각이 없었다.

"어때? 그래도 계속 덤빌 거야? 그럴 생각이 없다면 그냥 가고. 어떻게 할 거야?"

렉스의 말에 풀이 죽은 두 용병은 기절한 동료를 일으켜 세우고는 그대로 여관을 빠져나갔다.

그때까지 아무 소리도 없이 쳐다보고만 있던 도네는 용병들이 여관을 빠져나가는 모습을 보고 있는 렉스를 보고는 고개를 갸웃거렸다. 평소 그의 성격으로 보아 이 정도에서 끝을 낼 리 만무했기 때문이다.

"웬일이야, 그 정도로 끝내고?"

"애들이 불쌍하잖아. 그리고 저 정도 실력으로는 날 어쩔 수도 없을 테고. 불쌍한 애들 괴롭혔다가 남들에게 욕먹기 싫어서.”

“그럼 그렇지.”

고개를 흔든 도네는 자신의 잔에 포도주를 따르고는 한 모금을 들이켜 그 향과 맛을 즐겼다. 그런 도네의 행동을 도저히 이해하지 못하겠다는 듯 렉스는 자신의 잔에 포도주를 가득 따르고는 여전히 벌컥벌컥 마셨다.

“으~ 음~”

잠에서 깬 렉스는 눈을 잔뜩 찌푸리고는 주위를 둘러보았다. 그리고 한참을 생각해서야 그곳이 자신이 투숙한 방이란 사실을 떠올렸다.

천천히 자리에서 일어난 렉스는 자신의 머리가 사정없이 흔들리는 것을 느꼈다. 동시에 지독한 두통이 밀려오는 것을 느꼈다.

“아이고, 머리야.”

잠시 머리를 쓸어 올리며 정신을 차리기 위해 머리를 흔들던 렉스는 더욱 심한 두통이 밀려오는 것을 느끼고는 양손으로 머리를 움켜쥐고 한동안 괴로워했다.

잠시 시간이 지난 후 창밖을 보니 환하게 밝은 것이 루니언 1시는 족히 된 것 같았다.

자리에서 일어난 렉스는 미리 마련되어 있는 물로 세면을 하고는 천천히 옷을 입었다. 그리고 옆방의 방문을 두드렸다. 하지만 아무런 소리도 들리지 않았다.

아래층으로 내려온 렉스는 손님들을 맞이하기에 여념이 없는 주인에게 도네의 행방을 물었다.

“그분께서는 아침에 볼일이 있다며 잠시 어딜 다녀오겠다고 하셨습니다. 4시까지는 돌아올 테니까 걱정하지 말라는 말씀을 전해달라 하셨습니다."

"대체 무슨 볼일이 있다는 거지? 바람났나?"

"예?"

"아, 아니오. 간단히 스튜나 좀 주시오."

"예, 잠시만 기다리십시오."

잠시 후 렉스가 주문한 스튜가 나오기는 했지만 도저히 입 안이 깔깔해서 먹을 수 없었다. 형식적으로 몇 수저 뜨던 렉스는 곧 식사를 마치고 여관의 후원으로 갔다.

지난 10여 년 동안 계속해 오던 일이라서 그런지 하루라도 검을 휘두르지 않으면 온몸에서 가시가 돋아나는 것처럼 느껴졌다. 다행히도 후원에 아무도 없는 것을 발견한 렉스는 천천히 클레이모어를 뽑아 들었다. 그리고는 천천히 휘두르기 시작했다.

검술의 가장 기본적인 동작인 내려치기와 올려치기, 그리고 후려치기를 갖가지 각도로 연속적으로 휘두르는 모습은 언뜻 보면 상당히 간단해 보이는 동작들이었다. 하지만 렉스는 마치 실제로 어떤 상대와 대결을 하는 듯 상당히 진지하게 클레이모어를 휘두르고 있었다.

그런 탓인지 모르지만 그의 몸은 순식간에 땀투성이가 되었다. 렉스가 휘두르던 클레이모어의 속도가 점점 빨라져 나중에는 눈에도 잘 보이지 않을 정도였다. 동시에 제자리에서 조금씩 움직이기 시작한 렉스의 행동 반경도 시간이 지날수록 점차 넓어지기 시작했다.

어제 테스트 때 보여주었던 무식한 모습과는 달리 너무나 정확하고, 절도있고, 깔끔한 동작들이었다.

약 30분 정도 클레이모어를 휘두르던 렉스의 움직임이 갑자기 멈췄다. 천천히 고개를 돌리는 그의 눈에 조금은 어두운 색의 라이트 레더를 입은 사내가 후원으로 들어서는 것이 보였다.

그는 잠시 주위를 둘러보다가 벽 쪽에 마련된 벤치에 털썩 주저앉았다. 그리고는 자신을 바라보고 있는 렉스를 발견하고는 인사를 건넸다.

"안녕하십니까?"

"예? 예, 그쪽 분도 안녕하십니까?"

"날이 따스해지는 것을 보니 오마 브리이트께서 주관하시는 2월도 그리 멀지 않은 것 같습니다."

오마 브리이트는 식물과 나무를 관장하는 여신으로 흔히 봄의 전령사로 알려져 있다. 하지만 오늘이 며칠인지도 모르는 렉스에게 날씨가 어떠냐고 인사를 건넨 것은 상대가 렉스를 전혀 모르기 때문이었다.

찬찬히 살펴본 상대는 처음 40대 초반으로 본 것과는 달리 얼굴에 주름이 별로 없는 것이 30대 후반쯤으로 보였다.

렉스가 자신의 정체가 궁금한 듯 계속해서 바라보자 사내는 잠시 미소를 짓고는 다시 말을 건넸다.

"전 믿음과 광명의 신이신 하이얀 브로넨스를 믿고 따르는 프리스트로 로니 바로크만이라고 합니다."

"전 렉스 레티나라고 합니다."

자신의 소개를 하면서 렉스는 왠지 고집스러워 보이는 로니의 얼굴이 프리스트에 딱 어울려 보인다는 생각을 했다. 하지만 그가 현재 걸치고 있는 옷이 사제복이 아닌 것을 발견하고는 지나가는 말로 그 이유를 물었다.

"그런데 프리스트께서 왜 사제복이 아닌 라이트 레더를 걸치고 계신 겁니까? 누구와 싸우실 일이라도 있으신 모양인가 보군요."

잠시 자신의 옷을 바라보던 로니는 까닭 모를 긴 한숨을 내쉬었다.

"휴우~ 지금은 프리스트로서 수행을 쌓기 위해 여행을 하는 중입니다."

"아, 그러시군요."

재빨리 클레이모어를 회수한 렉스는 그의 곁으로 앉으며 자신이 궁금하게 생각해 왔던 것을 먼저 물었다.

"지금 수행 중이라면 꽤 여러 곳을 돌아다녀 보셨겠군요."

"그리 많은 곳은 아니지만 나름대로는……."

"그럼 요새 사정은 어떻습니까?"

"예? 무슨 말인지……?"

의아해하는 로니의 대꾸에 렉스는 자신의 질문이 너무 애매했음을 깨달았다.

"요즘 국민들의 사는 형편이 괜찮으냔 말입니다."

"글쎄요, 뭐와 비교를 해야 할지… 아는 것이 없으니 뭐라고 말씀드리기 어렵군요."

"그럼 전대 국왕이 다스릴 때와 비교해서 어떻습니까?"

"무슨 이유로 그것을 묻는지는 모르지만 확실히 예전 국왕께서 다스릴 때보다는 생활이 좀 나아진 것 같습니다. 세금도 낮아졌고 각종 혜택도 늘어난 것 같았습니다. 또 귀족들의 횡포도 조금은 줄어든 것 같습니다."

자신이 원했던 대답이 아닌지 로니의 대답에 렉스는 조금은 실망한 듯한 표정을 지으며 다시 한 번 질문을 던졌다.

"정말 예전 국왕이 다스렸을 때보다 나아졌단 말입니까?"

"모든 면에서 나아졌다고 볼 수는 없지만 전반적으로 봐서 예전보다는 훨씬 좋아졌다고 말할 수 있습니다. 각 종단(宗團)에 대한 제약도 많이 완화되었고 말입니다."

로니의 설명에 렉스는 혹시나 하고 생각했던 것이 역시 현실에서 일어났다는 것에 실망을 감출 수 없었다.

"과거 10여 년 전 일어났던 황실 전복 사건에 대해 일반 국민들은 거의 모르고 있겠군요."

렉스의 말에 로니는 깜짝 놀란 표정을 짓다가 조심스럽게 대답했다.

"어떻게 그 사실을 알고 계신지는 모르지만 그 사실에 대해 알고 있는 사람은 극소수에 불과합니다. 군부의 몇몇 사람과 고위층 귀족 가운데 몇몇, 그리고 각 종단의 하이 프리스트 몇 사람만이 알고 있는 사실입니다. 하기는 지금도 아리오 국왕 폐하께서 자신의 욕심을 채우기 위해 왕위를 찬탈했다고 주장하는 사람이 없는 것은 아닙니다."

"예? 아직도 그런 사람이 있단 말입니까? 대체 그들이 누군데 아직도 전(前) 국왕을 못 잊어……."

급한 마음에 질문을 던졌던 렉스는 로니가 자신을 조금은 의심스러운 눈으로 쳐다보는 것을 발견하곤 허둥지둥 변명을 늘어놓았다.

"물론 저도 전 국왕께서 모든 것을 다 잘했다는 것은 아닙니다만 그래도 동생이 왕위를 빼앗았는데 각 종단이나 귀족들 가운데 아무도 그 일에 대해 반대를 하지 않았다는 것이 조금은 이상해서 여쭤본 겁니다."

"저도 정확하게는 알지 못합니다. 다만 당시 각 종단이나 귀족들이 국왕의 동생이셨던 아리오 대공께서 왕위를 이어받으신 것에 반대를 하지 않은 이유에는 남들이 모르는 사연이 있지 않을까 생각하고 있습니다. 그리고 이건 제 생각입니다만, 그런 내막을 알고 있는 사람들이 아직도 아리오 대공께서 국왕의 자리를 이어받으신 것에 반대를 하는 것이 아닐까 생각합니다."

"혹시 프리스트께서는 반대를 한다는 사람들이 누군지 알고 계십니까?"

"다른 사람은 전혀 밝혀지지 않았지만 단 한 사람만은 그 이름이 널리 알려져 있습니다."

"대체 그 사람이 누구입니까?"

렉스의 다급한 질문에 로니는 진중한 음성으로 느긋하다고 할 만큼 천천히 입을 열었다.

"전대 궁정 마법사였던 파스에 카르파님의 손녀이신 산드라 듸 카르파님이라고 알고 있습니다."

"산드라 듸 카르파? 파스에가 아니라 산드라라고?"

렉스는 뜻하지 않은 말을 들었기 때문인지 상당히 당혹해했지만 로니는 그런 렉스의 모습을 보지 못했는지 고개를 끄덕이며 말을 이었다.

"왕국군에 대항해 저항군을 이끌고 있는 그녀는 비록 나이가 스물셋에 불과하지만 10년 전부터 꾸준하게 아리오 국왕에게 대항하는 유일한 인물로 젊은이들에게 상당한 명성을 날리고 있는 여성입니다."

로니의 말을 들으면서 렉스는 커다란 눈망울을 가졌던 댕기머리 소녀의 모습을 떠올렸다. 무엇이 그리도 부끄러운지 만날 때마다 얼굴을 붉히며 고개를 숙이던 그녀의 모습이 아직도 눈에 선했다.

다만 한 가지 신경 쓰이는 것은 파스에가 아니라 산드라가 저항군을 이끌고 있다는 점이었다. 혹시 파스에가 너무 나이가 들어 어쩔 수 없이 산드라가 저항군을 이끌고 있는 것일까? 아니면 불의의 사고가 있어 어쩔 수 없이 산드라가 저항군을 이끄는 것일까?

그런 생각이 들자 렉스는 마음이 조급해졌다.

"혹시 어디로 가야 그녀를 만날 수 있는지 아십니까?"

렉스의 질문이 끝나자마자 로니는 조금의 망설임도 없이 고개를 저었다.

"물론 레트로니아 왕국 여기저기에서 그녀를 보았다는 사람들은 많지만 그녀가 어디에 있는지 밝혀진 적은 한 번도 없습니다. 때문에 저항군들을 토벌하기 위해 몇 차례나 병사들이 출동했지만 단 한 번도 저항군이나 그녀를 찾은 적이 없다는 이야기는 몇 번 들어본 적이 있습니다. 그리고 저 역시 소문으로만 들었을 뿐 그녀나 저항군을 본 적은 없습니다."

"그렇습니까?"

로니의 대답에 렉스는 실망스럽기는 했지만 일단 그녀가 안전하다는 말에 마음을 놓았다.

렉스가 생각에 골몰하고 있을 때 누군가 그의 앞으로 다가왔다. 고개를 들어 상대를 확인하니 도네였다.

"지금 여기서 뭐 하고 있는 거야?"

"뭐 하고 있다니? 여기 계신 프리스트와……."

"이 자식이 하이얀 브로넨스의 프리스트라는 것쯤은 나도 알고 있어! 하지만 넌 지금 뭘 하고 있는 거냐 말이야!"

순간 움찔할 정도로 험악스런 도네의 말에 로니는 할 말을 잃었고 렉스는 그녀가 대체 무엇 때문에 이렇게 화를 내는 것인지 알 수 없었다.

"이분께 물어볼 것이 있어서 잠시……."

"너, 오늘 루니언 4시에 누구와 만나기로 한 일 없어?"

"오늘? 없는데?"

"정말 없어?"

도네의 얼굴이 한층 험악하게 변했다.

"정말… 없는… 것 같은데…… 맞아! 면담이 있었구나! 오늘 정말 만나서 반갑습니다. 다음에 기회가 있으면 다시 만났으면 좋겠군요. 그럼 무사히 수행을 계속하시길……. 도네, 넌 뭐 하고 있는 거야? 그렇게 꾸물거려서 어디 용병 생활 할 수 있겠어? 빨리 따라와."

엄청나게 빠른 속도로 로니에게 인사를 마친 렉스는 도리어 도네에게 한심하다는 듯 말을 건네고 황급히 후원을 벗어났다. 마치 태풍이 몰아치듯 순식간에 주위를 엉망으로 만드는 렉스의 행동에 도네는 너무나 기가 막혀 아무런 말도 할 수 없었다.

잠시 한숨을 내쉰 도네는 곧 이어 렉스가 사라진 문을 통해 용병 길드로 향했고, 로니는 입버릇이 극악무도한, 하지만 너무나 아름다운 여인의 뒷모습을 잠시 바라보다가 고개를 들어 하늘을 바라보았다.

구름 한 점 없는 맑은 하늘.

"믿음과 광명의 신이신 하이얀 브로넨스시여! 당신에 대한 저의 믿음은 지금 이 순간에도 조금의 흔들림도 없습니다. 과연 제가 그들을 어떻게 대해야 한단 말입니까? 만약 그들의 잘못을 밝히지 않는다면 죄없는 많은 신도들이 피해를 입을 것은 물론 종단 전체가 엉망이 될 것입니다. 제발 제가 어떻게 해야 좋을지 가르쳐 주십시오."

하지만 하늘은 아무런 대답을 하지 않았다.

렉스가 허겁지겁 카로프 용병 길드로 뛰어 들어갔을 땐 길드장인 알

카로프와 2인자인 유리 베네트, 그리고 이안 디클레가 용병들과의 면담을 모두 마치고 막 자리에서 일어나려고 할 때였다.

"헉헉~ 아직 면담이 끝난 건 아니겠죠?"

어차피 렉스의 차례가 가장 나중이었기에 그가 조금 늦었다고 문제될 일은 없었다. 게다가 조금 전 도네가 와서 렉스가 아직 오지 않은 것을 확인하고 부르러 갔기 때문에 그를 기다리고 있던 중이었다. 하지만 그와 면담을 하기로 정한 시간에서 한 시간이나 늦어 그들의 기분이 유쾌하지 못한 것 또한 사실이었다.

"아직 끝난 것은 아니지만 앞으로도 이렇게 시간을 지키지 않는다면 상당히 곤란하네."

알이 한껏 무게를 잡았지만 렉스는 앞의 말만 듣고 안도의 한숨을 쉬고는 그들 앞에 있던 자리에 털썩 주저앉았다.

"휴우~ 늦은 줄 알고 걱정했는데… 다행이네."

알은 자신의 말을 들은 척도 하지 않는 렉스의 태도에 은근히 화가 치미는 것을 느꼈다. 그런 알의 상태를 깨달은 이안이 렉스에게 주의를 주었다.

"자네는 용병이 뭐라고 생각하는가?"

"용병? 정당한 대가를 받고 청부자가 원하는 일을 대신해 주는 것이잖소."

"맞네. 그것은 상인들을 보호하는 일이 될 수도 있고, 전투를 대신할 수도 있네. 물론 모든 경우가 그런 건 아니지만 시간을 엄수해야만 하는 청부도 상당히 많다는 것을 명심해야 한다는 것을 잊지 말게."

"알았으니까 대충 해두쇼."

이안이 청부의 중요성에 대해 이야기를 했지만 렉스는 귀찮아하는 표정이 역력했다.

그런 렉스의 태도에 세 사람은 어이가 없었다.

물론 용병들 대부분이 자유분방한 생활을 즐기는 위인들이라 어디에 얽매이는 것을 싫어할 뿐만 아니라 자기 잘난 멋에 사는 자들이 많기에 무례한 자들도 당연히 있기 마련이다. 하지만 이렇게 면전에서 노골적으로 싫은 표정을 짓는 인간은 처음 보았다.

세 사람이 치미는 화를 억누르고 있을 때 렉스를 부르러 갔던 도네가 그들에게 다가왔다. 알이나 이안 등이 뭐라고 할 사이도 없이 자리에 앉은 도네는 세 사람을 깡그리 무시하고는 렉스를 향해 입을 열었다.

"면담은 끝났어?"

"아니, 아직."

"또 뭐라고 했는데 저렇게들 화가 났어?"

"내가 면담에 조금 늦었다고 저렇게 화를 내잖아. 그냥 조금 늦었을 뿐인데 말이야. 그리고 내가 놀면서 늦은 것도 아니잖아. 나름대로 용병 생활을 충실하게 하려고 한참 검술 연습을 하다가 조금, 아주 조금 늦은 것뿐인데 이유는 물을 생각도 하지 않고 화부터 내니 내가 뭐라고 하겠어? 그냥 듣고만 있어야지."

렉스가 장황하게 말도 안 되는 소리를 늘어놓자 세 사람은 다시 몸속에 있던 피가 모조리 머리로 솟구치는 것을 느꼈다. 만약 그들의 쏟아내는 눈빛이 모두 검으로 바뀐다면 아마 렉스의 몸은 먼지로 변했을 것이다.

여전히 억울하다는 표정을 짓고 있는 렉스를 보고 당장 길드를 떠나라고 하고 싶은 알이었지만 그랬다가는 길 건너 제타론 용병 길드로 갈 것이 틀림없기에, 게다가 몇 클래스인지도 모르는 놀라운 마법 실력을 가진 도네까지 데리고 갈 것이 분명하기에 필사적인 노력으로 분노를 참아야만 했다.

이대로 조금만 더 면담이 길어졌다간 정말 칼부림하는 사태가 발생할 것이란 생각을 한 이안이 재빨리 입을 열었다.

"자네의 특기가 뭔가?"

"특기? 무슨 특기를 말하는 거요?"

렉스가 고개를 갸우뚱하며 다시 묻자 이안은 어금니를 악물며 눈을 꼭 감았다. 정말 이렇게 사람 핏대 올리는 인간은 단 한 번도 만나본 적이 없었다.

"자신있는 것이 있을 것 아닌가? 활을 잘 쏜다든지 여러 가지 무기를 잘 다룬다든지, 아니면 백병전에 자신이 있다든지 몬스터들과 싸우는 것에 자신이 있다든지 말이네."

"그럼 처음부터 진작 그렇게 말했으면 쉽게 알아들을 수 있었을 텐데 괜히 어렵게 말해 가지고 사람 헷갈리게 만들고 그래요?! 정말 이상한 성격이시네."

"으윽~! 어서 말해 보게."

"자신있는 거야 많죠. 우선 활에 자신이 있소. 목표물이 적어도 150파렌 안에만 있다면 백발백중 맞힐 자신이 있소. 아직까지 단 한 번도 목표를 맞히지 못한 적이 없소. 그리고 몬스터와 싸우는 것이나 백병전 같은 것은 나에게 묻지 말기 바라오. 내 전공이 바로 그거란 말이오. 일 대 일이나 일 대 다수 어느 것도 자신있소이다. 하지만 뭐니 뭐니 해도 가장 자신있는 것은 검술이오. 지난 10여 년간 한시도 쉬지 않고 갈고닦은 내 검술에는 상대가 있을 수 없고……."

"됐네. 그만 하게."

유리의 조금은 싸늘한 말에 렉스는 말꼬리를 흐렸다.

자신만만해하는 렉스와는 달리 그를 바라보는 세 사람의 시선에는 '그렇게 잘난 놈이 용병 길드에는 왜 왔냐'는 빛이 가득했다.

"그렇게 잘하는 것이 많으니 당연히 말은 잘 다루겠지?"

"엥? 말이라면, 타는 말을 말하는 거요?"

"그럼 그 말 말고 다른 말이 있나?"

유리의 냉소적인 말에 잠시 쑥스러운 듯 뒷머리를 긁적이던 렉스는 곧 당당한 표정으로 대답했다.

"내가 유일하게 잘하지 못하는 것을 단번에 집어내다니… 정말 탁월한 눈썰미요. 하지만 워낙 뛰어난 운동신경이 있으니 몇 번만 타보면 말 정도는 쉽게 탈 수 있지 않겠소?"

자신감이 넘치다 못해 뻔뻔스럽기조차 한 렉스의 말에 세 사람은 또다시 혈압이 오르는 것을 느껴야만 했다.

"레이디 도네는 어떻소? 그대도 말을 탈 줄 모르오?"

"날 이 녀석과 똑같이 취급하지 마."

"내가 큰 실수를 했구려. 그럼 두 사람에게 묻겠소. 혹시 사람을 경호해 본 적은 있소?"

"경호? 그런 것은 해본 적은 없지만 충분히 해낼…….."

"없어."

"그럼 경호를 한번 맡아볼 생각은 없소? 그리 어려운 일은 아닐 것이오. 경호를 부탁한 측에서 경호 대상자의 안전을 위해 상당한 수의 병사들을 배치했으니 그들을 도와 여행 중에 발생할지 모르는 일만 처리하면 될 것이오. 그리고 경호를 무사히 마치게 된다면 두 사람에게 아마 적지 않은 보너스가 지급될 것이오. 어떻소?"

　재빨리 렉스의 말을 끊은 이안은 두 사람에게 의사를 물었다. 덜렁거리는 렉스는 너무 가벼워서 그 속을 알 수 없었지만 그와는 달리 도네는 무표정해 그녀가 지금 무슨 생각을 하고 있는지 알 도리가 없었다.

　"청부의 내용은?"

　"휴이고 디 베네스트 후작님의 딸인 라그나 디 베네스트 양을 에크네의 신전이 있는 랑츠까지 호위하는 일이오. 물론 후작가의 기사와 병사들이 동행할 것이지만 만약의 사태에 대비하고자 실력이 뛰어난 용병과 마법사를 보내달라는 요청이 있었소. 물론 길드에 가장 검 솜씨가 뛰어난 이글 조의 조장인 안드레이를 동행시키면 좋겠지만 그는 지금 현재 다른 청부 때문에 길드를 떠나 있는 상태이니 베네스트 후작님이 제시한 출발일에는 도저히 돌아올 수 없는 상태요. 해서 여러분에게 이런 말을 하는 것이오."

　"전체 수행 인원은?"

　"레이디와 그녀의 시녀 둘, 경호 기사단 스무 명에 일반 병사가 서른 명이니 모두 쉰세 명이오. 그리고 두 사람까지 합치면 쉰다섯 명이오."

　"일정은?"

　"이틀 후 그들 일행이 하이네브르크 시를 지나가오. 그때 합류하면 될 것이오. 그리고 랑츠에 있는 에크네의 신전까지 예상 소요 시간은 20일 정도요."

　"그렇다면 그 일을 맡지. 달리 할 일도 없으니까."

　"정말 잘 생각했소."

　그 말을 하고 만족스러운 미소를 짓던 이안은 알과 유리가 한심하다는 표정으로 자신을 바라보는 것을 발견하고는 이유를 몰라 어리둥절해했다. 하지만 곧 자신이 뭘 잘못한 것인지 깨달을 수 있었다.

카로프 용병 길드의 3인자인 자신이 초지일관 반말로 물어보는 도네에게 계속 공손한 어조로 설명을 한 것이었다. 하지만 그녀의 무표정한 얼굴을 보면 도저히 반말할 생각이 나지 않았다. 이안의 얼굴은 금세 붉어졌지만 억지로 태연한 척하며 말했다.

"그럼 렉스, 자네는 그동안 말 타는 연습이라도 해두게. 그렇지 않으면 고생 좀 하게 될 것이네."

"고생될 것이 뭐가 있다고……."

렉스가 대꾸를 하려고 하자 세 사람은 이마에 손을 얹고 황급히 그 자리를 떠났다. 그 모습에 렉스의 입은 슬그머니 다물어졌고 도네는 그런 렉스를 쳐다보고는 고개를 저었다.

정말 겁나게도 하늘이 파란 날이었다.

제 3 장

열받는 여행

열받는 여행

지난 이틀 동안 렉스는 말 타는 법을 배우기 위해 온갖 고생이란 고생은 혼자서 다해야 했다.

마시장(馬市場)에서 하필이면 가장 성질 더러운 말을 고른 것은 그가 말을 보는 눈이 없어 그렇다고 치더라도 마구(馬具)를 사고 말의 편자를 가는 데 그렇게 많은 돈이 들어갈 줄은 상상도 못했다. 게다가 간단한 여행용 도구까지 마련하자니 돈은 생각했던 것보다 더욱 많이 들어가 결국 렉스에게 위궤양과 두통을 안겨주었다.

엉덩이에 피멍과 굳은살이 생기는 연습 끝에 겨우 말을 탈 수 있게 되었을 때 베네스트 후작가의 영애를 호위하는 일행들이 하이네브르크 시에 도착했다.

이미 출발 준비를 마치고 있던 렉스와 도네는 일행들 가운데 인솔자인 가엘 디 비기스 남작과 간단한 인사를 나누고는 곧 하이네브르크를 출발했다.

인솔자인 가엘은 상당한 덩치를 자랑하는 용맹스런 인상의 소유자였다. 190파레스는 훨씬 넘을 듯 보이는 키에 턱과 코밑에 빽빽하게 자란 수염을 짧게 다듬은 모습이 그의 인상을 더욱 강하게 만들었다.

가엘은 새로 일행으로 합류한 렉스와 도네가 과연 베네스트 후작이 걱정하는 불의의 사고에 대처할 수 있는 실력이 있을지 상당히 의심스러웠다. 그래서일까? 두 사람을 바라보는 그의 눈빛에는 그들을 탐탁지 않게 여기는 빛이 역력했다.

점점 멀어져 가는 일행들의 뒷모습을 바라보던 알은 옆에 있던 유리에게 불안한 심정으로 입을 열었다.

"아무리 멍청한 녀석이라 하더라도 감히 후작가의 레이디에게 무례를 범하지는 않겠지?"

"글쎄요, 워낙 종잡을 수 없는 인물이라 감히 그런 짓을 하지 않을 것이라곤 장담할 수 없군요."

"제기랄, 그냥 내가 간다고 할 걸 그랬나?"

"대장은 실력도 없으면서 거들먹거리기나 하는 기사들과는 죽어도 같이 일하지 않는다고 맹세하지 않았습니까?"

"기사 녀석들의 꼬락서니를 다시 보고 싶은 생각이야 없지만 그래도 이번 청부는 후작가의 레이디를 호위하는 일이니만큼 내가 직접 나서는 것이 좋았을지도 모르는데……. 호위로 따라간 것이 저 괴상한 녀석이라서 그런지 찜찜한 생각을 버릴 수가 없군."

"하지만 스스로 무덤을 팔 정도로 멍청해 보이지는 않으니 큰 문제는 없을 겁니다."

"작은 문제도 생겨서는 안 돼, 절대로! 만약 그런 일이 생긴다면 우리 용병 길드는 그걸로 끝이란 말이야."

알의 입에서 그 말이 흘러나왔을 때는 가엘과 일행들의 모습은 이미 사라지고 보이지 않았다.

불안한 마음을 감추지 못하고 돌아서는 알의 발걸음은 오늘따라 상당히 무거워 보였다.

가장 앞쪽에 다섯 명의 기사들이 섰고 그 뒤로 열다섯 명의 병사들이 늘어섰다. 다음이 라그나 되 베네스트와 두 시녀가 탄 마차가 있었고 마차의 주위를 철통같이 지키는 기사들이 있었다. 그리고 일행들의 식량과 조리 기구, 여행 도구를 실은 마차가 뒤따랐고, 그 뒤를 일반 병사와 기사들이 따르고 있었다.

처음 가엘과 인사를 나눴을 때만 해도 렉스는 곧 라그나와 인사를 나눌 수 있을 것으로 생각했었다. 하지만 굳게 닫힌 마차의 문은 시간이 지나도 열릴 줄 몰랐고 가엘이나 다른 기사들도, 하다못해 일반 병사들 역시 렉스와 도네에게 신경 쓰는 사람은 하나도 없었다.

도네로서야 오히려 그러는 편이 신경 쓰이지 않아 편했지만 렉스는 상당히 기분이 나빴다. 라그나가 제아무리 후작의 딸이라고는 하지만 자신의 신변을 보호하기 위해 합류한 사람을 본 척도 하지 않을 줄은 몰랐기 때문이다.

렉스와 도네가 라그나 일행들과 합류를 한 것이 솔리언(오전) 10시경이니 이렇게 말없이 이동만 한 지도 벌써 3시간이 다 되어갔다.

마차 옆으로 말을 몬 가엘은 조심스럽게 마차 안을 향해 뭐라고 입을 열었고 잠시 고개를 끄덕인 가엘은 곧 커다란 음성으로 일행들을 멈추게 했다.

"이곳에서 점심 식사를 한 다음 잠깐 휴식을 취하고 다시 이동을 할 것이다. 루니언 10시까지는 꼬박 이동을 해야 하니 충분히 휴식을 취하도록 해라!"

가엘의 말에 일행들은 모두 말에서 내렸고, 일반 병사들은 짐마차에서 식사 기구를 내려 곧 요리를 시작했다. 요리라고 해봐야 대충 자른 고기와 야채를 한꺼번에 넣고 끓인 스튜와 딱딱한 빵 몇 조각이 전부였지만.

한쪽 나무 밑에서 휴식을 취하던 렉스는 마차의 문이 열리기만을 기다렸다. 대체 어떻게 생긴 여자이기에 코빼기도 보이지 않는 것인지 궁금했기 때문이다. 하지만 마차의 문은 시간이 지나도 여전히 열릴 줄을 몰랐다.

궁금증을 이기지 못한 렉스는 자신과 그리 멀지 않은 곳에서 쉬고 있던 기사에게로 걸음을 옮겼다. 그때 곁에서 눈을 감은 채 쉬고 있던 도네가 눈을 뜰 생각도 하지 않은 채 입을 열었다.

"괜한 사고 칠 생각 하지 말고 식사나 해."

"알았으니까 쉬고 있어."

가슴에만 철판을 댄 브레스트 플레이트 레더를 벗고 땀을 닦고 있던 20대 후반의 청년은 렉스가 미소를 지으며 자신에게 다가오자 곧 경계의 표정을 지었다.

"무슨 일인가? 식사를 하고 충분한 휴식을 취하라는 비기스 남작님의 말씀을 듣지 못했는가?"

조용하지만 단호한 상대의 음성에 렉스는 미소를 지었다.

"물론 저도 들었습니다만 궁금한 것이 있어 이렇게 왔습니다. 어차피 저도 랑츠 시까지 동행을 해야 하니 알 것은 알아야 하지 않겠습니까?"

일반적으로 기사들을 대하는 용병들의 태도는 둘 중 하나였다. 비굴하다고 할 정도로 자신을 숨기거나 아니면 아예 상대를 무시해 버리는 것이었다.

물론 상대를 무시하려면 그만한 실력을 가지고 있어야 한다는 것은 멍청한 작가도 알고 있는 일이라 더 이상의 설명은 그만두겠다.

"무엇이 궁금한가?"

"혹시 레이디 라그나께서 어디가 아프기 때문에 신전을 찾으시는 것입니까?"

렉스의 난데없는 소리에 상대는 어리둥절한 표정을 지었다.

"대체 그게 무슨 소린가?"

"그렇지 않고서야 이렇게 햇살이 좋은 날 어두운 마차 안에서, 그것도 휘장까지 드리우고 있을 까닭이 없지 않습니까? 만약 레이디 라그나께서 환자라면 저희들도 미리 대비를 해야 하지 않겠습니까?"

"레이디께서는 아프지 않네. 그리고 설사 무슨 일이 생긴다 하더라도 과연 자네가 나서서 해결할 수 있을까?"

"글쎄요, 그건 두고 봐야 할 문제 아닌가요?"

노골적으로 무시하는 것은 아니지만 렉스의 실력을 그리 믿지 못하는 것만은 분명한 사실이었다. 정규 교육을 받은 기사들이 하지 못할 일을 용병에 불과한 렉스가 해결한다는 것을 그는 믿을 수 없었던 것이다.

용병들 가운데 기사들보다 강하고 경험이 풍부한 자들이 없는 것은 물론 아니다. 하지만 자신에 비해 나이도 어리고 또 경험도 없어 보이는 렉스가 자신들보다 낫다는 생각은 전혀 들지 않았다.

"그야 두고 보면 알 것이고……. 저 비기스 남작이라는 분은 언뜻 보기에 상당히 강해 보이는데 저분에 대해 말씀해 주시겠습니까?"

"저분은 거의 소드 마스터에 가까운 실력을 가진 분으로, 특히 백병전이나 일 대 일 대결에서 저분을 당해낼 기사는 거의 없지. 전대 국왕이 즉위해 계실 때 해마다 벌어졌던 축제에 출전을 하셔서 몇 번이나 좋은 결과를 얻으셨던 분이네. 지금은 베네스트 후작 각하의 개인 기사단인 골든 소드 기사단의 단장으로 계시는 분이지."

"아~ 그런 분이셨군요. 언제 기회가 된다면 남작님과 대결을 해봤으면 좋겠군요."

감탄사를 터뜨리는 렉스의 말에 청년은 어이가 없었다. 그가 보기에 렉스는 전혀 주제 파악을 하지 못하고 있었다.

"참! 그보다 묻고 싶은 것이 하나 있습니다."

"또 뭔가?"

귀찮은 듯 되묻는 청년의 말에 렉스는 자신이 진짜 묻고 싶었던 것을 질문했다.

"저희가 동행을 하게 된 계기가 혹시 있을지도 모르는 미연의 사고를 대비하기 위해서라고 들었습니다. 하지만 제가 이해할 수 없는 것은 소드 마스터에 준하는 남작님이나 소드 익스퍼트 중급과 상급의 실력을 가진 기사 20명에 일반 병사 30명이 보호하고 있는 레이디께 일어날 수 있는 미연의 사고가 무엇인지 아무리 생각해 봐도 알 수 없더군요. 이건 정보 수집 차원에서 묻는 것이니 아는 대로 설명을 해주시겠습니까?"

렉스의 질문에 청년의 얼굴이 딱딱하게 굳어졌다. 렉스의 얼굴을 뚫어져라 노려보던 청년의 입이 열린 것은 조금 후의 일이었다.

"나는 그 일에 대해서는 자세히 알지도 못할 뿐더러 설사 알고 있다

하더라도 레이디 라그나의 명예를 위해 알려줄 수 없네. 괜히 쓸데없는 것에 신경 쓰지 말고 자네의 임무나 충실하게 수행하게. 만약 비기스 남작님께서 이 일을 알게 되신다면 자네를 그냥 두지 않을 것이네."

'그 일에 대해 알지도 못하지만 알아도 말 못하겠다? 그것도 레이디 라그나의 명예를 위해서? 이 자식이 지금 뭔 소리를 하는 거야? 우리가 동행하게 된 것이 좌우지간 레이디 라그나라는 여자와 연관이 있는 것만큼은 사실인 것 같은데……. 대체 뭔 일이지?'

"잘 알겠습니다. 친절하신 설명에 감사드립니다."

깍듯하게 인사를 한 렉스는 자신이 쉬던 곳으로 향했고, 그런 렉스의 행동에 용병들은 다 무식하고 경솔하다고만 생각해 왔던 자신의 판단이 성급했음을 느낀 청년이 외쳤다.

"이보게, 난 바이셀 던컨이라고 하네. 궁금한 것이 있으면 또 물으러 오게."

청년의 말에 돌아서서 손을 흔들어준 렉스는 자신이 쉬던 나무 밑으로 향했다. 하지만 도착하고 보니 쉬고 있는 줄 알았던 도네의 모습이 어디에도 보이지 않았다. 잠시 후에 돌아오겠지 하고 생각하면서 기다렸지만 도네는 휴식 시간이 다 끝나도록 나타나지 않았다.

잠시 주위를 서성이던 렉스는 출발 준비를 서두르는 중년 병사에게 도네의 행방을 물었다.

"혹시 조금 전 저와 같이 쉬고 있던 여자 용병을 보지 못했습니까?"

"아! 그 빨강 머리?"

"예, 머리가 빨갛죠."

"그 여자는 아까 레이디 라그나께서 부르셔서 갔는데……?"

"예? 레이디께서요?"

"그래, 조금 전 마차로 가는 걸 봤어. 맞아, 레이디의 시녀인 잉그릿이 그녀와 함께 가는 걸 봤네."

라그나가 도네를 부른 이유는 알 수 없지만 일단 확인을 해야겠다는 생각에 마차 쪽으로 걸음을 옮겼다. 하지만 렉스는 마차에서 몇 파렌 정도 떨어진 곳에서 제지를 당해 발걸음을 멈춰야만 했다.

당장이라도 검을 뽑아 들듯 롱 소드의 손잡이를 움켜잡으며 기사 두 사람이 자리에서 일어나서는 렉스의 앞을 가로막은 것이다.

"무슨 일이냐?"

"제 동료를 찾으러 왔습니다. 조금 전 레이디……."

"닥쳐라! 하찮은 네놈 입에서 거론될 이름이 아니시다. 어서 네 자리로 돌아가라. 그렇지 않으면 당장 이 검으로……."

30대로 보이는 기사의 말에 렉스는 순간적으로 화가 치밀어 클레이모어를 뽑아 들려 했다. 아니, 마차 안에서 도네의 음성이 조금만 늦게 들렸다면 당장 클레이모어를 뽑아 들었을 것이다.

"난 마차를 타고 갈 거니까 그렇게 알아."

마차의 휘장을 조금 걷고 도네가 표정없는 얼굴로 말했다. 분명 그녀도 젊은 기사와 렉스 사이의 일을 알 텐데 관심도 없다는 듯 자신이 할 말만 하고 휘장을 내려 버렸다.

렉스가 억지로 화를 참으며 돌아서서 가는데 근처에 있던 젊은 기사의 비아냥거림이 들렸다.

"감히 용병 주제에 기사에게 덤비려 하다니…… 정말 죽고 싶어 환장한 놈이군."

움켜쥔 주먹이 파르르 떨렸다.

그러는 사이 출발 준비가 모두 끝난 것을 확인한 가엘이 일행들에게 출발 명령을 내렸다.

"준비가 끝났으면 출발!"

일행들은 목적지를 향해 다시 출발했고 렉스와 도네가 용병으로서 보내는 첫째 날은 그렇게 지나갔다.

그날 밤.

일행들은 마차를 중심으로 둥글게 원형의 대형을 만든 채 야영 준비를 했다.

렉스는 마차에서 조금 떨어진 곳에 모닥불을 지피고는 멍하니 타오르는 불꽃을 보고 있었다. 불꽃이 일렁거릴 때마다 렉스의 얼굴에 드리워진 그림자가 흔들렸다.

"뭐 하고 있어?"

"어? 도네구나. 어서 와."

렉스와 마주 보고 앉은 도네는 오늘따라 한껏 무게를 잡고 있는 그를 향해 입을 열었다.

"뭐 하고 있었냐니까?"

"그냥 이 생각 저 생각하고 있었지 뭐."

"무슨 생각?"

오늘따라 꼬치꼬치 캐묻는 도네를 잠시 바라보다가 곧 모닥불로 시선을 돌렸다.

"이번 여행에서 과연 무슨 일이 생길까? 레이디 라그나는 무슨 일로 집을 떠나 집 근처도 아닌 랑츠에 있는 예술과 동물의 신인 에크네의 신전으로 가는 것일까? 그리고 베네스트 후작이 걱정하는 미연의 사고란 무엇일까 하는 그런 생각들을 하고 있었어."

"너란 인간은 보면 볼수록 이상해."

"뭐가?"

"대부분의 인간들이 자신의 이익만을 챙기기도 바빠 다른 사람의 일은 보고도 못 본 척하기 일쑤라는데 넌 어째서 그렇게 남의 일에 신경을 쓰는 거지?"

"하하하, 왜냐고? 내가 원래 인간성이 좋은 사람이잖아."

"그게 무슨 소리야? 이해할 수가 없잖아."

"도네, 네가 내 말을 이해한다고? 하하하, 날 웃기는 그런 소리는 그만 하고 네가 보기에 레이디 라그나는 어떤 여자인 것 같아?"

렉스가 자신의 말에는 대답하지 않고 도리어 질문을 하자 기분이 상한 듯 도네는 입을 꾹 다물었다. 그 모습을 보고 피식 웃음을 터뜨린 렉스가 일어나 도네 곁에 앉았다. 그리고는 그녀의 어깨에 팔을 두르면서 입을 열었다.

"이봐, 도네. 왜 그렇게 화를 내? 왜, 내가 레이디 라그나에게 관심이 있는 것처럼 보여서? 하하하, 그건 오해야. 레이디 라그나는 나에게 있어 단지 보호할 대상에 불과해. 솔직히 내 관심을 끄는 것은 그녀가 아니라 혹시 일어날지 모른다는 미연의 사고야. 게다가 네가 그녀 곁에 있는데 세상에 감히 어떤 녀석이 그녀를 건드릴 수 있겠어? 그리고 무엇보다 나에겐 네가 있잖아. 넌 내가 널 얼마나 마음 깊이 생각하고 있는지 아마 모를 거야."

평상시에 렉스가 이런 식으로 자신을 껴안았다면 당장 뭐가 날아가도 날아갔을 테지만 오늘은, 아니, 지금만큼은 꼼짝도 하고 싶지 않았다.

"13년 전 내가 널 찾아갔을 때부터 나에겐 너밖에 없었어. 사람이 살아가기 위해서는 공기를 필요로 하듯 너 없는 난 생각할 수도 없는데 넌 왜 날 안 믿어주는 거지……?"

렉스의 말에 도네는 달콤한 생각과 함께 왠지 그에게 미안하다는 생각이 들었다. 그가 설마 자신을 이렇게 마음속 깊이 생각하고 있을 줄은 미처 생각지도 못했다. 또한 렉스와 지내면서 점점 인간의 마음을 느끼는 자신이 당혹스럽기조차 했다.

"손을 대면 부서질 것처럼 약한 여자야."

"응?"

"라그나란 여자 말이야. 너무 허약해서 손을 댈 수도 없을 정도라고."

"그래? 그럼 혹시 무슨 일로 랑츠로 가는지는 알아?"

"그건 알 수 없고, 다만 시녀들이 하는 말을 종합해 보면 본인은 가고 싶지 않은데 아버지인 베네스트 후작이란 녀석이 강제로 보낸 것 같아."

"그래? 하지만 이상한걸?"

"뭐가 그렇게 이상하다는 거지?"

"베네스트 후작이 얼마나 열렬한 에크네의 열성 신도인지는 모르지만 현재 베네스트 후작이 사는 후작가 근처에도 에크네의 신전이 있을 텐데 굳이 랑츠까지 보내는 그 이유를 모르겠단 말이야. 뭔가 특별한 이유가 있을 것 같은데……."

"시간이 지나면 알게 되겠지."

도네의 말에 렉스는 그녀의 얼굴을 빤히 쳐다봤다.

"도네가 그런 말을 하니 왠지 새로워 보이는걸?"

"실없는 소리 하지 마."

"자아~ 이제 시간도 늦었는데 그만 자자고."

"같이?"

"왜, 안 돼?"

"너같이 단순한 놈을 어떻게 믿어? 저리로 가. 빨리."

"알았어, 알았다고."

다시 모닥불 건너편으로 넘어온 렉스는 모닥불에 굵은 나무를 몇 개 던져 넣었다.

"그럼 잘 자."

"그래, 너도."

렉스는 담요와 겸용으로 사용하기 위해 산 망토가 이슬에 축축하게 젖은 것을 느끼며 잠에서 깨어났다. 졸린 눈을 비비면서 일어나 모닥불을 확인해 보니 불은 이미 꺼져 있었고 불씨만 겨우 남은 상태였다.

렉스는 서둘러 일어나 다시 모닥불에 나뭇가지를 넣고는 불을 살리기 위해 세차게 입으로 바람을 불었다. 불꽃이 되살아나자 그제야 렉스는 주위를 둘러보았다.

근처에 물가가 있는지 주위에는 엷은 물안개가 끼어 있었고, 또 사방에 흩어져 잠을 청하고 있는 기사와 병사들의 모습이 보였다. 불침번을 서고 있는 서너 명의 병사를 제외하고는 모두들 깊은 잠에 빠져 있었다.

다시 잠을 청하려 했지만 한번 눈이 떠지고 나니 더 이상 잠이 오지 않았다.

결국 자리에서 일어선 렉스는 이리저리 몸을 움직여 굳은 근육을 풀기 시작했다. '우두둑' 하는 뼈와 근육의 합창 소리가 몇 차례 들리고

난 후 잠들어 있는 도네의 얼굴을 한번 보고는 산책을 하기 위해 천천히 걸음을 옮겼다.

야영지로 삼은 곳이 통행로에서 그리 멀리 떨어지지 않은 평탄한 곳이라 비록 안개가 끼었다고는 하지만 시계(視界)는 5, 60파렌 이상 되어 보였다.

불침번을 서고 있는 병사들에게 잠시 주위를 산책하겠다고 알린 렉스는 주변을 돌아다녔다. 하지만 시간이 너무 일러서인지 동물들도, 여행자의 모습도 보이지 않아 따분한 생각이 들었다.

다시 돌아가 잠이나 자야겠다고 결심한 렉스가 막 발길을 돌리려고 할 때 어디선가 한껏 억누른 여인의 흐느끼는 소리가 들려왔다.

안개 속에서 은은히 들려오는 여인의 흐느낌 소리.

소름이 오싹 돋을 만한 상황이지만 렉스는 그 흐느낌에서 가슴 저린 슬픔이 느껴졌다. 호기심이 생긴 렉스는 조심스럽게 흐느끼는 소리가 들리는 쪽으로 걸음을 옮겼다.

렉스가 상대를 발견한 곳은 일행들로부터 거의 20파렌 이상 떨어진 곳이었다. 약간 아래로 비탈진 곳을 내려가 보니 작은 연못이 있었고 울음소리는 그곳에서 들리고 있었다.

하얀 드레스를 입은 여인이 바위에 걸터앉아 고개를 떨군 채 오열을 토하고 있었다.

렉스는 그녀와 불과 5파렌도 떨어져 있지 않았지만 렉스의 행동이 워낙 조용해서인지, 아니면 여인이 슬픔에 젖어 주위에 신경을 쓰지 못했기 때문인지 자신 주위에 렉스가 있다는 것을 조금도 깨닫지 못하고 있었다.

한껏 웅크린 탓인지 여인은 더욱 작아 보였고, 그래서 여인의 슬픔은 더욱 가슴 저리게 가슴을 파고들었다.

"흑흑흑."

"저어……."

갑자기 들린 렉스의 음성에 여인은 소스라치게 놀라 벌떡 일어나 뒷걸음질을 쳤다. 그러던 중 그녀의 몸은 돌부리에 걸려 연못 쪽으로 넘어갔고, 갑작스런 여인의 반응에 당황스러워하던 렉스는 재빨리 손을 뻗어 그녀의 손목을 잡았다.

절묘한 타이밍으로 상대의 손목을 낚아챈 렉스는 안도의 한숨을 쉬며 여인을 위험하지 않은 쪽으로 끌어당겼다. 그리고 상대를 확인한 렉스는 상대가 비에 젖은 어린 새처럼 너무 연약하다는 느낌이 들었다.

병자라고 해도 믿을 만큼 창백한 안색에 코도 작고 입도 작았지만 눈물이 가득 고여 있는 눈망울만은 너무나 커서 마치 그녀의 얼굴 전체가 슬픔에 젖어 있는 것 같았다.

"아, 아파요. 그만 손을……."

여인이 눈살을 찌푸리며 말을 하자 렉스는 그제야 깜짝 놀라 손목을 놓아주었다. 꽤나 통증을 느끼는 듯 여인은 렉스가 잡고 있던 손목을 어루만졌다.

비록 그 여인을 만난 것은 오늘 처음이지만 그녀가 누구인지 충분히 짐작할 수 있을 것 같았다.

"혹시 레이디 라그나… 이십니까?"

렉스의 질문에 여인은 상당히 겁을 먹은 얼굴로 상대를 바라보고 있었다. 가녀린 그녀의 모습만큼이나 작디작은 음성이 들렸다.

"누, 누구신데 제 이름을 알고 계시나요?"

"겁내지 마십시오. 전 레이디 라그나를 경호하기 위해 하이네브르크 시에서 고용된 용병입니다. 렉스 레티나라고 불러주십시오."

렉스가 자신의 이름을 밝혔음에도 불구하고 라그나의 얼굴에 어린 두려운 기색은 가셔지지 않았다. 그런 상대에게 자신이 결코 그녀를 해칠 생각이 없다고 설명하는 것은 무리란 생각이 들어 렉스는 천천히 뒤로 물러섰다.

상대가 순순히 물러섰음에도 불구하고 라그나는 여전히 두려워하는 얼굴로 렉스를 바라보았다.

"근처를 산책하다 누군가의 울음소리가 들려 우연히 오게 된 것뿐입니다. 전 이만 가볼 테니……."

"가지 마세요."

'에엥? 이건 또 뭔 소리야? 그렇게 무서워하는 표정을 지으면서 가지 말라고 하면 나보고 어쩌란 말이야?'

머리에선 이율배반적인 그녀의 행동에 혀를 차면서도 얼굴은 벌써 부드러운 미소를 짓고 있었다.

"저에게 하실 말씀이라도……."

"용병님, 아니, 렉스님께 여쭤보고 싶은 것이 있어요."

좀 전보다 조금 커지기는 했지만 여전히 알아듣기 힘들 정도로 작게 소곤거리는 음성이었다. 하지만 그보다 후작가의 영애(令愛)가 한낱 용병에게 용병님이니 렉스님이니 하는 호칭을 써야 할 정도로 궁금하게 여기는 것이 무엇일까? 그것이 더 궁금했다.

"말씀하십시오."

"저어… 드래곤 슬레이어에 대해 알고 계시나요?"

"예에?"

뜻하지 않은 라그나의 질문에 렉스는 자신도 모르게 뒷머리를 긁적였다.

이게 무슨 개 풀 뜯어먹는 소리란 말인가?

난데없이 드래곤 슬레이어라니? 물론 남들이 아는 만큼 알고는 있지만 왜 그녀가 드래곤 슬레이어에 대해 묻는 것인지 도저히 짐작이 안 갔다.

"약간은 알고 있습니다만……?"

"그럼 저에게 설명을 해주시겠어요?"

너무도 간절한 눈으로 자신을 바라보자 렉스는 자신이 아는 한도 내에서 설명해 줬다.

"드래곤 슬레이어란 말 그대로 드래곤을 죽인 사람을 가리키는 말입니다. 하지만 그것은……."

"그 일이 인간의 힘으로, 또 현실적으로 가능한 일인가요? 렉스님은 드래곤을 직접 보신 적이 있으신가요? 어떻게 하면 드래곤을 죽일 수 있나요?"

폭포수처럼 쏟아져 나오는 라그나의 질문에 렉스는 정신을 차릴 수가 없었다. 또 질문을 하는 라그나의 얼굴에서 극도의 불안과 초조해하는 표정을 확연히 발견할 수 있었다.

그녀가 무슨 이유로 드래곤 슬레이어에 대해 질문을 하는 것인지는 모르지만 일단은 사실대로 말해 주어야겠다고 결심한 렉스가 천천히 입을 열었다.

"무슨 이유로 드래곤 슬레이어에 대해 묻는 것인지 이유는 모르겠지만 제가 아는 것을 말씀드리지요. 우선 드래곤 슬레이어가 되는 것은 현실적으로는 거의 불가능한 일입니다. 9클래스의 마법에 인간의 무기로는 상처도 입힐 수 없는 몸, 그리고 가공할 파괴력을 가진 브레스.

웬만한 사람들은 드래곤이 내뿜는 드래곤 피어조차도 감당하지 못해 목숨을 잃을 겁니다."

렉스의 말이 이어질수록 그렇지 않아도 창백하던 라그나의 얼굴은 더욱 창백하게 변했다. 물론 그런 그녀의 모습을 보지 못한 것은 아니지만 렉스는 말을 멈출 생각을 하지 않았다.

"드래곤을 직접 본 적이 있냐는 질문에는… 딱 한 번 본 적이 있습니다. 5,000살이 넘은 레드 드래곤이었는데 머리에서 꼬리까지의 길이가 자그마치 200파렌이 넘었습니다. 그런 드래곤을 인간의 힘으로 죽인다는 것이 과연 가능하겠습니까? 게다가 비늘로 뒤덮여 있는 드래곤의 몸에 상처를 낼 수 있는 것은 드래곤의 이빨이나 뼈, 즉 드래곤 본으로 만든 무기밖에는 없습니다. 세상에 알려져 있는 드래곤은 그런 존재입니다. 가히 지상 최강의 생명체라고 할 수 있죠. 아마 드래곤을 상대할 수 있는 존재는 같은 드래곤이나 신밖에는 없을 겁니다."

단정적인 렉스의 말에 꼭 감은 라그나의 눈꺼풀이 파르르 떨린다고 느끼는 순간 그녀는 맥없이 쓰러져 버렸다. 황급히 쓰러지는 그녀를 부축하던 렉스는 이미 그녀가 기절해 있다는 것을 확인하고는 어이가 없었다.

세상에 드래곤 슬레이어가 뭐냐고 묻던 사람이 기껏 친절하게 설명을 해주었더니 느닷없이 기절해 버렸다?

렉스는 도저히 그런 라그나를 이해할 수 없었다.

조심스럽게 그녀를 바닥에 내려놓은 렉스는 그녀가 깨어나기만을 기다렸다.

그녀는 왜 자신에게 드래곤 슬레이어에 대해 물은 것일까?

혹시 그것이 그녀가 후작가를 떠나야만 하는 것과 연관이 있는 것일까?

그녀가 깨어나길 기다리는 동안 렉스는 여러 가지 생각을 했지만 어떤 결론도 내릴 수 없었다.

시간이 지나도 좀처럼 깨어나지 않는 그녀를 보며 그녀의 시녀를 부를까 하는 생각을 하고 있을 때였다.

"아가씨!"

"아니, 저놈이……?!"

챙! 챙!

갑자기 들린 사내들의 음성에 고개를 돌리고 상대를 확인하니 라그나를 호위하던 기사들 가운데 일부였다. 30대 중반으로 보이는 그들은 바닥에 쓰러져 있는 라그나와 그녀의 드레스에 묻은 흙을 발견하고는 곧바로 자신들의 검을 뽑아 들고는 미친 듯이 렉스를 향해 달려들었다.

휘이익—

챙!

"이게 무슨 짓이오?"

"감히 아가씨께 무슨 짓을 한 것이냐?"

"그건 오해요. 난 아무 짓도 안 했단 말이오!"

"네놈이 아무 짓도 안 했는데 아가씨가 괜히 쓰러져 계신단 말이냐?!"

"일단 이 칼부터 치우시오. 내 자세히 설명을 할 테니……."

"하찮은 용병 주제에 감히 후작가의 영애께 파렴치한 짓을 하려 들다니……! 오늘 네놈의 목을 자르고 카로프 용병 길드의 알 카로프란 놈에게 오늘의 죄를 묻겠다!"

자신의 말은 들은 척도 하지 않은 채 미친 듯이 검을 휘두르는 두 기사의 행동에 렉스는 어이가 없었다. 그들의 행동은 마치 지저분한 자신이 순결하기 짝이 없는 라그나의 곁에 있었다는 사실조차 인정할 수 없는 것처럼 보였다.

은근히 치밀어 오르는 분노를 더 이상 참지 못한 렉스는 클레이모어를 잡은 손에 힘을 주고는 날아오는 상대들의 검을 향해 그대로 휘둘렀다.

챙!

"으윽!"

가소롭다는 듯 미소를 지으며 렉스가 휘두른 클레이모어와 부딪쳤던 기사는 자신의 손목을 움켜쥐고는 그 자리에 주저앉으며 고통스러운 신음을 터뜨렸다. 동료의 모습을 보고 멈칫하던 기사는 렉스가 휘두른 클레이모어의 칼등에 맞아 그대로 기절하고 말았다.

"후후후, 실력도 안 되는 것들이 감히 누구한테 엉기는 거야? 너희들 눈엔 내가 그렇게 말랑말랑하게 보여?"

렉스의 말에 바닥에 주저앉아 있던 기사의 눈에서는 살기에 가까운 빛이 번뜩였다. 이를 악문 기사는 자신의 허리에 차고 있던 자그마한 호각을 뽑아 힘차게 불었다.

삐이—

날카로운 소리가 사방으로 울려 퍼졌고, 그런 기사의 모습을 렉스는 가소롭다는 표정을 지으며 쳐다보고 있었다.

"후후후, 혼자서는 안 되니까 이젠 들개 떼처럼 동료들을 부르겠다는 거냐? 정식 기사가 용병 하나도 제대로 상대 못해 동료들을 부르다니… 정말 한심해서 말이 안 나오는군."

"크윽! 기고만장한 것도 이제 얼마 남지 않았다. 동료들이 오면……."

"으응… 여기가 어디?"

"저, 정신이 드십니까, 아가씨?"

라그나가 깨어나자 기사는 황급히 그녀의 곁으로 다가갔다.

"어머! 제가 기절을……."

"얼마나 놀라셨습니까, 아가씨! 아가씨를 충실하게 보호해 드리지
못해 죄송합니다. 하지만 이제 곧 동료들이 와서 저 짐승 같은 놈을 당
장……."

"예? 무슨 말씀이세요?"

라그나가 그렇지 않아도 커다란 눈을 더욱 커다랗게 뜨자 놀란 사람
은 오히려 입을 열었던 기사였다.

"저분이 짐승 같다니……? 그게 무슨 말씀이시죠?"

"그, 그럼 저놈이 짐승 같은 짓을 했기 때문에 놀라 기절한 것이 아
니시란 말입니까?"

기사의 말에 그제야 상황을 이해한 라그나의 얼굴은 순식간에 새빨
갛게 변했고, 당황해 어쩔 줄 몰라 했다. 그런 그녀의 모습을 렉스와
기사는 어리둥절한 눈으로 보고 있었다.

"렉스님, 너무 죄송해요. 제가 허약해서 렉스님의 말씀을 듣고 너무
놀라 그만 기절해 버리고 말았군요. 저에게 친절을 베푸셨는데 오히려
그것 때문에 오해까지 받으시다니… 정말 죄송해요."

"괜찮습니다, 레이디 라그나."

라그나의 말에 렉스는 고개를 저으며 클레이모어를 천천히 등에 메
고 있던 검집에 집어넣었다.

"당신은 어서 이분께 무례를 사과드리도록 하세요. 어떻게 확인도

해보지 않고 이렇게 무례한 짓을 할 수 있는 거죠? 어서 사과드리세요."

"아니, 아가씨, 저따위 용병에게 기사인 제가 사과를 해야 한다는 말입니까?"

"그럼 기사는 잘못한 일이 있어도 상대에게 사과하지 않아도 괜찮다는 말인가요?"

"그런 것은 아니지만……."

비록 화가 났다고 해봐야 라그나의 눈이 조금 더 크게 떠지고 얼굴이 붉게 물들어 있는 것에 불과했지만 그녀가 지금 화를 내고 있다는 것은 분명히 느낄 수 있었다. 평소 화를 내는 그녀의 모습을 본 적이 없기에 기사로서는 더욱 당황하지 않을 수 없었다.

"어서 사과를 하도록 하게."

갑자기 들린 음성에 고개를 돌리고 보니 가엘과 나머지 기사들이 이미 도착해 있었다. 기사가 자신의 억울함을 가엘에게 하소연하려 했지만 가엘의 얼굴마저 딱딱하게 굳어 있자 어쩔 수 없이 렉스에게 사과를 해야 했다.

"내가 그대를 오해한 것 같다. 정식으로 사과를 하겠다. 내 사과를 받아주겠는가?"

"뭐, 사과를 한다면 받아주지. 몰라서 한 짓인데 화를 낼 수는 없는 일이지. 하지만 이번뿐이야."

렉스의 마지막 말에 기사는 온몸이 떨릴 정도로 분노가 치밀었지만 억지로 눌러 참아야만 했다. 바닥에 떨어진 검을 회수한 기사는 고개를 숙인 채 그 자리를 떠났고, 그런 그의 얼굴에는 수치심과 모멸감으로 잔뜩 일그러져 있었다.

"아가씨, 어서 마차로 돌아가시지요. 갈 길이 상당히 머니 준비를 서둘러야 합니다."

"알았어요, 아저씨. 저어… 렉스님."

"말씀하십시오, 레이디 라그나."

"오늘 말씀 정말 감사드려요. 그럼 이만……."

라그나가 일부 기사들의 호위를 받으며 마차로 가자 남아 있던 가엘과 기사들의 눈빛이 일제히 달라졌다.

차갑게 가라앉은 가엘의 눈길에도 렉스는 따분한 표정을 지으며 전혀 신경 쓰지 않았다.

"용병 주제에 감히 기사에게 대항을 해?"

"조용."

가엘의 짧은 제지에 곁에 있던 기사는 분한 표정을 지었지만 더 이상의 행동은 자제했다.

"내가 보기에 자네는 상당한 검술 실력을 지닌 듯하군. 하지만 그렇다고 기사들을 우습게 보다간 언젠가 큰코다칠 날이 올 것이네. 그리고 난 내 부하를 다치게 한 자를 그냥 두고 볼 정도로 마음이 넓은 사람이 아니라는 것만 기억해 두도록 하게. 가자."

가엘의 말에 기사들은 렉스를 노려보다가 일제히 몸을 돌려 그 자리를 떠났다.

"넌 어떻게 움직이기만 하면 사고를 치냐?"

"도네, 너까지 뭐라고 할 거야?"

"그래, 관두자. 너랑 무슨 이야기를 하겠니. *쯧쯧쯧.*"

도네의 혀 차는 소리가 귀에 거슬리기는 했지만 렉스는 그냥 듣고만 있었다. 몇 마디 더 하려던 도네는 렉스의 태도에 고개를 흔들었다.

"곧 출발할 것 같으니 어서 가서 식사나 해."

참으로 따분하고 재미없는 여행이었다.

그렇다고 몬스터와 우의를 돈독히 할 수 있는 어떤 기념 행사(?)를 기대하거나 산적들이 나타나 일행을 기쁘게(?) 하기를 바란 것은 아니지만 이건 정말 환장하도록 따분한 여행인 것만은 사실이었다.

고개를 돌려 마차를 호위하고 있는 기사들의 얼굴을 살피니 그들 역시 따분해하는 기색이 역력했다. 그들도 연일 계속되는 평화스런 여행에 점점 긴장이 느슨해져 처음 보았을 때의 긴장감은 어디론가 사라지고 동료들과 간단한 대화를 나누고 있었다.

렉스도 심심했지만 방법이 없었다.

도네는 어떻게 라그나를 구워삶았는지 아침에 출발하려고 할 때면 항상 자신을 찾게 만들었다. 해서 본의 아니게 렉스는 날마다 혼자 행동해야만 했다.

처음에는 별것 아니라고 생각을 했지만 시간이 지나면 지날수록 렉스는 슬슬 열이 났다. 이유는 단순히 자신은 힘들게 말을 타고 가는데 도네 혼자만 편하게 마차를 타고 간다는 것 때문이 아니었다.

기사들은 자신을 멀리하는 것은 얼마 전 있었던 사건 때문이고, 또 병사들은 그런 기사들의 눈치를 봐 자신 곁에 오려 하지 않는다는 것을 눈치 채지 못할 렉스가 아니었다. 하지만 이렇게 많은 사람들 가운데 자신만 철저히 외톨이가 되어야 하는 상황을 렉스의 성질로 순순히 받아들이기에는 상당한 무리가 따랐다.

어찌 되었든 렉스는 날마다 군중 속의 고독을 느끼며 여행을 해야만 했다.

벌써 15일이 지났다.

이제 랑츠까지는 불과 5일밖에 남지 않았다. 렉스는 이 여행이 아무 일도 일어나지 않고 무사히 마칠 것 같은 불길한(?) 예감이 들었다.

하룻밤 숙박을 하기 위해 들른 여관은 상당한 규모를 가진 여관이었다.

가엘은 경호상의 이유를 들어 주인에게 투숙객들을 모두 내보내도록 명령했다.

주인은 울상이 되었지만 상대는 귀족, 자신의 힘으로 어쩔 수 있는 상대가 아니었다. 여관 주인은 어쩔 수 없이 손님들에게 사정을 이야기하고는 그들을 내보내야 했다. 그러면서도 그가 더욱 걱정을 한 것은 귀족이 이 여관을 자주 애용한다는 소문이 퍼지는 것이었다. 그렇게 되면 일반 여행객들이나 모험가, 프리스트들이 절대 이곳을 찾지 않을 것이 너무나 분명했기 때문이다.

결국 여관은 라그나 일행들이 점령하고 있었다.

이미 저녁 식사도 마친 후라 렉스는 여관의 후원에 마련된 휴식처에서 잠시 쉬고 있던 참이었다.

그때였다.

그의 눈에 지겨웠던 평화를 일순간에 날려줄 존재가 여관의 지붕에서 은밀하게 움직이는 것이 들어왔다.

잔뜩 긴장한 듯 조심스럽게 움직이던 검은 물체는 미처 후원의 나무 사이에서 자신을 쳐다보고 있는 인물이 있다는 것을 깨닫지 못하고 조금씩 이동하고 있었다.

렉스는 처음 그가 좀도둑일 것이라고 생각했다. 하지만 곧 그 생각을 바꾼 것은 가엘이 이 여관을 점령하면서 하도 요란을 떨어 이 도시 사람들 가운데 가엘이 이 여관에 있다는 것을 모르는 사람이 없다는 사실을 깨달았기 때문이다.

제아무리 금품 위치 이동 실력이 천재적인 도둑이라 하더라도 기사들과 병사들이 잔뜩 포진해 있는 여관을 털 결심을 할 정신병자는 없을 거란 생각이 들자 렉스의 몸이 어둠 속으로 사라졌다.

제 4 장

도르미네스

도르미네스

여관 지붕 위에서 움직이는 정체 불명의 검은 그림자는 지금 상당히 초조한 상태였다.

이미 비기스 남작과 그가 호위하는 귀빈이 이 여관에 투숙했다는 정보는 입수했지만 자신이 찾고자 하는 상대가 지금 어디에 있는지는 도무지 알 도리가 없어 답답한 마음을 금할 길 없었다. 조급해지는 마음을 억지로 달래며 다시 한 번 차근차근 생각을 정리해 보았다.

자신이 찾는 여인의 신분상 다른 사람들과 함께 식사를 할 리 만무했다. 그렇다면 식사를 자신의 방에서 할 것이 분명한데 자신이 조심스럽게 몇 번을 확인했지만 여관 1층에 마련된 식당을 제외하고는 어디에서도 식사하는 소리를 들을 수 없었다.

그렇다면 이미 식사를 마쳤거나 식사를 하기 전이 분명했다. 그렇다면 그녀의 식사를 가져오거나 식사 후 식기를 내가기 위해 시녀들의 움직임이 있을 것이라 생각했기 때문에 이렇게 지붕 위에서 여관 전체를 감시하고 있는 중이었다. 하지만 그런 자신의 예상을 비웃기라도 하듯 시녀들의 모습은 좀처럼 보이지 않았다.

검은 그림자가 초조함을 이기지 못해 어금니를 깨물 때 그와 조금 떨어진 곳에 렉스가 서 있었다. 하지만 상대는 모든 신경이 여관 전체에 쏠려 있었기 때문에 렉스가 자신의 뒤에 있다는 것을 전혀 깨닫지 못하고 있었다.

전체적으로 170파레스가 조금 넘는 키에 둥글게 웨이브가 진 금빛 머릿결을 가진 상대는 등에 상당히 긴 바스타드 소드와 류트를 메고 있었다. 누군가의 물건을 슬쩍하기 위한 작업복이 아닌 것은 분명해 보였다.

"이봐, 그러고 있으면 힘들지 않아?"

"헉!"

갑자기 들린 음성에 검은 그림자는 입으로 심장이 튀어나올 정도로 깜짝 놀랐다. 자신의 예상보다 상대가 더 놀라자 렉스 역시 덩달아 놀랐다.

"깜짝이야. 왜 그렇게 놀라?"

챙!

렉스의 말이 끝나기도 전에 상대는 바스타드 소드를 뽑아 들었다. 하지만 검의 끝이 심하게 떨리는 것을 보니 겁을 먹었거나 상당히 흥분한 것 같았다.

상대의 모습에 렉스가 점잖게 한마디 했다.

"이봐, 그렇게 검끝이 흔들려서야 어디 제대로 공격이나 할 수 있겠어?"

렉스의 점잖은 충고에 잠시 흠칫 놀란 상대는 길게 한번 심호흡을 했고, 그러자 금세 거짓말처럼 검의 떨림이 멈췄다.

"내가 경험이 부족해 잠시 흥분을 했던 것 같군. 추한 모습을 보여 미안하네."

점잖은 렉스의 충고에 대한 점잖은 사과였다. 자신의 감정을 상대의 말 한마디에 조절할 수 있는 상대가 절대 평범한 인물일 리 만무했다.

상대에 대해 호기심이 일기는 했지만 렉스는 여전히 검을 뽑을 생각을 하지 않았다. 여느 사람과는 다른 렉스의 태도에 상대 역시 호기심이 생겼다.

"자네는 또 한 가지 실수를 했네."

"실수?"

"그래."

"내가 무슨 실수를 했는지 가르쳐 주겠나?"

"좋아. 오늘 처음 만나는 것이기는 하지만 말이 통하는 친구 같으니까 가르쳐 주지. 자네가 이렇게 조심스럽게 움직이는 이유는 지금 여관에 있는 비기스 남작이나 기사들에게 들키지 않기 위해서라고 생각하는데…… 내 말이 틀렸나?"

"흐음, 자네의 말이 맞네."

"그런데 검을 뽑아 어쩌겠다는 말인가?"

상대는 자신의 검을 바라보았지만 여전히 렉스의 말을 이해하지 못하고 있었다.

"아직도 이해가 안 되나? 만약 내가 자네와 지금 이 자리에서 칼싸움을 시작해 큰 소리를 낸다면 비기스 남작이나 기사들이 어떻게 할 것 같은가?"

"아~"

상대가 그제야 알았다는 듯 고개를 끄덕이고는 검을 집어넣자 렉스가 말을 이었다.

"물론 자네의 목적이 무엇인지는 모르지만 아마 비기스 남작이나 기사들이 알면 안 되는 일이겠지?"

"안 된다는 것보다는 그들이 알면 귀찮아지기 때문이지. 설사 그들이 나타난다 하더라도 날 막을 수는 없을 것이네. 난 단지 조용히 일을 해결하려고 이런 행동을 했을 뿐이지."

"실례가 안 된다면 자네가 말하는 그 일이 무엇인지 알 수 있을까?"

잠시 렉스의 얼굴을 바라보던 상대는 천천히 대답했다.

"레이디 라그나를 만나는 일."

"만나? 레이디 라그나를?"

"그렇네."

절친한 친구 사이처럼 대화를 주고받던 렉스는 상대의 말에 다시 한번 그의 얼굴을 살펴보았다.

상대의 얼굴에 떠올라 있는 묘한 자신감이나 감히 후작가의 딸인 라그나를 만나는 것이 별일 아니라는 듯 말하는 것을 보면 아마도 이자가 후작가에서 우려했던 미연의 사태가 아닌가 생각되었다.

가볍게 목을 움직여 근육을 푼 렉스는 빙그레 미소를 지으며 상대에게 입을 열었다.

"난 렉스 레티나라고 하네. 자네는?"

"듀오네 라오스라고 하네. 만나서 반갑군."

"나 역시 반갑네. 하지만 난 레이디 라그나를 보호하기 위해 특별히 고용된 용병이니 자네를 막아야 하는 것이 내 입장이네. 내 입장을 이해해 주게."

렉스의 말에 듀오네는 잠시 심호흡을 했다.

"하는 수 없지."

지금 듀오네로서는 결정을 내려야만 했다. 여기서 렉스와 겨룰 것인지 아니면 이대로 물러설 것인지 말이다.

현재 자신이 여관에 침투했다는 사실을 아는 사람은 렉스뿐이니 그만 처리한다면 라그나를 데리고 무사히 탈출할 수 있을 것 같았다. 하지만 렉스가 소리라도 한번 지르는 경우에는 라그나를 만나기는커녕 자신의 정체마저 발각될 수도 있는 상황이었다.

물론 정체가 발각된다고 겁먹을 자신은 아니지만 자신으로 인해 베네스트 후작에게 자신의 가문이 어떤 핍박을 받게 될지 모르는 일이기에 이렇듯 망설이고 있는 것이었다.

나아갈 수도 없고, 그렇다고 물러설 수도 없는 상황.

듀오네가 잠시 망설이는 모습을 보일 때 렉스는 이미 그를 향해 달려들고 있었다.

검은 가죽으로 감싼 주먹이 얼굴로 날아오는 것을 발견한 듀오네는 황급히 옆으로 피했다. 하지만 렉스는 재빨리 주먹을 끌어당겼다 다시 뻗었다.

퍽!

미처 피할 사이도 없이 렉스의 주먹은 듀오네의 뺨에 날아가 꽂혔고, 불의의 기습에 당한 듀오네는 그만 중심을 잃고 후원으로 떨어졌다. 하지만 떨어져 내리는 동안 재빨리 허공에서 몸을 비틀었기에 무사히 지면에 내려설 수 있었다.

뒤이어 뛰어내린 렉스는 아직 정신을 차리지 못하고 있는 듀오네를 향해 달려들었다.

턱을 감싼 채 비틀거리던 듀오네를 향해 달려들던 렉스가 재차 주먹을 휘둘렀다. 하지만 커다란 궤적을 그리며 날아들던 렉스의 주먹은 빈 공간을 갈랐을 뿐이었다.

퍼억!

어느새 몸을 낮춘 듀오네가 텅 비어 있는 렉스의 복부를 향해 힘껏 주먹을 휘둘렀다. 복부에 심한 타격을 받은 렉스는 자신의 배를 움켜잡은 채 뒤로 몇 걸음 물러섰고, 듀오네는 그 틈을 놓치지 않고 렉스의 턱을 향해 주먹을 뻗었다.

금방이라도 자신의 주먹에 걸려 날아갈 것처럼 보였던 렉스가 오히려 팔을 뻗어 자신의 주먹을 휘감아왔다. 아니, 잡혔다고 느끼는 순간 빙그르르 몸을 돌려서는 자신을 메치는 것이 아닌가.

듀오네의 몸이 허공에서 커다란 반원을 그리며 지면에 처박힐 것을 렉스는 의심치 않았다. 하지만 그런 렉스의 예상과는 달리 듀오네는 다시 허공에서 자신의 몸을 회전시켜 지면에 무사히 내려섰다.

그들이 높이가 거의 10파렌 이상 되는 여관의 지붕에서 공격을 주고받은 후 지면에 내려서서 다시 공격과 방어를 주고받는 데 걸린 시간은 그야말로 눈 깜빡할 사이였다.

다시 5, 6파렌 정도의 거리를 두고 떨어진 두 사람은 상대에게서 눈을 떼지 않았다.

지금 두 사람은 서로 상대에 대해 상당히 놀라고 있는 중이었다. 현재 자신들의 실력 정도라면 간단하게 상대를 제압할 수 있을 줄 알았는데 뜻밖에도 상대의 실력이 자신의 실력과 거의 차이가 없었기 때문이다.

대치 상황이 조금 길어진다고 느껴질 때였다.

"네놈들은 누구냐!"

"그 자리에서 꼼짝하지 마라!"

몇 마디의 호통 소리와 함께 세 명의 기사들이 후원에 모습을 드러냈다. 그들을 발견한 듀오네는 어금니를 악물었다. 저들이 등장한 이상 라그나를 데리고 무사히 탈출할 기회는 사라진 것이다.

"좋아, 오늘은 이만 가지. 다음에 다시 보세."

말을 마친 듀오네는 여관의 벽을 향해 달려들었다.

갑작스런 그의 행동에 렉스나 기사들은 어리둥절한 표정을 짓지 않을 수 없었다.

벽과의 거리가 1파렌도 남지 않았을 때 듀오네는 지면을 박차고 뛰어올랐다. 거의 2파렌 정도 뛰어오른 그는 다시 벽면을 박차고 근처에 있던 나무 위로 뛰어올랐고 재차 나뭇가지의 탄력을 이용해 5파렌은 족히 되어 보이는 여관의 담 위로 몸을 날렸다.

듀오네가 벽을 향해 달려가서 여관의 담 위에 내려설 때까지 불과 숨을 두어 번 내쉴 정도에 불과했고, 너무도 날렵한 그 모습에 고함을 질렀던 기사들은 벌린 입을 다물지 못했다. 설마 상대의 몸놀림이 저렇게 빠르고 동물적일 줄은 상상도 못한 것이다.

잠시 여관의 모습을 바라보던 듀오네는 곧 담 너머로 사라졌다.

그 모습을 멍하니 바라보던 기사들은 근처에 있던 렉스에게 질문을 했다.

"저자가 누구냐?"

자신과 비슷한 나이로 보이는 상대가 자신에게 일방적으로 반말로 질문을 하자 렉스는 은근히 성질이 났다. 그래서인지 그의 대답은 퉁명스럽기 그지없었다.

"모르겠소."

"뭐라고? 조금 전까지 그자와 싸우고 있었으면서도 그자가 누군지 모른단 말이냐?"

"이런, 젠장. 몰래 여관에 잠입한 놈이 자신의 정체를 밝혔겠소? 당연한 걸 왜 묻는 거야? 멍청하게."

챙!

렉스의 짜증 섞인 대답에 기사들은 거의 동시에 자신들의 검을 뽑아 들었다.

"한낱 용병 주제에 감히 기사에게 대항을 하는 것이냐!"

"제기랄, 그렇게 잘난 기사님들께서는 한낱 용병도 발견한 좀도둑도 발견하지 못하고 뭘 하셨나?"

짜증 섞였던 렉스의 음성은 이제 완연히 조롱기 섞인 음성으로 바꾸어 있었다.

그런 렉스의 태도가 너무 기가 막혀서인지 기사들은 검을 뽑아 들고 꼼짝도 하지 않고 있었다. 그리고 그들 가운데는 여행 중에 알게 된 바이셸 던컨도 끼어 있었다.

기사들의 얼굴이 치미는 분노로 시뻘겋게 변했다. 더 이상 참지 못한 기사들이 막 렉스를 공격하려고 했을 때 그들을 제지하는 음성이 있었다.

"그 자리에서 꼼짝하지 마. 눈만 깜빡여도 네놈들을 모조리 태워 죽일 테니까."

소름이 끼칠 만큼 날카롭고 차가운 음성이었다.

고개를 돌려 상대를 확인하고 보니 이 빌어먹을 용병 녀석과 함께 합류한 여자 마법사였다. 그리고 지금 그녀의 머리 위에는 10여 개의 불덩이가 둥둥 떠 있는 모습이 보였다.

도네가 자신들을 공격하려 한다는 것을 모를 기사들은 아니었다. 하지만 한낱 마법사 입에서, 그것도 사내도 아닌 계집이 자신들에게 감히 '놈' 이란 표현을 쓰면서 자신들을 위협하려 했다는 것을 참을 만큼 그들의 인내심은 강하지 못했다.

"빌어먹을 계집, 마법사 주제에 감히 기사에게 모욕적인 말을 하고도 멀쩡할 줄 아느냐!"

"그럼 이 멍청한 용병 녀석은 내 차지인가?"

바이셀을 제외한 두 기사는 눈짓을 하고는 도네와 렉스를 향해 달려들었다.

"쯧쯧쯧, 도네는 그 말을 정말 싫어하는데……."

렉스는 자신의 몸통을 금세라도 꿰뚫을 듯한 기사의 검을 간단히 피하고는 그대로 기사의 복부에 주먹을 꽂았다.

퍼억!

"크윽!"

복부에서 이는 고통은 기사의 온몸 근육을 굳어버리게 만들었고 엉거주춤한 자세로 몸을 웅크리고 있던 기사는 곧 배를 움켜쥐고 그 자리에 주저앉았다. 그리고는 조금 전 저녁 식사 때 무엇을 먹었는지 그 내용물을 바닥에 쏟아놓고 일일이 확인하고 있었다. 하지만 도네를 향해 달려든 기사의 몰골은 더욱 처참했다.

펑펑!

"크아악~!"

처절한 비명이 여관 전체를 울렸다.

도네를 향해 달려가던 기사의 전신으로 10여 개의 파이어 볼이 작렬했고, 순간 불길에 휩싸인 기사는 처절한 비명을 지르며 바닥을 뒹굴고 있었다. 하지만 기사의 몸을 감싸고 있는 불은 좀처럼 꺼질 줄 몰랐다.

렉스는 도네가 일을 더욱 크게 벌이는 것 같아 그녀에게 주의를 주려고 했다. 하지만 입도 뻥긋하지 못한 것은 지금 그녀의 표정이 너무나 살벌했기 때문이다.

"너 따위 인간이 감히 나에게 칼을 휘둘러? 감히 나 도르미네스에게?"

도네의 몸 주위에 붉은 기운이 어리는 것을 발견한 렉스는 황급히 그녀 곁으로 다가갔다. 자신의 예상이 맞다면 지금 그녀는 원래의 모습으로 돌아가려는 것이 분명했기 때문이다.

만약 그렇게 되면 이 여관 정도는 순식간에 쑥대밭이 될 것은 안 봐도 눈에 훤했다.

"이봐, 도네. 왜 그렇게 화를 내고 그래? 저 멍청한 자식이 뭘 몰라서 그런 거잖아. 그러니까 그만 화 풀어."

"나 도르미네스가 한낱 인간 따위에게 모욕을 당했는데 그냥 참으라는 거냐! 난 도저히 용서할 수 없어. 이놈들뿐만 아니라 이 도시에 사는 모든 인간들을 모조리 죽여 버릴 거야! 아니, 레트로니아 왕국에 사는 모든 인간들을 모조리 태워 죽인다고 하더라도 지금 내가 느끼는 분노에는 어림도 없어!"

"알아. 내가 왜 모르겠어. 그러니까 그만 화 풀어."

"이번만큼은 도저히 안 된다고 했잖아!"

살기로 가득 찬 도네의 표정에 렉스는 자신의 힘으로는 도저히 그녀를 말릴 수 없음을 깨닫고 천천히 왼손을 들었다. 그런 렉스의 가운뎃 손가락에는 붉은 보석이 박힌 반지가 끼어 있었다.

"미안하지만… 이 루 페리온으로 부탁을 해도 안 돼?"

"너, 너……!"

렉스의 말에 도네의 얼굴은 타오르는 불길처럼 붉게 물들었다. 또한 렉스의 얼굴을 바라보는 도네의 눈길에는 강렬한 살기마저 떠올라 있었다.

움켜쥔 주먹을 부르르 떨던 도네는 홱 돌아서서 여관으로 들어가 버렸다. 그런 도네를 렉스는 조금은 착잡한 시선으로 쳐다보고 있었다.

"무슨 일인가?"

곧 이어 뛰어나온 가엘은 허겁지겁 나온 듯 평상복에 검 한 자루만 들고 있었다. 또 가엘과 함께 몰려나온 기사들도 어떤 이는 플레이트 메일을 걸치고 있었지만 어떤 이들은 휴식을 취하고 있다가 갑자기 나온 듯 맨발에 검만 들고 있는 이들도 있었다.

가엘은 바닥에 쓰러져 음식물을 토하고 있는 기사와 불에 그슬린 듯 전신이 시커멓게 변한 채 쓰러져 신음하고 있는 기사를 발견했다. 한 사람은 타격에 의해, 또 한 사람은 마법에 의해 공격을 받은 것이란 것을 어렵지 않게 짐작할 수 있었다.

하지만 그는 이해할 수 없었다. 자신이 비명을 듣고 뛰어나오는 데 걸린 시간은 그리 길지 않았다. 그런데 두 명의 기사를 재기 불능 상태로 만들었다는 것은 렉스와 도네의 실력이 자신의 예상보다 훨씬 뛰어나다는 반증이 아니겠는가.

"어떻게 된 일인가, 던컨?"

"저어, 그게…….."

바이셀은 가엘에게 무엇부터 말해야 좋을지 몰랐다. 결국 조금 전 일어났던 일 모두를 천천히 보고했다.

"자네가 보기에 듀오네가 분명했단 말인가?"

"확실히 확인하지는 못했습니다만… 전체적인 체형이나 등에 메고 있던 류트와 바스타드 소드를 보면 라오스 가문의 셋째 아들인 듀오네 라오스가 확실한 것 같습니다."

"정말 그분이… 듀오네님이 맞나요?"

갑자기 들린 여인의 음성에 사람들의 시선이 일제히 그쪽으로 향했다. 시녀의 부축을 받고 서 있는 라그나의 얼굴에는 간절함뿐이었다.

"아직 확인된 것은 아무것도 없습니다. 그러니 들어가서 쉬도록 하십시오. 뭐들 하는 것이냐! 어서 아가씨를 안으로 모셔라!"

가엘의 호통에 시녀들은 잔뜩 겁을 먹은 채 라그나를 끌다시피 해서 여관 안으로 들어갔다.

다음은 렉스가 일으킨 문제를 해결해야 하는데 이 문제만큼은 가엘로서도 어떻게 처리해야 좋을지 몰랐다.

소드 마스터의 실력을 가진 듀오네를 단신으로 상대했다면 렉스 역시 듀오네와 거의 비슷한 실력을 가지고 있다는 말이 된다. 그런 렉스가 자신의 부하였으면 좋겠다는 생각을 하면서도 자신의 부하들과 끝없이 말썽을 일으키는 데 골머리가 아플 지경이었다.

"이렇게 만든 것이 그 여자 마법사의 짓인가?"

"그렇습니다."

"아무리 기사가 무례하게 행동했다 하더라도 감히 기사를 공격하다니… 이는 기사의 명예를 짓밟는 행동이라 하지 않을 수 없다. 그대는 즉시 그 여자 마법사를 부르도록 해라."

"그건 곤란합니다, 비기스 남작님."

설마 렉스가 이런 대답을 할 줄은 몰랐기에 가엘은 멍청한 표정을 짓지 않을 수 없었다. 동시에 가엘의 주위에 서 있던 기사들이 일제히 분노한 표정을 지었지만 렉스는 아랑곳하지 않았다.

"어째서 곤란하다는 건가?"

"지금 그녀를 건드린다는 것은 그야말로 미친 인간이나 하는 짓입니다. 만약 그녀가 분노를 터뜨리게 된다면 아마 이 도시는 폐허밖에 남지 않을 겁니다. 그러니 그녀를 더 이상 자극하지 말아주시면 감사하겠습니다."

가엘이나 기사들이 어안이 벙벙한 표정을 짓는 것을 보고 렉스가 걸음을 옮기다 다시 돌아서서 한마디 말을 덧붙였다.

"참고로 말씀드리면 그녀의 마법 실력은 9클래스 급이라는 것만 알아두십시오. 그러니 지금 그녀를 자극한다는 것은 귀하들뿐만 아니라 이 도시에 사는 사람들 전체를 위험에 빠뜨릴 수도 있다는 것을 절대 잊지 마시기 바랍니다."

렉스가 들어가고도 한참 동안 가엘이나 기사들은 멍하니 서 있었다. 그리고 누군가의 입에서 불신 섞인 말이 흘러나왔다.

"마, 말도 안 되는 소리!"

"맞아, 저 자식이 우릴 겁주려고 헛소리를 하는 걸 거야."

"인간이 어떻게 9클래스의 마법을? 말도 안 돼."

"그런 인간이 뭐 때문에 용병 생활을 한다는 거야?"

그런 동료들의 말에 바이셀도 같은 생각이 들었다. 인간의 몸으로 어떻게 9클래스의 마법을 익힐 수 있단 말인가?

그렇게 생각하면서도 조금 전 여자 마법사를 애써 말리던 렉스의 모습과 당시 그녀가 내뱉었던 대화의 내용을 떠올렸다. 두 사람의 말이 전부 사실은 아니더라도 상당 부분 사실일 거란 생각이 들자 자신도 모르게 몸이 부르르 떨렸다.

똑똑똑!

"누구야?"

"나야, 렉스. 잠깐 들어가도 될까?"

"싫어, 오늘은 만나고 싶지 않아. 그러니까……."

삐걱.

도네의 말이 끝나기도 전에 렉스는 무조건 문을 열고 들어갔다. 들어가 보니 도네는 무표정한 얼굴로 의자에 앉아 있었다.

문을 닫은 렉스는 도네에게로 천천히 걸음을 옮겼다. 그리고는 그녀 앞에서 한쪽 무릎을 꿇고 입을 열었다.

"도네, 조금 전에는 미안했어. 하지만 그렇지 않으면 도네가 도저히 화를 참을 것 같지 않아서 어쩔 수 없이 그랬어."

도네는 자신의 다리에 얼굴을 묻는 렉스의 행동에도 아무런 말을 하지 않았다. 렉스는 계속해서 조금 전에 있었던 일에 대해 사과를 했지만 도네는 아무 소리도 듣지 못한 사람처럼 꿈쩍도 하지 않았다.

렉스가 이렇게 사과해도 도네가 받아들이지 않는 것은 그녀가 무엇보다 싫어하는 드래곤 로드의 반지인 루 페리온의 권위로 그녀를 제지했기 때문이다. 하지만 사실 도네가 진정으로 분노했을 때 그녀를 진정시킬 수 있는 방법은 이 방법 말고는 아무것도 없었다.

자신이 아무리 사과를 해도 도네가 들은 척하지 않자 렉스는 천천히 자리에서 일어섰다. 그리고는 무척이나 쓸쓸한 눈빛으로 도네를 잠시 바라보고는 돌아섰다. 어깨가 축 늘어진 채 문으로 향하는 렉스의 뒷

모습은 너무도 처량해 보였다. 그러나 문으로 향하는 렉스는 지금 머리 속으로 엉뚱한 생각을 하고 있었다.

'이제 슬슬 날 부를 때가 되었는데……'

"잠깐 기다려."

'그럼 그렇지. 표정 관리를 잘해야 하느니라, 렉스야.'

"왜?"

한껏 우울한 표정을 짓고 있는 렉스를 잠시 바라보던 도네는 곧 가볍게 고개를 저었다.

"알았으니까 그런 표정 짓지 마."

"응? 뭐라고?"

"네 사과를 받아들일 테니까 그런 표정 짓지 말라고. 그리고 내가 진짜 화가 나면 그때는 루 페리온의 권위로도 결코 나를 막을 수 없다는 것을 절대 잊지 마."

"그럼~ 내가 잊을 리 있겠어? 화를 풀어줘서 정말 고마워. 그럼 편히 쉬어."

다시 몸을 돌려 방문을 여는 렉스의 입가에는 회심의 미소가 스치고 지나갔다.

렉스가 방을 빠져나가고 잠시 시간이 지난 후 도네는 고개를 저으며 피식 웃음을 터뜨렸다.

"후후후, 단순한 녀석. 네 녀석은 내가 네 녀석의 속셈을 눈치 채지 못했다고 생각하겠지? 후후후, 정말 단순한 녀석이야. 귀여운 녀석."

천천히 눈을 감으며 뒤로 몸을 기댄 도네의 입가에는 희미하지만 푸근한 미소가 걸려 있었다.

여행을 시작한 지 19일 만에 라그나 일행은 드디어 목적지인 랑츠에 도착할 수 있었다.

결국은 렉스의 예측대로 무사히(?) 도착하고 말았다.

일행들은 랑츠 시에 도착하는 즉시 시 외곽에 있는 예술과 동물의 신인 에크네의 신전을 찾았다. 렉스가 본 에크네의 신전은 일반적인 신전과는 상당히 다른 모습을 하고 있었다.

신전 전체를 숲처럼 꾸민 것도 그렇고 건물의 모양도 최대한 자연을 훼손시키지 않는 범위 내에서 지어진 것이 다른 신전과는 다른 모습이었다. 또한 신전 이곳저곳에서 여러 동물들이 인간들을 두려워하지 않고 자연스럽게 돌아다니는 모습 또한 어디서나 흔히 볼 수 있는 모습은 아니었다.

가엘이나 기사들이 말에서 내려 신전 안으로 들어섰다.

뒤따라오던 렉스와 도네도 말에서 내려야 했는데 도네는 못마땅해하는 표정이 역력했다.

앞서 가던 가엘은 동물에게 먹이를 주고 있는 한 중년 프리스트에게 다가갔다.

"저어, 말씀 좀 묻겠습니다."

가엘의 말에 고개를 돌리던 프리스트는 신전 안으로 중무장한 기사와 병사 수십 명이 들어선 것을 발견하고는 깜짝 놀라는 표정을 지었다. 프리스트는 잔뜩 긴장한 얼굴로 가엘에게 물었다.

"말씀하십시오."

"어디로 가면 하이 프리스트를 만날 수 있습니까?"

"하이 프리스트이신 로케이어님을 찾아오셨습니까? 그분과는 미리 약속을 하지 않으면 만나시기가……."

"베네스트 후작가에서 왔습니다."

가엘의 말에 중년 프리스트는 곧 긴장을 풀고 반갑게 인사를 했다.

"아~ 그렇다면 혹시 인솔자로 오기로 한 비기스 남작님이십니까?"

"그렇습니다만……?"

"그러셨군요. 그렇지 않아도 하이 프리스트의 지시로 여러분을 기다리고 있었습니다. 그럼 저 마차 안에는 라그나 듸 베네스트님이 타고 계시겠군요. 기사님과 병사 여러분의 수가 너무 많아 깜짝 놀랐습니다. 절 따라오시지요."

안도의 한숨을 내쉰 중년 프리스트는 그들을 신전 안으로 안내했다.

마치 숲 속에 있는 오솔길처럼 약간은 꼬불꼬불한 길을 따라 10분 정도 걸어가자 나무를 이용해 지은 엉성해 보이는 신전이 모습을 드러냈다.

일반적인 신전의 건물처럼 웅장하고 거대한 건물이 아니라 엄청나게 커다란 나무를 중심으로 이곳저곳에 지어진 수십 채의 목조 건물이 하나로 연결되어 어설프게나마 신전의 형태를 갖추고 있었다.

렉스는 엉성하기 이를 데 없는 신전의 모양에 할 말을 잃었다. 조금만 세게 건물에 부딪쳤다가는 신전 전체가 무너질 것 같다는 생각이 들었지만 건물 주위에 서 있는 나무나 풀, 꽃들과 조화를 이뤄 마치 자연의 일부인 것 같은 느낌을 주는 것은 분명히 느낄 수 있었다. 또한 신전의 벽과 지붕을 뒤덮고 있는 푸른 덩굴은 신전을 더욱 아늑하게 만들고 있었다.

허름한 건물 가운데 그래도 가장 커다란 건물로 다가간 중년 프리스트는 조금 큰 소리로 입을 열었다.

"로케이어님, 베네스트 후작가에서 출발하신 손님이 도착했습니다."

"잠깐 기다리라고 해라."

카랑카랑한 음성이 건물 안에서 들리고 한동안 아무 소리도 들리지 않았다. 그리고 로케이어란 하이 프리스트가 모습을 보인 것은 거의 30분 정도가 지나서였다.

훌렁 벗겨진 앞머리와 하얗게 세어 버린 머리카락이나 얼굴 곳곳에 보이는 검버섯, 잔뜩 주름진 얼굴을 보면 일흔 살은 훨씬 넘어 보였다. 그러나 그런 얼굴과는 달리 소매를 걷어붙인 팔이나 체격을 보면 여느 청년 못지 않은 근육을 가지고 있었다.

하이 프리스트가 모습을 드러내자마자 그의 품으로 뛰어드는 여인이 있었다.

"할아버지! 흑흑흑."

하이 프리스트는 말없이 그녀를 꼭 끌어안아 주었는데 라그나의 키가 더 커 상당히 부자연스러운 장면이 연출되었다.

잠시 시간이 지난 뒤 라그나를 품에서 떼어낸 로케이어는 그녀의 볼을 어루만지며 그녀의 얼굴을 보고는 깜짝 놀랐다.

"이게 몇 년 만이냐? 아니, 그보다 네 얼굴이 왜 이렇게 상한 게냐? 너에게 무슨 일이 있었던 게로구나."

"할아버지. 흑흑흑."

걱정이 가득 담긴 로케이어의 질문에 라그나는 다시 울음을 터뜨렸다. 너무나도 서럽게 우는 그녀의 모습에 로케이어는 어쩔 줄 몰라 하다가 조금 떨어진 곳에 서 있는 가엘을 노려보며 호통을 쳤다.

"대체 무슨 일이 있기에 이 아이가 이렇게 서글프게 우는 것이냐? 휴이고란 멍청한 녀석이 대체 무슨 엉뚱한 짓을 했기에 이 아이의 얼굴이 이 모양이란 말이냐!"

후작의 이름을 함부로 부르면서 귀족인 가엘에게 호통을 치는 로케이어의 모습을 보고 깜짝 놀라는 사람은 한두 사람이 아니었다.

제아무리 하이 프리스트라고 하더라도 작위를 가진 귀족에게 지금처럼 함부로 말을 할 수는 없는 일이었다. 또한 비록 프리스트 대부분이 평민의 신분인 것을 알고 있다 하더라도 귀족들 역시 프리스트들을 함부로 대할 수 없었다.

정작 사람들을 놀라게 한 것은 로케이어를 대하는 가엘의 태도였다.

"아닙니다, 그렇지 않습니다. 여기 후작님의 편지를 가져왔으니 읽어보시면 전후사정을 아시게 될 겁니다."

말과 함께 내민 편지를 로케이어는 신경질적으로 낚아챘다. 그리고는 잔뜩 인상을 쓰며 편지를 읽어 내려가기 시작했다.

로케이어의 시선이 편지의 끝 부분으로 향하면 향할수록 그의 인상은 점점 찌푸려졌고, 편지를 다 읽고 나자 그의 입에서는 하이 프리스트라고는 믿을 수 없을 만큼 험악스런 소리가 튀어나왔다.

"멍청하고 아둔한 자식! 기껏 생각한다는 것이…… 하아… 베네스트 가문도 당대가 끝이란 말인가?'

고개를 흔드는 로케이어의 얼굴에는 허망함만이 가득했다.

"먼 길을 오느라고 고생이 많았겠구나. 잠시 쉬도록 하거라. 자세한 이야기는 쉬고 난 후에 하도록 하자꾸나."

"할아버지, 잠깐만 기다려 주세요."

로케이어에게 양해를 구한 라그나는 렉스와 도네 앞으로 걸음을 옮겼다.

"이번 여행을 통해 두 분을 만나게 되어 저로서는 많은 걸 배웠어요. 진심으로 감사드려요."

"별말씀을. 만약 다음에 다시 만날 기회가 닿는다면 레이디 라그나의 웃는 모습을 보고 싶군요."

렉스의 말에 라그나는 가볍게 고개를 숙였고, 렉스 역시 미소로 화답해 주었다.

"하고 싶은 것이 있으면 절대 참지 마. 너희 인간의 생명이, 아니, 인간이 살아봐야 얼마나 산다고 하고 싶은 것도 못하고 살아? 또 하려고 마음만 먹으면 방법은 얼마든지 있다는 것을 잊지 마."

도네가 무표정한 얼굴로 라그나에게 반말로 이야기하자 그 모습을 본 가엘이나 기사들의 눈에서는 또다시 불꽃이 튀었다. 그들은 렉스도 마음에 들지 않았지만 초지일관 반말을 지껄이는 도네가 몇 배는 더 눈에 거슬렸다.

"이곳에는 무슨 일로 오셨습니까?"

갑작스런 로케이어의 질문에 사람들의 시선은 로케이어에게 쏠렸다가 다시 도네에게로 향했다.

"그냥 지나던 길이니 신경 꺼."

"그래도 여기까지 찾아주셨는데……."

"그것보다 넌 날 어떻게 알아본 것이지?"

"알았다기보다는 혹시 그분이 아닐까 하는 생각이 들어 물어본 것뿐입니다."

로케이어의 공손한 말에도 도네는 여전히 무표정한 얼굴을 지으며 대답했다.

"그럼 너만 알고 입 닥치고 있어. 경고하는데, 대륙에 존재하는 모든 에크네의 신전이 불길에 타오르는 모습을 보고 싶지 않으면 나에 대해서는 아무에게도 밝히지 않는 것이 좋아."

도네의 협박 아닌 협박에 주위에서 그녀의 말을 듣던 사람들은 대체 그녀가 뭘 믿고 하이 프리스트에게조차 반말을 할 수 있는 것인지 신기한 생각마저 들었다. 하지만 표정에 변화가 없기는 로케이어 역시 마찬가지였다.

　"당신의 정체에 대해 밝힐 생각은 전혀 없습니다. 그보다 제 손녀를 여기까지 보호해 주셔서 감사드립니다."

　"그 소린 이 멍청한 녀석에게나 해. 난 그럴 마음이 조금도 없었으니까."

　말을 마친 도네는 더 이상 이곳에 있기 싫다는 듯 몸을 돌려 걸음을 옮겼고, 갑작스런 그녀의 행동에 렉스는 잠시 당황하다가 가엘에게로 걸음을 옮겼다.

　"저어… 드릴 말씀이…….."

　"무엇인가?"

　"제가 길드에서 들은 이야기로는 무사히 경호를 마치게 되면 약간의 보너스를 받을 수 있을 거라고 들었는데……."

　"경호에 대한 경비는 이미 지급했다. 그런데 무슨 보너스를 달라는 이야긴가?"

　"꼭 달라는 이야기는 아니지만… 주시면 저희야 좋고, 또 다른 사람에게도 베네스트 후작가에 계신 분들은 모두 씀씀이가 넉넉하고 인간성도 아주 좋은 분들이라고 자신있게 말할 수 있지 않겠습니까?"

　의미를 알 수 없는 미소를 지으며 대답하는 렉스의 얼굴을 가엘은 주먹을 움켜쥐며 노려보았다.

　"만약, 만약에 내가 보너스를 주지 않는다면?"

　"뭐, 할 수 없이 그냥 가야죠. 대신 내가 아는 용병들에게는 아마도 이렇게 주의를 주겠지요. 맞아 죽는 한이 있어도 절대 베네스트 후작가의 일은 맡지 말라고 말입니다. 까탈스러운 것은 말할 것도 없고, 또 쫀쫀하기 이를 데 없어 아무리 열심히 일을 해도 보너스는커녕 욕만 잔뜩 얻어먹고 조금만 잘못하면……."

"그만!"

가엘은 세상에 태어나 이렇게 느물거리면서 자신의 비위를 건드리는 인간은 진짜 처음 봤다. 렉스의 말을 조금만 더 듣고 있다 보면 분노를 참지 못해 검을 휘둘러 렉스를 난도질할 것 같았기에 품으로 손을 집어넣었다.

"여기 있네."

"주려고 생각을 하셨으면 진작 주시지 왜 장난치고 그러세요. 그러고 보면 남작님도 장난을 상당히 좋아하시나 봐요. 다음에 기회가 닿는다면 다시 후작가의 청부를 맡았으면 좋겠군요. 전 카로프 용병 길드의 렉스 레티나입니다. 필요하신 분께서는 언제든 불러주십시오. 그럼 전 이만……."

정신없이 떠들어대던 렉스는 갑자기 돌아서서 이미 멀어져 보이지도 않는 도네를 향해 달려갔고, 그 자리에 모인 사람들은 도네나 렉스의 행동에 이를 부드득 갈았다.

"후후후, 정말 재미있는 청년이군. 하긴 위대한 존재와 함께 다니는 인간이 평범할 리 없겠지. 에크네께서는 무슨 생각을 하셨기에 저런 존재를 나에게 인도하셨을까? 하여간 에크네께서는 장난을 너무 좋아하셔."

"예? 할아버지, 그게 무슨 말씀이세요?"

"아니다. 그보다는 네 이야기부터 좀 들어보자. 대체 너에게 무슨 일이 벌어졌기에 이렇게 얼굴이 상한 것인지 말이다. 일단 안으로 들어가자. 그리고 너희들은 일을 마쳤으면 그만 가봐라."

"예? 로케이어님, 후작님께서……."

"시끄럽다. 그 자식 이야기는 더 이상 듣고 싶지 않으니 좋은 말로 할 때 그만 신전에서 물러가라."

로케이어의 협박 아닌 협박에 가엘은 어쩔 수 없이 물러서야만 했다.

"그럼 오늘은 이만 돌아가겠습니다. 하지만 저도 후작님께 로케이어님의 대답을 직접 듣고 오라는 명령을 받았기 때문에 그냥 돌아갈 수는 없습니다. 내일 다시 오겠습니다."

고개를 숙여 인사를 한 가엘은 자신의 명령을 기다리고 있던 기사들과 병사들에게 명령을 내렸다.

"가자."

눈살을 잔뜩 찌푸리며 가엘과 기사들이 멀어지는 모습을 보던 로케이어는 곧 라그나와 함께 내실로 들어갔다.

가엘에게서 받아 든 돈주머니를 열어본 렉스는 흐뭇한 웃음이 터져 나오는 것을 도저히 참을 수 없었다.

"후후후."

"멍청한 녀석, 뭐가 그렇게 좋아 미친 녀석처럼 웃고 그러는 거야?"

"그럼 안 좋아? 멍청한 남작 녀석, 약 올리려고 몇 마디 했더니 발끈해서 가지고 있는 돈을 몽땅 나한테 줬거든."

"너같이 멍청한 녀석한테 멍청하다는 말을 들을 정도로 멍청한 녀석이 있다니, 정말 멍청한 녀석인 모양이군."

도네가 계속해서 자신을 멍청하다고 부르자 렉스의 눈썹이 순간적으로 꿈틀했지만 애써 좋은 기분을 망치지 않으려고 일부러 못 들은 척했다.

"어떻게 할 거야?"

"어떻게 하다니? 뭘 어떡해?"

"정말 용병 생활을 계속할 생각이냔 말이야."

"재미있잖아, 공짜로 여행하고 돈도 벌고. 자아~ 도네, 여기서 이럴 게 아니라 돈이 생겼으니 일단 맛있는 것이라도 먹으러 가자."

자신을 노려보는 도네의 팔을 억지로 잡아당기며 렉스는 앞장섰다. 하지만 렉스와 도네가 정작 식당에 들어간 것은 거의 1시간이 훌쩍 지나서였다.

구경할 것이 있으면 반드시, 꼭, 어떻게든, 기필코 구경을 하면서 가다 보니 자연히 시간이 걸릴 수밖에 없었다. 그런 렉스의 행동에 짜증을 내려던 도네는 그의 어린 시절을 누구보다 잘 알고 있기에 어떻게든 그런 그의 행동을 이해하려고 마음먹었다.

가장 호기심이 왕성할 시기를 매일매일 녹초가 될 때까지 고된 훈련을 하면서 보낸 렉스이니 자연 그의 행동이 산만한 것도 어찌 보면 당연한 일이었다.

랑츠 시가 레트로니아 왕국에서도 열 손가락 안에 드는 상업 도시인 탓인지는 모르지만 도로와 상점들은 사람들로 북적이고 있었다. 두 사람이 방금 들어간 식당은 시민들이 적극적으로 추천한 곳이었는데 〈맛의 천국〉이란 이름을 가지고 있었다.

지금 시간은 루니언 3시.

대부분의 사람들이 이미 점심 식사를 마칠 만한 시간이었건만 식당안은 발 디딜 틈도 없이 붐비고 있었다. 복잡한 것을 싫어하는 도네는 조금의 망설임도 없이 돌아서려고 했지만 렉스는 이 도시에 사는 사람들이 최고라고 말하는 이 식당의 음식을 꼭 맛보고 싶었다.

정신없이 손님을 안내하던 어린 점원은 두 사람의 모습을 발견하고는 재빨리 다가왔다.

"저어… 손님, 지금은 자리가 다 차서 조금 기다리셔야 합니다. 조금만 기다리시면……."

말을 하면서 고개를 들던 소년은 도네의 얼굴을 보고는 할 말을 잊고 멍하니 그녀의 얼굴만 바라보고 있었다.

"이봐, 정말 자리 없어?"

렉스의 말에 정신을 차린 소년은 도네의 곁에 서 있는 렉스에 대해 부러움과 함께 진한 질투심이 생기는 것을 느꼈다. 그러나 곧 정신을 차리고는 대답했다.

"지금은 없습니다만… 혹시 합석을 하셔도 상관이 없다면 몇 군데 자리가 있기는 합니다만……."

"그래? 그럼 제일 조용한 곳으로 안내를 해줘."

"절 따라오십시오."

소년은 재빨리 앞장서서 그들을 2층으로 안내를 했다. 2층 역시 1층과 마찬가지로 손님들로 꽉 차 있었다.

그들이 소년을 따라간 곳에는 분명 두 사람이 식사를 하고 있었다. 하지만 그들은 인간이 아니었다.

여자 엘프와 수염투성이 드워프였다.

소녀 같은 체형을 가진 엘프는 아름다운 얼굴과는 어울리지 않게 검은색의 하드 레더를 걸치고 있었고 허리에는 레이피어보다 조금 더 폭이 넓어 보이는 검을 차고 있었다. 또 얼굴을 수염으로 뒤덮은 드워프의 곁에는 보기에도 섬뜩한 배틀 엑스가 의자에 기대어 있었다.

"손님, 죄송합니다만 자리가 없어서 그러니 합석을 해주시겠습니까?"

소년의 말에 가볍게 눈살을 찌푸리던 드워프는 말없이 옆으로 몸을 움직여 자리를 만들어주었다. 그러나 엘프는 미처 소년의 말을 듣지 못했는지 음식을 먹는 데 정신이 없었다.

소년이 곤란하다는 표정을 짓자 드워프가 엘프에게 손짓을 했고 그제야 렉스와 도네를 발견한 엘프는 의자를 당겼다.

자리에 앉은 두 사람은 주방장 추천 특선 요리를 주문했다. 그러고 난 후 렉스는 무례하다고 할 정도로 엘프와 드워프를 빤히 쳐다보았다.

처음 렉스의 그런 시선을 무시하던 드워프는 점점 심기가 불편해지는 것을 느꼈다. 고개를 들어 렉스를 바라보던 드워프는 그와 함께 합석한 도네에게 눈길을 돌렸다.

때마침 그를 바라보던 도네의 시선과 마주치는 순간 드워프는 자신도 모르게 몸이 부르르 떨리는 것을 느꼈다. 영문을 몰라 당황하던 드워프는 그것이 태어나 단 한 번도 느껴본 적이 없는 본능적인 공포 때문이라는 것을 깨닫고 더욱 당황하지 않을 수 없었다.

무식하다고 할 정도로 용맹하기로 정평이 난 드워프가 공포를 느끼는 존재가 있다니, 스스로도 믿기 힘든 일이었다. 드워프는 다시 한 번 도네의 눈을 쳐다보았지만 불과 10초도 견딜 수가 없었다.

"크크크, 감히 두더지 주제에……."

도네의 입에서 흘러나온 음성은 여성적인 외형과는 전혀 다른, 도저히 성별을 짐작할 수 없는 중성적인 음성이었다. 하지만 문제는 어떤 음성이냐가 중요한 것이 아니라 도네가 말한 그 내용이 드워프의 귓전을 자극했다는 것이었다.

상대가 드워프란 것을 알면서도 면전에 대고 '두더지' 운운했다는 것은 거의 지옥행 특급 마차를 탔다고 봐야 할 것이다. 게다가 도네의 얼굴에는 자신을 멸시하는 빛이 역력하지 않은가?

당연히 불같은 분노가 치밀어야 함에도 불구하고 머리 속에서는 계속해서 한시라도 빨리 이 자리에서 어떻게든 도망쳐야 한다는 경고의 느낌만 들 뿐이었다.

상대가 자신의 존재를 언제든 아주 간단한 방법으로 말살할 수 있는 능력을 가진 존재란 생각이 들자 드워프는 그제야 겨우 상대의 정체를 깨달을 수 있었다. 그러자 경미했던 경련은 더욱 커졌고, 결국은 맞은 편에 있던 엘프가 그런 드워프의 모습을 발견하고야 말았다.

"이봐, 화인워커. 왜 그렇게 떨고 있어? 혹시 감기라도 걸린 거야?"

"아, 아, 아니, 나, 나, 난 괜찮으니까 거, 걱정하지 마."

"그래? 난 또 감기 몸살이라도 걸린 줄 알았잖아."

누가 봐도 드워프의 태도가 정상이 아님을 알 수 있을 텐데 신경도 쓰지 않는 엘프의 모습은 평범해 보이지 않았다. 그런 엘프의 모습에 화인워커는 저렇게 눈치없는 엘프와 동행을 하게 된 자신의 운명을 저주했다.

'빌어먹을 돌대가리. 저렇게 무식하기 이를 데 없는 녀석인 줄 알았다면 예전에 헤어졌을 텐데……. 콜루 게브네시여! 저렇게 무식한 엘프와 재수없이 만난 드워프를 보살피소서.'

"햐~ 오늘은 정말 재수 좋은데? 사례금도 톡톡히 받은 데다 또 이야기로만 들어왔던 엘프와 드워프까지 직접 보게 되다니 말이야."

"뭐?"

쾅!

정신없이 식사를 하던 엘프가 갑자기 테이블을 내려쳤다.

"이 자식아, 말조심해! 내가 무슨 서커스단의 원숭이인 줄 알아?"

"내가 언제……."

"어깨 위에 달린 물건을 따로 보관하고 싶지 않으면 앞으로 입 조심 하고 살아. 알았어, 이 짜샤?"

아름다운 얼굴과는 전혀 어울리지 않는 험악스런 엘프의 말에 렉스 는 순간 어이가 없었다. 물론 자신이 잠시 말을 실수하기는 했지만 설 마 상대가 이렇게 즉각적인 반응을 보일 줄은 생각도 못했다.

물론 렉스에게 자신이 잘못했을 때는 반드시 상대에게 사과를 해야 하며, 설사 상대의 대응이나 반응이 조금 심하다고 하더라도 일단은 참 아야 한다는 사회적인 상식이나 예의가 조금이라도 있다면 모르겠지만 그의 성격상 참는다는 것은 애당초 불가능한 일에 가까웠다. 아니, 절 대 불가능했다.

"후후후, 나한테 그 따위를 충고라고 떠들어댄 놈들치고 아직까지 살아서 돌아다니는 놈들이 있다면 내 기꺼이 말을 조심하지."

"뭐야?"

얼굴이 시뻘겋게 달아오른다고 느끼는 순간 엘프는 그 자리에서 벌 떡 일어섰고, 렉스 또한 거의 동시에 자리에서 일어섰다. 두 사람의 태 도가 심상치 않은 것을 발견한 사람들은 식사를 하다 말고 황급히 대 피했다. 괜히 용병들의 싸움에 휘말려 부상이라도 입으면 자신만 손해 이기 때문이다.

두 사람이 팽팽하게 대치하고 있는 모습을 본 도네는 고개를 흔들었다. 세상에 렉스 같은 골칫덩어리가 또 있을 줄이야……. 생각만 해도 골치가 지끈거렸다.

"그만 하고 자리에 앉아."

강압적인 도네의 말에 엘프는 '이건 또 뭐야'라는 시선으로 그녀를 바라보았다. 하지만 자신이 예상했던 것과는 전혀 다른 힘이 실려 있는 도네의 눈길에 뭔가 잘못되었다는 느낌이 들었다.

"앉으라는 내 말 안 들려?"

도네의 말이 더욱 싸늘해지자 엘프는 자신도 모르게 자리에 앉았다. 그러면서도 '네가 뭔데 감히 나에게 명령을 하는 거야'라는 눈빛을 끝없이 보내고 있었다.

그대로 두었다가는 정말 큰일이 날 것 같은 생각에 화인워커는 재빨리 그녀에게 주의를 주었다.

"이봐, 메디안. 절대 이분께 무례를 저지르면 안 돼."

"무슨 소리야? 이 여자 알아?"

"이분은 레스톤 산의 지배자와 동족인 분이란 말이야."

"무슨 삶은 호박에 이도 안 들어갈 소리를 하는 거야? 레스톤 산의 지배자는 당연히 우리 부족이란 걸 아직도 모른단 말이야? 네가 보기에 저 여자가 엘프처럼 보여? 네가 우리 부족을 아직 몰라서 하는 소린 것 같은데, 우리 부족으로 말하자면 엘프 중에서도……."

자신의 말을 전혀 이해하지 못해 엉뚱한 소리만 해대는 메디안의 행동에 화인워커는 그녀를 비 오는 날 나뭇가지에 매달아놓고 먼지 나도록 두들겨 패고 싶다는 생각을 했다. 그리고 그런 그녀가 정말 미웠다.

"너희 부족 말고 레스톤 산을 지배하는 진정한 지배자는 따로 계시잖아. 산 정상에 사시는 3,000살이 넘으신 분."

"3,000살이 넘어? 설마 지금 그 녹색 도마뱀 지메로스를 말하는 것은 아니겠지?"

감히 드래곤의 면전 앞에서, 그것도 드래곤을 도마뱀이라고 함부로 내뱉다니……. 화인워커는 이 순간이 마지막이라는 생각에 자신도 모르게 눈을 질끈 감아버렸다. 그 짧은 사이 여태껏 살아온 아련한 기억이 순식간에 뇌리를 스치고 지나갔다.

"이봐, 왜 그래? 그럼 이 여자가 지메로스와 동족이란 말이야? 그렇다면 지메로스가 도마뱀, 아니, 드래곤이고, 이 여자가 지메로스와 동족이라면 도마…… 드래곤이십니까?"

"푸하하하!"

메디안이 자신도 모르게 도네에게 계속해서 도마뱀이라는 단어를 사용하자 렉스는 웃음을 터뜨리지 않을 수 없었다. 그런 반면 도네의 얼굴은 엉망으로 일그러졌다.

살기에 가까운 눈빛으로 메디안을 바라보았지만, 상대는 오직 그녀의 정체가 정말 드래곤이 맞냐라는 것에만 호기심 가득한 눈빛을 계속해서 보내고 있었다. 누가 봐도 절대 일부러 지은 표정은 아닌 것 같았다.

"그만 웃어."

"아, 알았어. 큭큭큭~"

"그만 웃으라니까!"

"알았어. 후~ 후우~"

살기가 뚝뚝 흐르는 눈길을 한 도네가 재차 입을 열자 렉스는 웃음을 그치기 위해 길게 심호흡을 해야만 했다.

"정말 도마뱀, 아니, 드래곤이 맞으십니까?"

"큭큭큭!"

메디안이 다시 한 번 도네의 정체에 대해 말하면서 실수하자 렉스는 자신의 배를 움켜쥐고 필사적으로 웃음을 참아야만 했다.

도네는 순진한 어린애마냥 동그랗게 눈을 뜨고는 호기심 어린 얼굴로 자신을 바라보는 메디안의 행동을 어떻게 이해해야 좋을지 몰랐다.

"그렇다. 레스톤 산에 있다면 파이커링이 촌장으로 있는 하이 엘프 마을에 사느냐?"

"예? 그걸 어떻게 당신이, 아니, 드래곤께서 알고 계시는 겁니까? 말씀하신 파이커링은 우리 증조부신데 벌써 돌아가신 지 몇천 년도 더 지난 오래전의 일이거든요."

"큭큭큭!"

다시 한 번 렉스의 극도로 억누른 웃음이 터져 나왔다.

화가 치민 도네는 메디안을 노려보았지만 순진한 표정으로 '세상에, 그렇게 오래전 일을 어떻게 알고 있는 거지'란 표정을 짓고 있는 메디안의 얼굴을 보면서 도저히 화를 낼 기분이 안 들었다.

그런 그들과는 달리 주위로 대피해 있던 다른 손님들은 네 사람의 표정을 유심히 살피고 있었다. 무슨 이야기를 주고받는지는 알 수 없지만 지금 그들이 짓고 있는 표정이 워낙 독특했기 때문이었다.

렉스는 계속해서 자신의 배를 움켜쥐고 웃음을 참기 위해 필사적인 노력을 하고 있었고, 도네는 얼굴이 빨갛게 된 것이 잔뜩 화가 난 모습이었으며, 곁에 앉아 있는 드워프는 파랗게 질린 얼굴을 하고 있는 것이 잔뜩 겁을 먹은 모습이었다. 또 렉스 곁에 앉아 있는 엘프는 뭐가 그렇게 궁금한지 눈빛을 반짝이며 호기심 어린 시선으로 도네를 쳐다보고 있었다.

도네는 될 수 있으면 사람들의 시선을 끌고 싶지 않았는데 오히려 더 사람들의 시선을 끈 결과가 되자 짜증이 나는 걸 참을 수 없었다.

"저어……."

"뭐냐."

"그럼 저분도 동족이십니까?"

화인워커가 무엇을 묻는 것인지 충분히 짐작이 갔다.

"아니다. 저 녀석은 인간이다."

도네의 대답에 화인워커는 당황하지 않을 수 없었다. 그녀와 같이 다니는 것을 보면 렉스가 도네의 정체를 아는 것이 분명한데 그렇다면 조금 전 방자하기 이를 데 없는 그의 행동은 뭐란 말인가? 그런 화인워커의 내심을 알아챈 도네는 분노에 가득 찬 음성으로 말을 내뱉었다.

"감히 너 따위가 나 도르미네스가 하는 일에 불만이라도 있다는 것이냐?"

"아, 아닙니다."

겁에 질려 황급히 고개를 숙인 화인워커는 재빨리 머리 속에서 도르미네스란 이름을 가진 드래곤을 찾았다.

분명 언젠가 들어본 적이 있는 이름이었다.

한참을 생각하던 화인워커는 마침내 도르미네스에 대한 기억을 찾을 수 있었다.

드래곤 역사상 동료 드래곤을 죽인 초유의 사건을 일으킨 드래곤으로 알려진 그녀는 모든 드래곤들에게 경원의 대상이었다. 게다가 그녀의 레어가 있던 뮤기냐 산맥은 엘프나 드워프는 고사하고 어떤 드래곤조차 접근하지 못하는 그녀만의 공간이었다. 만약 그녀가 드래곤 로드에 의해 '영원의 수면'이라는 형벌을 받지 않았다면 뮤기냐 산맥은 오로지 풀과 나무만이 자라는 곳이 되었을 것이다.

　성질 더럽기로 유명한 레드 드래곤 사이에서도 따돌림을 받을 정도로 극악무도하기 이를 데 없는 드래곤 도르미네스.

　그런데 그런 드래곤의 앞에 자신이 앉아 있다니…….

　겨우 진정되었던 경련 같은 떨림이 다시 시작되었다.

　"화인워커, 너 이제 보니까 희한한 재주가 있구나."

　"뭐, 뭐, 뭐라고?"

　"어떻게 하면 그렇게 떨 수 있는 거야? 정말 신기하네."

　자신의 속도 모르고 헛소리를 연발하는 메디안이 오늘처럼 밉기는 처음이었다.

제 5 장

랑츠 검술 콘테스트

랑츠 검술 콘테스트

네 사람이 겨우 진정을 한 것처럼 보이자 주위로 대피했던 손님들이 다시 자신의 테이블로 되돌아왔다.

식당 주인은 렉스들의 말다툼이 싸움으로 번지지 않고 무사히 해결된 것에 안도의 한숨을 내쉬었다. 만약 이렇게 좁은 곳에서 싸움이라도 벌어졌다가는 테이블이나 의자가 부서져 며칠 동안 장사를 못하는 것은 고사하고 애매한 사람들이 죽거나 다치는 일까지 벌어질 것이 뻔한 일이었다. 그런 일이 발생하면 사람들의 발길이 뜸해질 것이고 결국에는 식당의 문을 닫을 수밖에 없었다.

"저어……."

"뭐야?"

"이건 저희 식당을 찾아주시는 손님들께 서비스로 드리는 와인입니다."

말과 함께 주인이 내놓은 것은 상당히 오래되어 보이는 술병이었다.

"하이네브르크 산 57년짜리 와인입니다. 저희 식당을 찾아주셔서 감사합니다."

술병을 내려놓은 주인은 황급히 돌아갔다. 괜히 말을 걸었다가 그들이 시비라도 걸면 어쩌나 하는 생각 때문이었다.

주인이 돌아간 지도 상당한 시간이 지났지만 어느 누구도 술병에 손을 대는 사람이 없었다. 결국 술병을 잡은 사람은 렉스였다.

각자의 잔에 와인을 따른 렉스는 술잔을 치켜들었다.

"이렇게 만나기도 힘든데 우리의 만남을 축하하며 건배를 하는 것이 어때?"

인간의 의견에 드래곤과 엘프와 드워프는 어이가 없다는 표정을 지었다.

대체 축하하긴 뭘 축하한다는 말인가? 하지만 렉스의 성화를 이기지 못해 모두들 술잔을 들고 말았다.

화인워커는 어떻게든 이 자리를 빨리 벗어나고 싶었지만 계속해서 자신에게 술을 따르는 렉스 때문에 좀처럼 빠져나갈 기회를 잡지 못했다. 향기로운 냄새와는 달리 독한 와인 탓에 도네와 메디안의 얼굴은 금세 빨갛게 물들어 버렸다.

"네 이름이 메디안이야?"

"메디아니가 정식 이름이지만 대부분 그냥 애칭으로 메디안, 혹은 메디라고 불러. 그러는 너는?"

"나? 렉스 레티나."

"너 말이야, 검술에 상당히 자신이 있는 것 같은데 우리 한번 겨뤄볼까?"

자신만만한 메디안의 태도에 렉스도 그녀의 실력에 호기심이 생기긴 했지만 돈도 생기지 않는 일에 힘을 빼긴 싫었다.

"싫어."

"왜?"

"돈이 안 되는 일은 안 하기로 했어."

"돈? 그게 뭐가 중요해? 그냥 누가 센지 겨뤄보자니까."

"싫다고 했잖아. 그리고 돈도 안 생기는 일에 힘만 빼는 짓을 난 세상에서 가장 멍청한 짓이라고 생각해."

렉스가 퉁명스럽게 내뱉은 말에 메디안의 얼굴이 빨갛게 변한 것이 보통 화가 난 것이 아닌 것 같았다. 치미는 분노를 억누르며 곰곰이 뭔가를 생각하던 메디안이 곧 입을 열었다.

"좋아. 여기서 멀지 않은 곳에서 콘테스트가 열리는데 그럼 거기에서 겨뤄보는 것은 어때?"

"콘테스트? 그게 뭐야?"

렉스가 되려 자신에게 질문을 하자 메디안은 세상에 자신보다 더 무식한 인간을 다 봤다는 표정으로 그를 쳐다봤다.

"세상에⋯ 콘테스트가 뭔지도 모르는 인간이 있다니. 어쩌면 이렇게 무식할 수가 있지? 너, 정말 진짜로 몰라?"

자신보다 별로 똑똑해 보이지 않는 메디안이 자신에게 무식하다는 표현을 쓰자 렉스의 얼굴은 당장 찌푸려졌다.

"몰라. 그게 뭔데?"

"그럼 지금부터 내가 자세히 설명해 줄 테니까 잘 들어. 콘테스트란 말이야⋯ 그러니까⋯ 으음⋯ 에⋯ 뭐더라⋯⋯? 에이, 좌우지간 싸워서 이기면 되는 거라고 보면 돼."

황당하기 이를 데 없는 메디안의 설명에 도네와 화인워커의 머리에
서는 싸늘한 식은땀이 흘러내렸다.

　"휴~ 콘테스트란 일정한 자격을 소유한 자들이 정해진 규칙에 따
라 서로의 실력을 겨루는 경기를 가리키는 말이네. 쉽게 말하자면 검
술을 익힌 수십 명이 일정한 규칙에 따라 서로 대결을 벌여 우승자를
뽑는 것이지. 그렇게 해서 뽑힌 사람은 어느 콘테스트의 우승을 차지
했다는 명예와 함께 상당한 상금까지 차지할 수 있다네. 또 여러 콘테
스트를 석권하면 할수록 세상에 상당한 명성을 날릴 수도 있지."

　화인워커의 설명에 메디안이 한마디 거들었다.

　"그래, 바로 그거야. 내 말이 바로 그 말이라니까."

　"진작에 모른다고 했으면 묻지나 않잖아. 나서기는 왜 나서는
지…… 쯧쯧쯧. 그건 그렇고, 그럼 상금은 얼마나 되고, 또 어떤 사람
이 콘테스트를 개최하는 거요?"

　"대부분 지방의 귀족들이 주체가 되어서 열게 되는데 각 지방마다
독특한 콘테스트가 많지. 검술 콘테스트, 사냥 콘테스트, 궁술 콘테스
트, 승마 콘테스트, 마법 콘테스트 등 헤아릴 수 없이 많은 콘테스트가
전국 곳곳에서 벌어지네. 조금 전 메디안이 말한 검술 콘테스트는 랑
츠 지방의 영주인 그레비안 백작이 매년 개최하는 콘테스트로, 주로 검
술의 높고 낮음을 겨루는 콘테스트지."

　"그럼 아무나 참가할 수 있다는 거요?"

　"내가 듣기로는 특별한 제한은 없는 것으로 알고 있네. 검술 콘테스
트를 시작한 사람이 그레비안 백작의 아버지이니 지금은 거의 40년 가
까이 돼서 전국적으로 상당히 알려진 콘테스트라네. 때문에 검술뿐만
아니라 무술을 익힌 사람이라면 누구든 우승자가 되고 싶어하는 콘테

스트라고 하더군."

"그럼 상금은 얼마나 되오?"

렉스가 정작 알고 싶었던 것은 누가 개최하는 콘테스트냐가 중요한 것이 아니라 콘테스트에 걸린 상금이 얼마나 되느냐 하는 것이었다.

"자세한 것이야 알 수 없지만 그래도 레트로니아 왕국 전역에 널리 알려진 대회인데 상금이 적기야 하겠는가?"

"아무래도 그렇겠죠?"

대꾸를 하는 렉스의 입가에는 벌써 회심의 미소가 떠오르고 있었다. 그 미소를 발견한 도네는 왠지 찜찜한 생각을 버릴 수 없었다.

아니나 다를까 렉스의 시선이 도네를 향했다.

"도네, 우리 시간도 충분한데 그 콘테스트를 구경한 후 길드로 돌아가자. 응?"

비록 자신을 보며 말은 하고 있지만 그의 영혼은 벌써 그 콘테스트가 열리는 랑츠 시로 훨훨 날아가 버리고 없다는 것을 알아보지 못할 도네가 아니었다. 게다가 표정을 보니 이미 말릴 수 있는 단계를 넘어섰다.

"휴우~ 그래, 알았어. 그렇게 해."

"그럼 전 바쁜 일이 있어서 이만 실례를 해야겠습니다."

화인워커는 이때가 기회라고 생각하고는 재빨리 말을 꺼냈다. 하지만 그의 야심 찬 탈출 계획은 메디안의 한마디에 엉망이 되었다.

"가긴 어딜 가. 콘테스트가 열리는 장소를 아는 사람은 너밖에 없잖아. 그리고 바쁘기는 뭐가 바빠? 매일 여기저기 쏘다니느라고 정신없는 자식이 핑계는……."

메디안의 매정하기 이를 데 없는 말에 도네의 무표정한 얼굴이 화인워커에게로 향했다. 순간 화인워커의 등에서는 식은땀이 폭포수처럼 흘러내렸다.

드워프를 보살피는 신 콜루 게브네는 대체 자신에게 얼마나 많은 시련을 안기려고 이렇게 무식하고 멍청한 엘프를 만나게 한 것인지 정말 그가 원망스럽기 이를 데 없었다.

"하. 하. 하. 아, 지리를 아시는 분이 없다면 당연히 제가 그곳까지 안내를 해야지요."

도네의 시선을 받은 화인워커는 자신도 모르게 그렇게 말을 하고 있었다.

"그럼 빨리 식사를 마치고 가지. 도네님도 가실 거죠?"

여전히 뒷북을 치는 메디안의 말에 도네는 이제 머리가 어질어질해지는 것을 느꼈다. 그리고 식사를 마친 그들은 콘테스트가 열리는 곳을 향해 일부는 자신만만한 걸음을, 또 일부는 전혀 내키지 않는 걸음을 옮겼다.

잠시 후 그들이 도착한 곳은 꽤나 널찍한 광장이었지만 사방에서 몰려드는 사람들로 인해 발 디딜 틈도 없었다.

하늘 높이 치솟는 분수의 물보라가 무지개를 만들고 있었고 곳곳에 서 있는 갖가지 동상들이 햇볕을 받아 번쩍이고 있었다.

광장에 모인 사람들은 갖가지 무기로 무장한 사내들이 대부분이었고, 개중에는 중무장한 여자들의 모습도 간혹 보였다. 하나같이 날카로운 눈빛을 가지고 있었다.

렉스와 일행들은 북적이는 사람들 사이를 비집고 들어가 겨우 접수를 마칠 수 있었다. 콘테스트는 내일부터 시작되어 예선을 치르게 되

는데, 최종적으로 열여섯 명이 남을 때까지 계속해서 대결을 치러야만
했다.

　오늘은 그 전야제로 검술 콘테스트의 개최를 기념하기 위해 활 쏘기
에 자신이 있는 사람들을 위한 경연 대회가 있을 것이라는 말을 듣고
렉스는 당연히 참가 신청을 했다. 렉스가 활 쏘기에 참가한 것을 본 메
디안이 덩달아 참가 신청을 한 것은 말할 필요도 없는 일이었다.

　참가하는 사람들은 모두 100여 명.

　사람이 많은 관계로 일단 열 발씩 쏴서 총점이 높은 사람들 20명을
뽑고, 다시 그 20명이 다섯 발씩 쏘아 점수를 가리는 방법으로 네 명을
뽑는다. 최종적으로 남은 네 사람은 그때부터 한 발씩 사격을 하게 되
는데, 이때 만약 점수가 같으면 과녁은 10파렌씩 멀어지게 된다.

　활은 자신의 활을 써도 되고 없는 경우에는 대회 측에서 미리 마련
된 활을 사용해도 상관이 없었다.

　사방에서 모여든 사람들 때문에 열 명씩 활을 쏘았는데 렉스는 네
번째 조에, 메디안은 일곱 번째 조에 속했다. 두 사람 모두 활 쏘기에
는 자신이 있었는지 1차 예선은 손쉽게 통과했다.

　사방에서 터져 나오는 군중의 환호 소리에 정신을 차리지 못해 실수
하는 사람들이 속출했고, 그러는 동안 1차 관문을 통과한 스무 명이 추
려졌다.

　계속된 2차 관문. 1차 관문을 통과한 스무 명의 사람들 가운데 열 명
이 먼저 사격을 하였다. 렉스와 메디안은 그 다음에 사격을 했는데 여
자는 메디안이 유일했다.

　렉스는 돈을 차지하기 위해, 메디안은 렉스에게 이기기 위해 신중하
게 사격을 했다. 결론적으로 둘 다 2차 관문을 통과하는 데 성공했다.

이제 남은 것은 마지막 관문. 렉스와 메디안, 20대 중반의 청년과 40대 후반으로 보이는 중년 사내가 최후로 남은 4인이었다.

지금 그들이 서 있는 곳에서 과녁까지의 거리는 40파렌.

1, 2차 예선을 치렀을 때의 거리보다 10파렌이 더 먼 거리였다. 네 사람은 신중한 자세로 활시위를 당겼다.

핑~ 핑~ 핑~ 핑~

날카로운 활시위의 소리가 들리는 순간 그들이 쏜 화살은 정확하게 과녁의 한가운데 박혔다. 네 사람 모두 정확하게 과녁의 중심에 맞았다는 것을 확인한 심판관은 수신호를 해 과녁을 10파렌 후방으로 옮기게 했다.

네 사람은 다시 과녁을 향해 활시위를 당겼고, 그들이 쏜 화살은 어김없이 과녁의 중심에 틀어박혔다. 그렇게 해서 과녁은 점점 네 사람으로부터 멀어져 갔다.

최초의 탈락자가 나온 것은 과녁까지의 거리가 60파렌이 되었을 때였다. 20대 청년의 화살이 과녁의 가장 바깥쪽 원에 박힌 것이다.

청년은 평소 자신의 실력보다 훨씬 잘 쏘았지만 세 사람에 비해서는 자신의 실력이 떨어진다는 것을 스스로 인정하고 쓸쓸히 발길을 돌려야만 했다.

다음 탈락자는 의외로 메디안이었다. 과녁까지의 거리가 80파렌이 되었을 때 옆에서 부는 바람의 영향을 미처 계산하지 못했는지 과녁의 중심에서 약간 벗어났다. 실망한 메디안은 원망스러운 듯 손에 들고 있던 활을 부러뜨렸다.

그녀의 활은 주최 측에서 마련한 활이었다.

이제 남은 사람은 둘.

날은 점점 어두워지고 과녁과의 거리는 점점 더 멀어졌다.

상대를 유심히 살핀 렉스는 상대의 직업이 사냥꾼이 틀림없을 것이라 생각했다. 물론 일반적으로 기사나 용병들 중에서도 활을 아주 잘 쏘는 사람이 없는 것은 아니지만 상대에게서는 흔히 검을 익힌 자들에게서 느껴지는 예기가 전혀 느껴지지 않았기 때문이다.

이제 과녁까지의 거리는 100파렌. 게다가 주최 측에서 과녁 주위에 횃불을 밝혀놓기는 했지만 바람이 불 때마다 횃불의 불꽃이 일렁거려 과녁을 정확히 조준하기 힘들었다.

핑~ 핑~

심판관의 신호에 따라 다시 두 발의 화살이 허공을 갈랐고, 잠시 후 두 대의 화살 모두가 과녁의 중심에 맞았다는 깃발 신호가 있었다.

"와~!"

순간 구경하던 사람들의 입에서 탄성이 터져 나왔다.

아득하게 먼 거리에 있는 과녁을, 이렇게 어두운 상황에서 아무렇지도 않은 듯 정확하게 맞히는 두 사람이 인간처럼 보이지 않았다. 과녁은 다시 10파렌 뒤로 멀어졌고 두 사람은 다시 활을 쏠 준비를 했다.

렉스는 자신이 가진 활의 탄력을 정확하게 알고 있기에 직접 과녁을 노렸고, 중년 사내는 바람의 방향과 세기를 잠시 점검하고는 과녁보다 조금 더 높은 곳을 노렸다.

핑~ 핑~

두 발의 화살이 허공을 가로지르며 과녁을 향해 날아갔고, 구경꾼들은 숨을 죽인 채 결과를 기다렸다.

잠시 후 심판관의 깃발 신호가 있었는데 한 사람은 중앙에 명중, 또 한 사람은 빗나갔다는 신호였다. 누가 명중했는지 아직 밝혀지지도 않았는데 중년 사내가 렉스에게 다가왔다.

"정말 대단한 활 솜씨에, 처음 보는 강력한 컴포짓 보우야. 오늘은 나의 패배일세. 다음에 다시 봤으면 좋겠군."

말을 마친 중년 사내는 군중들 사이로 사라졌고, 곧 이어 렉스가 최종 우승을 했다는 심판관의 선언이 있었다. 렉스는 상금으로 100골드를 받았고, 구경하던 사람들에게는 맥주와 돼지고기 바비큐가 제공되었다.

그렇게 시작된 술 파티는 새벽까지 계속되었다. 마치 랑츠 전체가 술집으로 변한 것 같았다. 렉스와 일행들도 환호하는 인파에 휩쓸려 여러 곳을 돌아다녔는데 렉스는 우승을 축하하며 권하는 술을 한 잔도 마다하지 않고 모두 마셨다.

도네는 뭔가가 자신의 가슴을 누르고 있는 것 때문에 답답함을 느끼며 잠에서 깨어났다. 그와 동시에 누군가가 자신의 곁에 잠들어 있다는 것을 깨달은 도네는 깜짝 놀라 자리에서 일어나 옆을 바라보았다.

곁에서 잠든 이는 메디안이었다.

상대가 메디안이라는 것을 확인하고서야 안도의 한숨을 쉰 도네는 침대 곁에 있던 주전자에서 한 컵의 물을 따라 마신 후 곰곰이 어제 있었던 일들을 생각했다.

분명 새벽까지 렉스 등과 몰려다니며 술을 마시고, 흥겹게 춤도 추고, 맘껏 노래도 부르면서 실로 오랜만에 즐거운 기분을 만끽했었다.

문제는 그 다음이었다.

한참 기억을 더듬던 도네는 자신이 렉스의 손에 이끌려 어느 술집을 찾은 것이 생각났다. 술집 주인은 활 쏘기 대회에서 우승한 렉스가 자신의 가게를 찾아주었다고 맥주 한 통을 서비스로 제공했고, 그 술을 다 마신 것까지는 생각이 났다. 하지만 어찌 된 일인지 그 다음 일은 전혀 생각이 나지 않았다.

자신이 어떻게 해서 이곳에서 잠들었는지 아무리 생각을 해도 생각이 나지 않았다.

세상에 드래곤이 술에 취해 어제 있었던 일을 기억하지 못한다니… 너무나 어이없는 상황에 도네는 할 말이 없었다.

정신을 차리려고 몇 번 머리를 흔든 도네는 테라스 쪽으로 가 문을 열고 나갔다. 정오가 가까워졌는지 이미 태양은 천공에서 빛나고 있었다.

휙— 휘익—

어디선가 날카로운 소리가 끊임없이 들려왔다. 고개를 돌려 상대를 확인하니 웃통을 벗어젖힌 렉스가 클레이모어를 휘두르며 검술 연습에 열중하고 있는 모습이 보였다.

이미 상당히 오랫동안 클레이모어를 휘두른 듯 그의 상체는 온통 땀투성이였고, 그가 움직일 때마다 상반신에서 솟아 나온 땀들이 햇살을 받아 반짝이고 있었다. 도네는 렉스의 그런 모습을 볼 때마다 느끼는 것이지만, 정말 인간의 몸은 너무나 아름다운 것 같았다.

큰 근육과 작은 근육이 골고루 잘 발달되어 보기에도 완벽하게 균형을 이루고 있었다. 물론 남자답게 생긴 그의 얼굴도 흔히 찾아볼 수 있는 얼굴은 아니었지만 그의 몸매는 얼굴보다 더욱 훌륭하다고 도네는 느꼈다.

"휴우~"

클레이모어를 가슴 앞에서 세우는 것으로 훈련을 마친 렉스는 자신을 바라보는 눈길이 있다는 것을 느꼈다. 고개를 돌려 사방을 두리번 거리던 렉스는 2층 발코니에 기대어 자신을 멍한 눈길로 바라보고 있는 도네를 발견하고는 씨익 미소를 지었다.

하얀 이와 땀방울이 햇살을 받아 반짝이는 모습이 도네의 눈에는 마치 환한 빛에 싸인 것처럼 보였다.

"잘 잤어?"

"그래."

"몸은 괜찮아?"

"참! 어제 대체 얼마나 술을 먹은 거야?"

"엄청 마셨지. 상금으로 받은 100골드를 술 마시느라고 대부분 다 써버렸을 정도니까."

렉스의 말에 도네는 기가 막혔다.

콘테스트의 전야였기에 엄청난 양의 맥주와 각종 요리가 무한정, 그것도 엄청나게 저렴한 실비로 제공되었다. 그럼에도 불구하고 100골드란 상금을 대부분 술값으로 써버렸다니 대체 얼마나 퍼마셨단 말인가?

"게다가 어디서 배웠는지는 모르지만 네가 '전사의 술'을 마시지 못하는 자는 용병이라고 불릴 자격도 없다고 난리를 피웠잖아."

렉스의 말에 도네가 가만히 생각해 보니 가물가물 그런 일이 있었던 것 같기도 했다.

특히 방금 렉스가 말한 전사의 술이란 과거 그녀가 인간 세상에서 유희를 즐길 때 용병들, 특히 술을 잘 마시던 용병들 사이에서 유행하던 술로 웬만한 사람들은 반 잔만 마셔도 인사불성이 돼버리는 술이었다.

만드는 법이나 마시는 방법은 간단했다.

먼저 커다란 술잔에 위스키를 절반 정도 따르고 다시 럼과 코냑을 절반 정도 섞는다. 그 잔을 다시 맥주가 가득 담긴 큰 잔에 조심스럽게 빠뜨려서 단숨에 마시면 되는 것이다.

이 술의 가장 큰 특징은 마시는 순간 마치 번개에라도 맞은 것처럼 온몸에서 짜릿함이 느껴진다는 것이었다.

그 강도가 조금 덜한 사람은 눈앞이 뿌옇게 변하면서 호흡이 점점 가빠지는 증세가 발생하지만 정도가 심한 사람은 그 자리에서 기절을 한다. 게다가 제아무리 술에 강한 사람이라 하더라도 두 잔 이상을 마시면 최소 이틀 동안은 일어나지 못한다는 말이 전설처럼 전해지는 그야말로 환상의 독주였다.

렉스의 말을 듣고 보니 자신이 사람들의 환호를 받으며 그 전사의 술을 몇 잔인가 마셨던 것이 기억나는 것도 같았다. 하지만 분명 렉스는 자신보다 훨씬 더 마셨으니 아직까지 일어나지 못해야 하는 것이 당연한데 어떻게 자신보다 먼저 일어나 아침 훈련까지 할 수 있는지 이해가 가지 않았다.

"하지만 넌 나보다 더 마셨잖아. 그런데 어째서 그렇게 멀쩡할 수 있는 거지?"

그 말에 씨익 하고 웃음을 짓던 렉스는 그대로 1층 창틀을 밟고 몸을 날려 2층 발코니에 가볍게 내려섰다. 그리고는 도네를 와락 안고는 그녀의 뺨에 '쪽' 하는 소리가 들릴 정도로 입을 맞췄다.

"바보야, 난 남자잖아. 그리고 네가 그렇게 엉망으로 취했는데 널 놔두고 어떻게 내가 술에 취할 수 있겠어?"

"그럼 날 보호하기 위해서… 더 이상 술을 마시지 않았단 말이야?"

"당연하지. 어제 여관까지 너와 메디안을 데려오느라고 내가 얼마나 고생했는지 알기나 해?"

다시 한 번 도네의 뺨에 입을 맞춘 렉스는 그녀가 뭐라고 할 사이도 없이 아래로 뛰어내렸다.

"콘테스트가 정오부터 열린다고 하니까 빨리 씻고 내려오도록 해. 나도 곧 준비해서 나갈 테니까."

렉스가 손을 흔들며 사라지고 난 후에도 도네는 발코니에서 꼼짝도 하지 않았다.

평소 같으면 감히 자신의 볼에 함부로 입을 맞춘 렉스의 행동을 용서할 리 만무했다. 하지만 조금 전 그가 한 말이 자꾸만 떠올라 꼼짝도 하지 못하고 있었다.

인간 주제에 감히 드래곤인 자신을 걱정하다니…….

말도 안 되는 소리라고 생각하면서도 마음 한구석이 이상하게 울렁거리는 것을 느꼈다. 동시에 온몸이 따스해지는 것을 느낀 도네는 당황하지 않을 수 없었다.

조금 전 렉스가 입을 맞춘 뺨을 쓰다듬으며 신경질적으로 말을 내뱉었다.

"젠장, 햇볕은 왜 이렇게 뜨거운 거야?"

신경질적으로 말을 내뱉은 도네는 곧 발코니에서 사라졌다.

이봐, 도르미네스.

드래곤이, 그것도 레드 드래곤이 초봄 햇살을 뜨겁다고 투덜대는 것이 말이 된다고 생각해?

어쨌거나 태양은 뜨거운(?) 햇살을 지상에 열심히 뿌리고 있었다.

오늘 검술 콘테스트가 열리는 곳은 랑츠 시 중앙에 위치해 있는 커다란 광장이었다.

광장의 중앙에는 자유와 정의의 신 자르츠의 계시를 받아 레트로니아 왕국을 세웠다고 전해지는 초대 국왕 뮤레이 폰 레트로니아의 5파렌짜리 동상과 하늘 높이 물길을 뿜어 올리는 분수대가 있었다.

예선전은 동서남북에 마련된 무대에서 동시에 치러지게 될 예정이었다. 참가 인원은 무려 240여 명. 한결같이 자신들의 검술에 나름대로 자부심을 가진 사람들뿐이었다.

예선전이 치러지기 전 렉스와 메디안은 추첨을 통해 자신들의 순서를 정했다. 추첨 결과 렉스는 북쪽에서, 메디안은 서쪽에서 예선전을 치르게 되었다.

"이봐, 예선조차 통과하지 못할 실력이라면 차라리 지금 기권하지 그래."

"내가 보기에는 네가 오히려 예선 탈락할 것 같은데? 엘프는 원래 싸움 못하잖아. 겁나면 지금 도망쳐. 그럼 못 본 척해줄 테니까."

"야, 이 자식아! 너나 잘해!"

렉스의 말에 발끈한 메디안은 본전도 찾지 못한 채 빨갛게 달아오른 얼굴로 서쪽 무대로 향했다. 황급히 도네에게 인사를 한 화인워커는 멀어져 가는 메디안의 뒤를 따랐다.

그 모습을 지켜보던 도네가 렉스에게 한마디 했다.

"넌 왜 자꾸 약한 애를 괴롭히고 그러는 거야?"

"약하긴 누가 약하다고 그래? 메디안이 겉보기에는 약해 보이지만 실제로는 내 실력과 거의 엇비슷할걸."

"뭐? 메디안의 실력이 너와 비슷하다고?"

도네는 가냘프기 이를 데 없는 메디안이 렉스와 검술 실력이 비슷하다는 말을 도저히 믿을 수 없었다. 마법사를 알아보는 눈은 도네의 눈을 속일 수 없지만 검술에 대해서는 완벽한 검맹(劍盲)이라 누가 더 뛰어난 실력을 가지고 있는 것인지 아무리 봐도 알 수 없었다.

그러는 사이 예선전은 동시에 네 곳에서 진행되었다. 예선전은 토너먼트 방식으로 치러졌다.

단 한 번의 실수가 패배와 연결이 되기 때문일까? 대부분의 출전자들은 상당히 신중한 움직임을 보였다.

드디어 렉스의 순서가 되었다.

가볍게 주먹을 쥐었다 풀었다 하며 자신의 차례를 기다리던 렉스는 도네에게 눈짓을 하고는 무대 위로 올라갔다.

막상 올라가 상대를 확인하니 상대는 하드 레더를 입은 30대 초반의 청년이었다. 그런데 이상하게 상대의 얼굴이 상당히 눈에 익은 것이었다.

렉스가 고개를 갸웃거리며 바라보자 청년의 얼굴이 분노로 붉게 물들었다. 렉스가 자신이 누구인지 벌써 까먹었다고 생각을 하니 치미는 분노를 참을 수 없었다.

청년은 랑츠의 여관에서 듀오네의 침입이 있던 밤 렉스에게 복부 한 방을 맞아 그날 먹었던 식사의 내용물을 일일이 확인해야 했던 바로 그 기사였다.

우연히 렉스가 랑츠 검술 콘테스트에 참가하려는 것을 알게 된 청년은 대회 운영진을 찾아가 사정을 이야기하고는 렉스와 싸울 수 있도록 조를 편성해 줄 것을 부탁했다.

이런 지방 콘테스트에 기사가 출전한다는 것은 콘테스트를 선전하는 데도 좋은 일이기에 운영진 측에서는 당연히 그의 부탁을 들어주었다.

기사는 그날 밤 자신이 렉스에게 당했던 일은 순전히 자신의 방심 때문에 일어난 일이라는 생각을 버리지 못하고 있었기에 오늘 렉스에게 따끔한 맛을 충분하게 보여줄 수 있으리라 자신했다. 설사 조금 지나쳐 렉스가 목숨을 잃는다 하더라도 감히 누가 기사에게 그 죄를 물을 수 있겠는가?

팔이나 다리를 자르는 것으로 그만둘지 아니면 목숨까지 빼앗을지는 렉스의 태도를 보고 결정짓기로 하고 무대 위로 올라온 것인데, 정작 상대는 자신을 기억조차 하지 못하다니……. 청년이 렉스에게 이를 부드득 가는 것도 어쩌면 당연한 일이었다.

한편 상대가 자신에게 강렬한 적개심을 가진 채 롱 소드를 뽑는 것을 보고 렉스는 그가 왜 자신에게 적개심을 드러내는 것인지 처음에는 그 청년을 전혀 이해하지 못했다. 하지만 나름대로 그 이유를 생각해 보고는 곧 고개를 끄덕였다.

'맞아, 이건 장난이 아닌 진지한 대결이야. 승자가 아니면 패자가 될 수밖에 없어. 단숨에 상대를 두 쪽으로 갈라 버릴 것 같은 저런 승부욕이 없으면 결국 나중에 후회를 하게 될 사람은 바로 나야. 아~ 난 왜 이렇게 착한 거지? 정말 큰 단점이야, 단점.'

렉스가 자신을 보고 야릇한 표정을 지은 채 움직일 생각을 하지 않자 화가 치민 청년은 롱 소드를 치켜든 채 렉스를 향해 달려들었다. 하지만 렉스는 아직 클레이모어를 뽑지도 않은 상태였다.

검을 들고 있는 청년의 자세를 보니 그래도 상당한 기간 동안 검술을 수련한 것 같았다.

청년의 검이 렉스를 향해 내려치자마자 렉스는 몸을 왼쪽으로 피했고 당황한 청년이 다시 롱 소드를 들려는 순간 렉스의 오른 주먹이 그의 복부에 사정없이 틀어박혔다.

퍽!

"컥!"

소름이 오싹 끼칠 정도로 강렬한 타격음이었다.

동시에 청년의 무릎은 힘없이 꺾였고 그의 머리가 무대의 바닥에 닿는 순간 청년은 조금 전 점심에 자신이 먹었던 음식물의 내용을 바닥에 쏟아놓고 일일이 확인해야 했다.

워낙 순식간에 일어난 일이라 구경하던 사람들에게는 마치 청년이 저절로 넘어져 구토를 한 것처럼 보였다.

손을 흔들며 무대에서 내려오는 렉스를 맞이한 도네는 잔뜩 인상을 쓰고 있었다.

"왜 인상을 쓰고 그래, 도네?"

"꼭 저렇게 지저분하게 이겨야 이긴 것 같아?"

"아~ 저거. 굳이 칼을 뽑을 필요는 없겠다 싶어서……."

"한 번만 더 이렇게 지저분한 꼴을 보이면 당장 돌아가 버릴 테니까 알아서 해."

"알았어. 알았으니까 거기 앉아서 이 렉스의 활약이나 지켜보라고."

마치 자신의 우승이 당연한 것처럼 자신만만해하는 렉스의 태도에 도네는 어쩔 수 없이 고개를 끄덕였다. 그러면서도 무대 위에서 상대를 향해 검을 휘두르는 인간들의 모습은 이해하기 힘들었다. 단지 자신이 상대보다 강하다는 것을 증명하기 위해 아무런 원한 관계가 없음에도 불구하고 상대에게 검을 휘두르는 인간들의 모습은 드래곤이 도저히 이해할 수 없는 인간의 단면 중 하나였다.

이런 종류의 인간들도 이해하기 힘들었지만 도네의 머리를 더욱 헷갈리게 만드는 인간들은 세상에서 이른바 프리스트라고 불리는 인간들이었다. 신의 종을 자처하는 그들은 희생과 봉사로 다른 인간들에게 헌신하는 데 일생을 바친다. 대체 무슨 이유로 그런 생활을 고집하는 것인지 그녀로서는 도무지 이해할 수 없었다.

그녀가 잠들기 전인 3,000여 년 전이나 지금이나 인간들이 세상을 사는 모습은 별로 달라진 점이 없었다.

남을 해치고 빼앗는 인간들이 있는가 하면 남을 위해 자신을 희생하는 인간들도 있다. 또 과시하기 위해 사는 인간들이 있는가 하면 남을 돕고 베풀기 위해 사는 인간들도 있다.

인간들의 너무나 다양한 모습에 도네는 도대체 어느 것이 인간의 본래 모습인지 더욱 알 수 없게 되었다.

도네가 그런 생각을 하는 사이 렉스는 두 번의 예선을 더 치르고 열여섯 명이 겨루는 본선에 진출을 했다. 그리고 메디안 역시 별 어려움 없이 본선에 진출했다. 하지만 예선을 치르는데 너무나 많은 시간이 걸려 결국 본선 진출자들의 대결은 다음날 치르기로 결정했다.

그 자리에 모였던 사람들은 과연 누가 우승할까 궁금해하며 각자의 집으로 돌아갔다.

*   *   *

평소와 다름없이 일어난 렉스는 간단한 상의만 걸친 채 침대 곁에 세워두었던 클레이모어를 들고 밖으로 나갔다.

렉스가 나가고 얼마 지나지 않아 화인워커가 자리에서 일어났다. 그리고는 렉스에 대해 생각했다. 대체 그와 도르미네스가 무슨 관계인지는 모르지만 상대가 드래곤이라는 것을 알면서 렉스처럼 당당하고 자연스럽게 행동하는 사람, 아니, 생명체는 본 적이 없었다.

자신은 그저 그녀와 눈길만 마주쳐도 오금이 저려 꼼짝도 할 수 없는데 감히 드래곤을 상대로 장난도 치고 농담도 하는 렉스의 모습을 보면 도저히 그가 정상적인 인간처럼 여겨지지 않았다.

성질 더럽기로 유명한 레드 드래곤 가운데에서도 가장 포악하고 흉악하다고 알려진 도르미네스와 농담 따먹기를 하는 인간이 어떻게 정상적인 인간일 수 있겠는가? 하지만 렉스는 원래 그런 인간이라 치고 그런 인간을 그대로 내버려 두는 도르미네스의 행동 역시 이해할 수 없기는 마찬가지였다.

혹시 도르미네스가 렉스에게 무슨 약점을 잡힌 것은 아닐까 하는 생각을 하지 않은 것은 아니었다. 하지만 아무리 도르미네스의 약점을 잡았다고 하더라도 그것으로 드래곤을 협박할 수 있는 인간도 없으려니와 또 그런다고 협박을 당할 도르미네스도 아니었다.

그럼 대체 저 인간과 드래곤 사이에는 무슨 사연이 있는 것이란 말인가?

화인워커는 머리가 터져라 생각해 보았지만 어떠한 결론도 내릴 수 없었다. 복잡해진 머리를 정리하기 위해 바람이나 쐬어야겠다고 생각한 화인워커는 재빨리 옷을 입고 배틀 엑스를 든 다음 방을 빠져나갔다.

천천히 걸음을 옮기던 화인워커는 여관의 뒷면에 마련된 공터에서 클레이모어를 휘두르는 렉스의 모습을 보자마자 발길을 돌리려고 했다. 하지만 그의 눈에 렉스가 한참 휘두르고 있던 클레이모어가 햇살에 반짝이는 순간 그의 발걸음은 저절로 멈춰졌다. 아니, 오히려 렉스를 향해 발걸음을 옮기고 있었다.

정신없이 클레이모어를 휘두르던 렉스는 누군가가 자신의 등 뒤에서 다가오는 것이 느껴졌다. 그대로 몸을 돌린 렉스는 힘껏 클레이모어를 휘둘렀다.

정확히 상대의 눈앞에서 멈춘 클레이모어. 하지만 상대는 방금 자신이 천국이나 혹은 지옥을 유람할 뻔했다는 사실을 전혀 모른 채 클레이모어만을 바라보고 있었다.

"맞아, 역시 내 눈이 정확했어. 세상에…… 미스릴로 만든 검을 여기서 보게 되다니……. 잠깐만 검을 볼 수 있겠나?"

너무도 간절한 화인워커의 음성에 렉스는 자신의 검을 그에게 넘겨주었다. 하지만 그가 무슨 이유로 자신의 검을 보자고 했는지 도무지 짐작할 수 없었다.

한참 동안 검의 이곳저곳을 살피는 화인워커의 손길은 마치 희귀한 골동품을 만지듯 너무나 조심스러웠다.

"세상에… 드래곤 본과 미스릴을 이렇게 결합시키는 방법도 있었군. 짐작도 못한 방식이야. 게다가 단순하면서도 전체의 강도를 모두 계산해서 클레이모어를 만들었다니……. 길이에 비해 무게가 조금 무겁게 만든 것은 길이가 길어질 때 생기는 검의 강도를 고려했기 때문이겠지. 정말 너무도 아름다운 검이야. 실용성에 중점을 두면서도 결코 아름다움을 배제하지 않은 장인의 섬세한 마음이 그대로 전해지는군."

렉스는 지금 화인워커가 떠드는 소리를 분명 듣기는 들었지만 뭔 소리를 하는 것인지 한마디도 알아들을 수 없었다. 하여간 상당히 좋은 검이란 것은 분명했다.

"그게 그렇게 좋은 검이오?"

"그럼 자네는 이 검이 어떤 검인지도 모르면서 사용하고 있었단 말인가?"

"도네가 그냥 쓰라고 던져 주기에 그런가 보다 하고 썼지 특별히 신경을 쓴 적은 없소."

말은 그렇게 하면서도 렉스는 화인워커의 말에 잔뜩 귀를 기울였다.

"자네가 잘 모른다니 내가 설명을 하겠네. 참! 먼저 내 이름이 왜 화인워커인지 아는가? 드워프 세계에서 최고의 장인을 가리키는 이름이 화인워커란 사실은 알고 있나? 바로 내가 50여 년 전부터 최고의 장인이라고 불리는 당대의 화인워커란 말일세. 내가 여행을 시작한 이유도 어딘가에 남아 있을지도 모르는 미스릴을 찾아, 또 그것으로 세상에 길이 남을 최고의 명작을 만들기 위해서네. 그런데 이곳에서 미스릴로 만들어진 최고의 명품을 만나게 되다니……."

"이 클레이모어가 대단한 물건이라는 것은 알겠는데 뭐가 대단하다는 것인지 그걸 이야기해 주겠소?"

"참, 내가 이 물건에 너무 정신을 판 건 같군. 이 클레이모어는 일단 어떤 무기와 부딪쳐도 절대 칼날의 이가 빠지지 않을 정도로 단단하다는 것이네. 검을 사용하는 사람에게 그보다 더 큰 장점은 없겠지. 또 마나를 사용할 수 있는 경지에 도달한다면 웬만한 마법 공격은 이 클레이모어로 모두 막아낼 수 있다네. 쉽게 말해 상대 마법사가 자네를 파이어 볼로 공격을 할 때 일반 무기는 파이어 볼과 부딪치는 순간 폭발을 일으키게 되지만 이 클레이모어로 파이어 볼과 부딪치면 파이어 볼을 두 쪽으로 자를 수 있단 말일세."

설마 자신이 어린 시절부터 사용해 오던 이 투박한 클레이모어에 그런 효능이 있는 줄은 미처 모르고 있었다.

"그러나 이 미스릴로 만든 검의 최대 장점은 마나를 이용해 그 힘을 증폭시킬 수 있다는 것이네. 다시 말해 소드 마스터에 도달한 사람이 이 클레이모어를 사용하면 평소보다 약 30퍼센트 이상 늘어난 힘을 사용할 수 있다는 것이지. 자네도 용병이니 그게 사용자에게 얼마나 유리한지 충분히 짐작할 수 있겠지?"

클레이모어를 다시 렉스에게 넘겨주는 화인워커의 눈에는 안타까움과 탐욕이 가득했다. 하지만 클레이모어를 넘겨받은 렉스는 심드렁한 표정을 지으며 몇 번 검을 휘둘러보다가 다시 훈련에 돌입했다.

렉스가 전신에 땀이 흥건하게 밸 정도로 훈련하는 모습을 화인워커는 뚫어져라 쳐다봤다.

일반적인 클레이모어보다 20파레스 이상 긴 클레이모어를 마치 쇼트 소드처럼 휘두르는 렉스의 힘에 화인워커도 적지 않게 감탄을 했다. 게다가 자신이 조금 전에 클레이모어를 들어봤을 때 그 무게가 바스타드 소드나 투 핸드 소드보다 훨씬 무거운 8엠그렌(8킬로그램) 정도였다는 것을 알고 있었기에 화인워커의 놀라움은 어쩌면 당연한 것이었다.

장장 1시간에 걸친 훈련을 끝낸 렉스는 갑자기 들고 있던 클레이모어를 화인워커에게 던지고는 1층의 창틀을 박차 2층의 발코니로 몸을 날렸다. 그리고 그곳에는 도네가 기대서 있었다.

렉스와 도네가 키스하는 것을 본 화인워커의 등에서는 식은땀이 흘렀다. 솔직히 조금 전 렉스가 훈련에 열중하고 있을 때 그를 기습해 클레이모어를 들고 도주할 생각까지 했었던 화인워커였다.

성공을 할지 못할지는 나중의 문제였고, 희대의 보물을 그 가치도 제대로 모르는 인간이 사용한다는 것을 화인워커는 도저히 묵과할 수 없었다. 하지만 결론적으로는 순간의 망설임이 그의 목숨을 살린 것이나 다름없었다.

자신이 렉스를 기습해 클레이모어를 가지고 도주를 했다면 아마 10파렌도 가지 못해 도네의 공격을 받아 먼지가 되었을 것이 분명했다. 모골이 송연한 순간이었다.

아침 인사를 마친 렉스가 2층에서 뛰어내리자 화인워커는 내키지 않는 손길로 그에게 클레이모어를 내밀었다. 그리고 한마디 하는 것을 잊지 않았다.

"자네는 잘 모르겠지만 이 검은 내가 여태껏 보아왔던 검 중에 처음 보는 최고의 명품이네. 그러니 제발 소중히 여기도록 하게."

"알겠소."

렉스는 순간 그를 놀려주고 싶은 생각도 들었지만 그의 눈빛이 너무나 진지해 농담을 할 수 없었다.

렉스가 씻기 위해 방으로 들어간 후에도 화인워커는 그 자리에서 꼼짝도 하지 않았다.

"지난 수십 년 동안 찾아 헤매던 미스릴로 만든 검을 여기서 보게 되다니… 이게 무슨 운명의 장난이란 말인가? 휴우~ 콜루 게브네께서 나를 인도하시겠지."

그의 입에서는 땅이 꺼질 것 같은 긴 한숨이 흘러나왔다.

*　　　*　　　*

본선전이 벌어지는 무대는 예선전이 치러졌던 무대보다 훨씬 크고 화려하게 장식이 되어 있었다.

사회자의 호명에 따라 차례차례 무대 위로 예선을 통과한 사람들이 올라올 때마다 터져 나오는 군중들의 환호에 하늘조차 들썩이는 것 같았다.

무대 위로 올라온 예선 통과자들 가운데 여자 용병들도 몇몇이 섞여 있긴 했지만 외견상 메디안보다 약해 보이는 용병은 보이지 않았다.

마침내 사회자의 호명이 끝나자 무대 위에는 제각기 다른 복장을 한 열여섯 명의 검사들이 서 있었다.

"그럼 다음은 이번 콘테스트의 주재자이신 체어스 디 그레비안 백작님의 축하 말씀이 있겠습니다."

사회자의 말에 무대에서 조금 떨어진 곳에 마련되어 있던 차양 밑에서 누군가가 달려나왔다. 그리고는 그대로 지면을 박차며 무대 위로 날아갔다. 한 마리 새처럼 부드럽고 완만한 곡선을 그리며 1.5파렌 정도 되는 무대 위로 내려선 사람은 뜻밖에 상당히 젊어 보이는 30대 중반의 청년이었다.

전반적으로 부드러워 보이는 인상을 가진 금발청년이 등장하자 군중들의 환호는 극에 달했다. 그들이 지르는 함성만으로 웬만한 집들은 그냥 무너져 내릴 것만 같았다.

무대 위에서 그 모습을 지켜보던 렉스는 설마 그레비안 백작이 이렇게 젊은 사람일 줄은 몰랐기에 호기심 어린 눈으로 그를 바라보았다.

체어스가 손을 들자 환호성을 터뜨리던 군중들은 일제히 함성을 멈추고 그의 말에 귀를 기울였다.

"이렇게 콘테스트를 빛내주시기 위해 모여주신 여러분들께 진심으로 감사를 드립니다. 또한 힘들게 예선을 통과하신 분들께는 축하의 말을, 아쉽게 탈락하신 여러분께서는 다음 기회에 다시 한 번 저희 콘테스트를 찾아주시길 부탁드립니다."

일단 말을 멈춘 체어스는 자신의 말에 귀를 기울이는 군중들을 훑어보고는 말을 이었다.

"40년 전부터 시작된 저희 고장의 콘테스트가 전국적으로 알려지기 시작한 것도 벌써 10여 년 이상이 되었습니다. 오래전부터 저희 콘테스트에 참가해 주시는 여러분들께 보답할 길이 없을까를 고심하다가 이번 대회부터 상금을 대폭 올리기로 결정했습니다."

"와~"

"역시 그레비안 백작님이셔."

"그러게 말이야. 귀족들이 모두 백작님만 같다면 우리 같은 농민들도 살 만할 텐데 말이야."

"브라보, 그레비안 백작님!"

체어스의 말에 그 자리에 모인 군중들은 다시 한 번 환호성을 터뜨렸다. 군중들 사이에 앉아 있던 도네와 화인워커는 목이 터져라 고함을 질러대는 인간들의 모습을 바라보면서 도저히 이해하지 못하겠다는 표정을 짓고 있었다.

군중들의 환호가 잦아들기를 기다리던 체어스가 다시 말을 이었다.

"그리고 또 한 가지, 오늘 대회에서 우승한 기사나 용병에게는 우리 랑츠를 지키는 경비 기사단의 중책에 임명하겠소이다. 그리고 그 실력이 탁월하다고 판단이 되면 내 반드시 그린 윙 기사단에 추천을 해주겠소이다."

체어스에 말에 수많은 군중들은 일순간 할 말을 잊었다.

레트로니아 왕국을 대표하는 기사단은 모두 네 개.

첫 번째는 국왕을 지키는 근위 기사단으로 뛰어난 검술 실력을 가져야 함은 물론이고 최소 기사 집안 출신이라야만 가입이 가능하다. 그러니 평민 출신들은 제아무리 뛰어난 검술 실력을 가지고 있다고 하더라도 가입이 불가능했다.

두 번째는 로열 기사단은 귀족들로만 이루어진 기사단이다. 이 기사단의 가입은 근위 기사단의 가입보다 더욱 까다로워 최소 남작의 작위를 가진 자만이 가입이 가능하며, 전체 인원이 마흔네 명으로 정해져 있어 제아무리 높은 작위를 가지고 있어도, 또 누구보다 뛰어난 검술 실력을 가지고 있다고 하더라도 결원이 생기기를 기다려야만 하는 지극히 폐쇄적인 기사단이었다. 하지만 가입만 한다면 출세가 보장된다고 할 만큼 낮은 작위를 가지고 있는 자들에게는 꿈에서도 가입하기를 열망하는 기사단이었다.

세 번째는 자르츠 성기사단이다. 물론 다른 신을 믿는 교단에 소속된 기사단이 없는 것은 아니지만 레트로니아 왕국의 국교가 자르츠이다 보니 자르츠 교단의 힘이 가장 강한 것만은 사실이었다. 그런 배경으로 탄생한 것이 자르츠 성기사단이었는데 신분이나 남녀노소의 구분 없이 자르츠를 믿는 사람이라면 누구든 가입할 수 있었다.

마지막이 체어스가 거론한 그린 윙 기사단이다.

레트로니아 왕국을 세운 초대 국왕 뮤레이를 도왔던 기사들의 집단을 건국 후 뮤레이가 사람들에게 희망을 주는 날개란 뜻으로 직접 '그린 윙'이라는 이름을 하사했기 때문이다. 뛰어난 검술 실력도 있어야 하고 출신도 확실해야 하지만 무엇보다 중요한 것은 귀족의 추천이 있어야 한다는 것이다.

그러니까 쉽게 말하자면 추천을 받아 가입한 자가 일으키는 온갖 문제에 대해 추천한 귀족이 모든 책임을 져야만 한다는 것이다. 하지만 어느 귀족이 귀찮은 일을 일부러 떠맡으려고 하겠는가? 그런 탓에 현재 그린 윙 기사단에 소속된 기사들의 수는 점점 감소일로에 있었다. 하지만 그들의 실력만큼은 누구든 인정하고 있었다.

군중들이 놀란 이유는 사람이라면 누구든 뛰어난 재능을 가진 인물을 발견하면 자신의 주위에 두고 싶어하는 것이 당연한데 체어스는 과감히 그 인재를 포기하는 것은 물론 더 좋은 곳으로 갈 수 있도록 자신이 추천해 주겠다는 말이기 때문이었다.

과연 그런 마음을 먹기가 쉬운 일일까?

그래서인지 군중들은 환호성은 거의 광란 상태에 빠진 사이비 종교 집단의 의식이 벌어지는 현장을 보는 것 같았다.

"그레비안 백작님, 브라보!"

"백작님, 우린 당신을 사랑합니다!"

"정말 대단한 배포야!"

"캬하~ 저런 분이 우리 영주님이라니… 우린 정말 자르츠님의 축복을 받았어!"

"누가 아니래."

손을 들어 군중들을 진정시킨 체어스는 준비된 마지막 멘트를 날렸다.

"그리고 마지막으로… 경기가 끝난 후 그냥 돌아가시는 분은 제가 준비한 술과 음식을 즐길 수 없을 테니 잊지 말고 기다려 주십시오. 그럼 전 이만……."

　군중들에게 손을 흔든 체어스는 한 마리 새처럼 가뿐하게 무대 위에서 뛰어내려 자신의 자리로 돌아갔다.

　군중들의 엄청난 환호성은 계속해서 이어져 사회자의 음성을 완전히 덮어버렸다.

　사회자는 한참의 시간이 지나서야 겨우 입을 열 수 있었다.

　"이제부터 제40회 랑츠 검술 콘테스트의 본선전을 시작하겠습니다. 제일 먼저 겨룰 선수는……."

제6장

우승은……?

우승은……?

사회자의 호명에 따라 우락부락한 인상과 근육을 자랑하는 두 명의 용병이 곧 무대 위로 올라왔다. 간단하게 눈인사를 한 두 사람은 곧 자신의 무기를 치켜든 채 상대를 향해 달려들었다.

그 모습에 군중들은 두 용병 가운데 한 명을 택해 열심히 응원하기 시작했다.

광장은 군중들의 응원으로 금세 시끌벅적하게 변했다.

렉스는 도네 곁에서 무대 위를 주시하면서 입을 열었다.

"도네, 네가 보기엔 누가 이길 것 같아?"

"인간들은 왜 이런 걸 좋아하는 거지? 난 아무리 생각해도 그 이유를 모르겠어."

"정말 몰라서 묻는 거야?"

깜짝 놀랐다는 듯이 묻는 렉스의 모습에 도네가 귀를 기울인 것은 물론 곁에 있던 화인워커도 잔뜩 귀를 기울였다.

"이제 보니까 도네, 너 굉장히 무식하구나?"

'감히 드래곤에게 무식하다는 말을 쓰다니…… 저 인간은 심장이 쇠로 만들어졌나?'

"재미있으니까 싸우는 거야. 재미없으면 누가 이런 짓을 하겠어?"

"재미? 재미 때문이라고?"

기가 막히다는 듯 반문하는 도네를 보며 렉스는 당연하다는 표정을 지은 채 고개를 끄덕였다.

"당연하지. 상대와 싸우면서 느끼는 스릴, 다음 공격이 어떻게 이어질지 모르는 긴박감, 상대를 이겼을 때 느끼는 기쁨과 환희, 승리함으로써 얻을 수 있는 전리품. 이 모든 걸 단번에 느낄 수 있는 것은 이런 경연 대회나 전투뿐이잖아. 그러니까 사람들이 전쟁을 일으키고 상대를 이기려고 비겁한 수도 쓰고 그러는 거잖아. 여태 몰랐어?"

도네는 가끔 렉스가 하는 말을 들어보면 그가 정말 자신이 알던 그 단순한 인간이 맞는지 궁금증이 들 때가 한두 번이 아니었다.

"사람마다 생각은 다르겠지만 난 사람들은 원래, 특히 남자들은 뭔가를 정복하기 위해 세상을 산다고 믿어."

"자네 말대로라면 약한 자는 이 세상을 살 자격이 없는 것이겠군."

화인워커의 말에 렉스는 한심하다는 듯 그를 바라봤다.

"어이, 숫다리 양반. 만약 당신 말대로 하자면 이 세상의 남자들 가운데 과연 목숨을 부지할 수 있는 사람이 몇 사람이나 있겠소?"

"하지만 조금 전 자네의 말대로라면 힘이 없는 자는 모두 죽어야 되지 않은가?"

"참, 당신도 상당히 멍청한 소리를 하는군. 내가 조금 전에 말한 것은 단지 인간, 그것도 남자라는 동물의 성격적 특징을 말한 것뿐이란 말이오. 그렇게 따진다면 한 나라의 국왕은 그 나라에서 가장 싸움을 잘하는 사람이오? 또 그리고 귀족들은 모두 귀신같은 칼 솜씨를 가진 사람들이오? 그럼 웬만한 귀족들은 우습게 보는 상인(商人)들은 어떻소? 그들도 싸움을 모두 잘하오?"

비록 주위가 시끄럽기는 하지만 도네와 화인워커는 렉스의 말을 한 마디도 놓치지 않고 들을 수 있었다.

"인간들의 세상은 드래곤들이나 드워프에 비하면 훨씬 복잡하고 다양한 구조로 구성되어 있소. 단순히 검술 솜씨가 좋다고 해서 모든 것을 차지할 수 있는 그런 세상이 아니란 말이오. 그래서 힘은 없지만 머리만 좋은 자들이 만들어낸 것이 계급이고 조직이 아니겠소? 그것이 육체적인 힘은 약하지만 뛰어난 두뇌를 가진 자들이 세상에서 살아남을 수 있는 유일한 방법이오."

렉스의 말을 듣고 있는 동안 도네나 화인워커는 인간에 대해서 뭔가 알 것 같다는 생각도 들었다.

두 사람이 아무런 말도 없는 것을 본 렉스는 다시 고개를 돌려 무대 위를 바라보았다.

승부는 막바지로 접어들고 있었다. 당연히 군중들의 환호성도 커졌고, 응원에 힘을 입은 한 용병이 상대의 검을 부러뜨림으로써 승부를 결정지었다.

그렇게 다섯 번의 대결이 끝나자 사회자는 렉스의 이름을 큰 소리로 불렀다. 자신의 이름이 불리자 렉스는 도네 쪽을 바라보고는 씨익 미소를 지었다.

"내가 어떻게 상대를 요리하는지 잘 보고 있어."

렉스는 그 말을 남기고 무대를 향해 성큼성큼 발걸음을 옮겼다. 군중들의 환호성을 듣고 있던 렉스는 자신의 맞은편에 선 상대를 발견하고는 자신도 모르게 입을 쩍 벌리고 말았다.

이건 커도 너무 컸다.

2파렌 30파레스 정도 되는 키에 3파렌은 족히 되어 보이는 강철로 만든 핼버드를 들고 있었다. 게다가 인상마저 험악하기 이를 데 없어 보기만 해도 소름이 돋을 지경이었다.

상대로 나선 이가 자신보다 훨씬 작은 렉스인 것을 확인한 상대편 사내는 가소롭다는 표정을 지었다.

"다음은 카로프 용병 길드 소속 렉스 레티나와 그렉슈나 용병 길드 소속 잭 다니엘의 대결이 있겠습니다."

두 사람을 소개한 사회자는 황급히 무대를 내려갔다.

잠시 가소롭다는 눈길로 렉스를 바라보던 잭은 한껏 거드름을 부리면서 입을 열었다.

"꼬마야, 지금이라도 기권을 하겠다면 내 아량을 베풀어 기꺼이 받아주마."

너무나 거들먹거리는 잭의 태도에 렉스는 어이가 없었다.

"어이, 비곗덩어리. 방금 뭐라고 꿀꿀댄 거야?"

"뭐라고!"

"떠들려면 인간의 말로 떠들어야 알아들을 수 있지, 너처럼 꿀꿀대면 한마디도 알아들을 수 없잖아?"

조롱기가 잔뜩 섞인 렉스의 말에 잭의 얼굴은 당장 벌겋게 달아올랐다. 잭은 한 번도 자신에게 이따위로 말을 하는 인간을 만나본 적이 없었기에 더욱 분노가 치밀었다.

"뭐, 뭐, 뭐라고 해, 해, 했어?"

"쯧쯧쯧, 불쌍한 놈. 인간 같지도 않게 생긴 놈이 말까지 더듬으니까 더 불쌍해 보이는군."

렉스의 혀 차는 소리에 잭은 뚜껑이 열리는 소리와 함께 머리 속이 하얗게 비어갔고, 그 순간 들고 있던 핼버드를 휘두르며 렉스에게 달려들었다.

"으아아악!"

휘이익—

공기를 가르는 날카로운 소리와 함께 핼버드에 붙어 있는 도끼가 날아들었다.

긴장을 풀지 않고 있던 렉스는 가볍게 뒤로 피했다. 하지만 그 순간 렉스가 한 가지 실수를 했는데 그것은 잭의 덩치만 보고 그의 행동이 보통 사람보다 둔할 것이라고 판단한 것이었다.

렉스를 지나쳤던 핼버드가 믿을 수 없는 속도로 다시 돌아와 렉스의 옆구리를 파고들었다. 이미 피할 만한 시간이 없다고 순간적으로 판단한 렉스는 신속하게 클레이모어를 들어 잭의 핼버드를 막았다.

챙!

날카로운 금속음과 함께 대낮임에도 불구하고 두 무기 사이에서 튀어나온 불똥을 군중들은 분명히 볼 수 있었다.

잭이 휘두른 핼버드를 막는 순간 렉스는 팔목 뼈가 부서지는 듯한 충격을 받았다. 억지로라도 버티려고 했지만 핼버드를 통해 전해진 충격은 보통 심한 것이 아니었다. 이를 악물고 버텼지만 거의 대여섯 걸음 이상 뒤로 밀리고 말았다.

자신의 생각보다 상대의 완력이 더욱 엄청나다는 것을 깨달은 렉스는 상대에 대한 판단을 바꾸지 않을 수 없었다. 엄청난 괴력을 소유한 자에게 힘으로 대항하는 것은 어리석기 짝이 없는 짓이었다.

재빨리 생각을 마친 렉스는 제자리에서 가볍게 몸을 움직이며 긴장한 근육을 풀었다. 그리고는 천천히 클레이모어를 들고 상대를 노려봤다.

잭은 자신이 휘두른 핼버드와 부딪치고도 불과 몇 걸음밖에 물러서지 않는 렉스의 모습이 믿어지지 않는지 잠시 조금은 멍한 표정을 짓고 있었다.

"이번은 내 차롄가?"

나직하게 중얼거린 렉스는 잭을 향해 달려들었다.

두 사람 사이의 거리가 3파렌도 안 남았을 때 렉스는 자신을 향해 화살처럼 날아드는 핼버드를 발견했다. 잭이 한 손으로 핼버드의 손잡이를 잡고는 마치 검처럼 그대로 찔러 버린 것이다.

핼버드의 무서운 점은 한 자루로도 찌르고, 베고, 상대의 무기를 걸고, 갈고리로 후려치는 동작이 모두 가능하다는 것이었다. 게다가 핼버드의 자루가 길어 상대는 미처 접근하기도 전에 핼버드에 의해 난자당하는 신세가 되기 십상이었다.

렉스는 들고 있던 클레이모어로 날아오는 핼버드의 아랫부분을 위로 올려쳤다. 그리고는 핼버드의 아랫부분을 향해 빠르게 파고들었다.

잭은 설마 렉스가 이런 방법으로 자신의 품 안에 뛰어들 줄은 생각도 못했기에 정말 깜짝 놀랐다. 하지만 재빨리 정신을 차린 잭은 신속하게 남아 있던 왼손으로 핼버드의 손잡이를 잡아당겼다.

챙!

그러자 핼버드의 몸체에서 폭이 2파레스, 길이 80파레스 정도 되는 레이피어처럼 생긴 날카로운 검이 뽑혀져 나왔다. 왼손으로 검을 뽑아든 잭은 지체없이 자신을 향해 날아오는 클레이모어를 막아냈다.

설마 핼버드의 몸체에서 검이 뽑혀 나올 줄은 상상도 못했기에 렉스의 놀라움도 상당했다. 클레이모어를 잡은 손에 힘을 주어 잭이 휘두른 검을 후려쳤다.

챙!

귓전을 울리는 소리와 함께 두 사람의 검에서는 다시 한 번 불똥이 튀었다. 하지만 상대가 급하게 막은 탓인지 조금 전과 같은 압도적인 힘은 전혀 느낄 수 없었다.

물론 지금이라도 당장 자신의 클레이모어에 마나를 주입해 검기를 만든다면 잭의 핼버드를 잘라 버릴 수 있다는 것을 렉스가 모를 리 없었지만 자신의 순수한 육체적인 힘만으로 잭을 꺾어보고 싶은 생각에 검기를 만들 생각은 하지 않았다. 하지만 잭에게 틈을 주어 그의 천부적인 완력을 사용할 틈을 줄 생각은 전혀 없었다.

클레이모어를 슬쩍 회전시켜 상대의 검을 흘린 렉스는 다시 검을 들어 잭의 심장을 노리고 힘껏 찔렀다. 다급해진 잭은 황급히 뒤로 상체를 젖혀 클레이모어를 피했다. 하지만 렉스의 공격은 거기서 끝난 것이 아니었다.

햇볕을 받아 클레이모어가 번쩍이는 순간 클레이모어는 잭의 목에 대어져 있었다.

잭은 지금 자신의 눈앞에서 벌어진 일을 도저히 믿을 수 없어 눈만 끔뻑거리고 있었다. 자신이 렉스의 클레이모어를 막은 것까지는 기억나는데 그가 자신의 검을 어떻게 흘려 버린 것인지, 또 언제 클레이모어가 자신의 목에 와 닿았는지 도무지 알 도리가 없었다.

"이, 이건 말도 안 돼."

"말이 되든 안 되든 내가 이겼어. 그렇지 않나?"

자신의 승리에 만족하는지 클레이모어를 잡고 있는 렉스의 얼굴에는 환한 미소가 걸려 있었다. 하지만 잭의 얼굴은 금방이라도 터질 것 같은 활화산처럼 달아올랐다.

땡~ 땡~ 땡~

그 순간 커다란 징 소리가 들렸다.

"승리는 렉스 레타나요!"

사회자의 선언에 렉스는 검을 거두었고, 그런 렉스를 한참 노려보던 잭은 천천히 검을 핼버드와 결합하고는 나직하게, 그러나 여전히 분노가 사라지지 않은 음성으로 이야기했다.

"나중에 오늘의 빚을 꼭 갚도록 하지. 나 잭 다니엘은 결코 약속을 어기는 사람이 아니니까."

"후후후, 좋으실 대로."

렉스의 대답을 들으며 잭은 무대를 내려갔다. 하지만 그의 발자국 소리는 무겁게만 들렸다.

렉스는 의기양양한 모습으로 도네 곁으로 돌아왔고, 그런 렉스의 모습을 보는 도네는 한숨밖에 나오지 않았다.

자신이 인간 세상을 여행한 횟수는 얼마 되지 않지만 상대와의 대결에서 렉스처럼 노골적으로 기뻐하는 것이 상대를 무시하는 행동이라는 것쯤은 도네도 잘 알고 있었다. 드래곤인 자신도 인간의 심정을 아는데 어째 인간인 렉스는 그것을 모르는 것인지 도네는 그것이 너무나 한심하게 느껴졌다.

그러는 동안에도 대결은 계속되었고, 마침내 메디얀의 차례가 되었다.

그녀의 상대는 꽤나 신경질적인 인상을 가진 용병이었다. 칼날처럼 날카로운 눈매를 가진 용병은 메디안을 바라보며 천천히 바스타드 소드를 뽑아 들었다.

상대가 검을 뽑아 들자 메디안은 예선을 치르는 동안 한 번도 뽑아 들지 않았던 자신의 검을 천천히 뽑아 들었다. 그녀의 검을 발견한 사람들은 한결같이 깜짝 놀라는 표정을 지었다.

그녀의 검이 가진 정식 명칭은 플랑베르주이지만 흔히 악마의 이빨이라고 더 알려진 검이었다. 1.5파렌 정도 되는 길이에 6파레스 정도의 폭을 가진 타오르는 불꽃처럼 생긴 칼날이 물결을 이루고 있는 특이한 검이었다.

단 한 번의 스침에 하나의 상처만을 입히는 일반적인 검과는 달리 플랑베르주는 서너 개의 상처를 만드는 흉측한 마검이었다.

그림처럼 아름답게 생긴 엘프가 플랑베르주를 들고 있는 모습은 어딘가 모르게 부자연스럽게 보였다.

상대 용병 역시 플랑베르주를 들고 있는 메디안의 모습에 잠시 긴장하는 모습을 보였다.

두 사람이 서로를 노려보고는 천천히 원을 그리며 무대 위를 이동했다.

먼저 공격한 사람은 메디안이었다. 그녀는 상대의 바스타드 소드를 향해 힘껏 플랑베르주를 휘둘렀다. 메디안의 공격이 단순하기는 하지만 생각보다는 빠르다고 생각하며 상대 용병은 자신의 검을 들었다. 그러나 그 단 한 번의 방어가 대결의 종지부를 찍게 될 줄은 사내도 전혀 예상치 못했다.

카카카캉—

요란한 금속음과 함께 두 사람의 검에서 불꽃이 튀었고, 그 순간 사내의 바스타드 소드는 맥없이 부러지고 말았다. 부러진 조각이 지면에 떨어지기도 전 사내의 목에 메디안의 플랑베르주가 닿아 있었다.

"이번 대결의 승리는 엘프인 레이디 메디안입니다!"

사회자의 외침에 메디안은 검을 거두고 무대를 내려갔지만 그때까지 부러진 자신의 바스타드 소드를 들고 있던 용병은 자신이 패했다는 사실을 믿을 수 없다는 기색이 역력했다.

한차례의 대결이 끝나자 승리자와 탈락자로 나뉘어졌고, 여덟 명의 승리자끼리 다시 대결이 벌어졌다.

렉스는 다음번 상대를 첫 번째 상대인 잭 다니엘보다 오히려 쉽게 상대할 수 있었다. 불과 몇 번의 검을 마주치자 상대는 렉스의 힘을 견디지 못하고 비틀비틀 뒤로 물러섰고, 렉스가 특유의 무지막지한 공격을 퍼붓자 상대는 더 이상 견디지 못하고 항복을 외쳤다.

렉스가 간단히 승리를 거두는 모습을 본 메디안은 한시라도 빨리 그와 겨루고 싶어 몸이 근질근질했다.

다음 상대로 호명된 메디안은 재빨리 무대 위에 올라 상대가 올라오기만을 기다렸다. 그녀의 다음 상대는 준결승에 진출한 단 두 명의 여자 가운데 나머지 한 명이었다.

다갈색 머릿결을 가진 여자는 긴 머리를 땋아 등에 늘어뜨리고 있었는데 용병으로서는 어울리지 않을 정도로 아름다운 용모를 가진 여자였다.

"이번 대결은 레이디 메디안과 레이디 바르미아의 대결입니다. 많은 응원 부탁드립니다."

사회자의 말에 군중들은 즉시 두 패로 나뉘어 응원을 시작했다.

군중들의 응원을 들으며 검을 뽑아 드는 두 여인.

플랑베르주를 뽑아 든 메디안과 여인의 검으로 어울리지 않게 커다란 투 핸드 소드를 들고 있는 바르미아. 두 여인 모두 흔히 여자들이 사용하는 레이피어 같은 가벼운 검이 아닌 특이한 검을 들고 있어서인지 군중들은 두 여자의 대결 결과에 대해 궁금해했다.

"누가 더 강한 거야?"

도네의 물음에 렉스는 눈을 떼지 않은 채 입을 열었다.

"저 여자도 상당한 수련을 쌓긴 쌓은 것 같은데… 하지만 이번에도 메디안이 이기겠는걸?"

"메디안이 이긴다고?"

"그래. 메디안은 이미 초급 소드 마스터 정도의 실력을 가지고 있지만 내가 보기에 저 여자의 실력은 소드 익스퍼트 최상급. 물론 두 사람의 차이라는 것이 종이 한 장 차이라지만 아직 저 여자가 극복하기에는 무리겠지. 게다가 저 여자는 어떤 무기가 자신에게 어울리는 것인지도 모르고 있어."

"무기가 적당치 않다고?"

렉스의 말에 관심을 보인 것은 곁에서 두 사람의 말을 듣고 있던 화인워커였다.

"그렇소. 저 여자의 체형에는 음… 가볍고 빠르게 몸을 움직일 수 있는 레이피어나 터크 계열의 무기가 더 어울릴 것 같은데?"

"그럼 자네가 말한 대로 저 여자가 만약 레이피어를 가지고 메디안과 겨룬다면 결과가 어떻게 될 것 같은가?"

"그야 당연히 메디안이 이기지. 지금 그것도 질문이라고 하는 거요?"

너무나 매몰찬 렉스의 말에 화인워커는 얼굴이 화끈거릴 정도였다. 하지만 얼굴 전체를 덮고 있는 수염 덕분에 뻘게진 얼굴을 들키지는 않았다.

"그래도 조금 전에는……."

"그야 저 여자가 레이피어를 가지고 싸운다면 지금보다는 나은 대결 결과를 얻을 수 있을지 모르지만 결국 메디안에게 진다는 사실은 변하지 않는단 말이오. 소드 마스터가 괜히 소드 마스터인 줄 아시오? 그리고 또 한 가지, 내가 보기에 메디안이 가지고 있는 플랑베르주도 평범한 재질로 만든 무기는 아닌 것 같소."

렉스의 말에 화인워커는 그의 눈썰미가 보통이 아니라는 것을 깨닫게 되었다.

대부분의 사람들이 메디안의 검이 특이한 모양을 가진 플랑베르주라는 것에만 관심을 둘 뿐이지 무엇으로 만든 것인지 하는 문제에 대해서는 관심을 보이지 않았다. 그렇다면 그런 메디안의 실력과 플랑베르주의 비밀을 단숨에 알아챈 렉스의 실력은 어느 정도일까?

그녀가 초급 소드 마스터라고 했으니 본인은 그녀보다 위라는 뜻일까? 화인워커는 곰곰이 생각해 보았지만 렉스의 외형만 봐서는 그가 어느 정도의 실력을 가진 인물인지 전혀 짐작할 수 없었다.

두 사람이 대화를 하는 동안 시작된 두 여인의 대결은 얼마 되지 않아 렉스가 예상한 대로 진행되고 있었다.

투 핸드 소드를 들고 있던 바르미아는 빠르게 움직이는 메디안을 잡기 위해 많은 노력을 했지만 메디안은 그때마다 얄미울 정도로 간단하게 빠져나갔다. 그리고 시작된 그녀의 공격에 바르미아는 투 핸드 소드로 막아내기 급급했다.

마치 봐주는 듯 가볍게 움직이며 공격하는 메디안의 태도에 바르미 아는 수치심으로 얼굴이 붉게 달아올랐지만 상대의 공격은 무시할 수 있을 정도로 가벼운 것이 아니었다.

남들이 보기에는 메디안의 공격은 무척이나 단순하고 가벼운 것 같 았지만 투 핸드 소드로 막아낼 때마다 검을 잡고 있는 손목이 시큰거 릴 정도로 강했다. 게다가 그녀의 검을 막아낼 때마다 투 핸드 소드의 블레이드 부분이 상해 마치 톱처럼 변해갔다.

수세에서 공세로 돌아가고 싶었지만 메디안은 그런 틈을 주지 않았 다. 하지만 지금처럼 상대의 공격을 끊임없이 막아내다가는 결국 제풀 에 지쳐서 쓰러질 것이 분명했다.

휘익—

투 핸드 소드가 커다란 궤적을 허공에 그리자 메디안은 재빨리 주저 앉아 칼등으로 바르미아의 손목을 후려쳤다.

퍽!

"윽!"

쨍그랑—

메디안의 공격을 발견하기는 했지만 바르미아에게는 이미 피할 틈 이 없었다. 검을 잡고 있던 손에 격렬한 통증을 느끼며 바르미아는 신 음과 함께 검을 놓치고 말았다.

바르미아의 비명이 들리는 순간 메디안은 자신에게 쏟아지는 강렬 한 살기를 느꼈다. 그녀로서는 한 번도 경험해 본 적이 없는 엄청나게 강렬한 살기였다.

황급히 주위를 둘러보는 그녀의 눈에 20파렌 정도 떨어진 곳에서 후 드를 뒤집어쓴 사람 하나가 군중들 틈에서 자신을 노려보고 있는 것이 보였다. 후드에 싸여 얼굴은 전혀 보이지 않았고 짙은 어둠 속에서 오직 눈이 새파란 살기로 번쩍거리는 것이 분명히 보일 정도였다.

메디안은 지금껏 상당히 많은 사람들을 만나보았지만 저 인간처럼 살기를 실체화시키는 자는 본 적이 없었다. 순간 오싹한 기분이 들기는 했지만 자신의 승리를 알리는 사회자의 외침을 듣는 순간 상대에 대해서는 까맣게 잊고 말았다.

"승자는 레이디 메디안이오!"

"와~!"

군중들의 환호를 들으며 메디안은 무대를 내려왔고, 바르미아는 엉망으로 망가진 투 핸드 소드를 들고 힘없이 무대를 내려왔다.

메디안의 대결이 끝나고 또 한 번의 대결이 끝나자 준결승에 올라갈 네 명의 진출자가 정해졌다.

렉스와 메디안, 30대 초반으로 보이는 금발청년, 그리고 40대로 보이는 딱딱한 인상의 중년 사내가 최후로 남은 네 명이었다. 군중들은 금발청년의 모습이 보일 때마다 열렬한 환호를 터뜨렸다. 나중에 알고 보니 금발청년의 정체는 그레비안 백작의 동생인 루이스 그레비안이었다.

부드러운 눈매와 입가에 따스한 미소를 띤 루이스를 바라보는 여인들의 눈은 몽롱하기 이를 데 없었다. 물론 렉스도 잘생긴 것은 틀림없지만, 렉스는 시원하게 생긴 이목구비 때문인지 전체적으로 당당하게 보이는 얼굴이었다. 그런 반면 루이스의 얼굴은 전반적으로 부드러워 마치 따사로운 봄 햇살처럼 포근해 보이는 여성형의 얼굴이었다.

여자들이 잘생긴 두 청년에게 뜨거운 눈길을 보내고 있을 때 남자들은 너무도 아름답게 생긴 메디안에게 뜨거운 눈길을 보내고 있었다.

가녀린 모습과는 달리 준결승에 진출할 정도로 뛰어난 검술 실력을 가지고 있기에 군중들 가운데 일부는 그녀가 우승을 차지했으면 하는 사람들도 있었다.

추첨 결과 첫 번째 대결은 렉스와 중년 사내가, 두 번째 대결은 금발 청년과 메디안이 치르기로 했다.

이제 우승자가 되려면 단 두 번의 승리만 남았을 뿐이다. 군중들도 그런 사실을 알기에 그들의 환호 소리는 시간이 지날수록 더욱 커졌다.

대결을 위해 무대 위로 올라온 렉스는 자신을 기다리고 있는 중년 사내를 쳐다보았다. 얼굴만 근엄한 표정을 짓고 있는 것이 아니라 그의 자세도 상당히 절도가 있었다.

렉스와 눈이 마주친 중년 사내는 가볍게 고개를 숙여 렉스에게 예의를 표했다. 렉스도 그런 상대에게 답례를 보냈다.

"지금부터 렉스 레티나와 슈타트 바이렌의 준결승전이 있겠습니다. 뜨거운 응원을 부~ 탁~ 해~ 요~"

"와~!"

사회자가 대결을 선언하자 군중들은 일제히 환호성을 올렸다. 군중들의 환호성이 신호라도 된 것처럼 두 사람은 거의 동시에 움직이기 시작했다.

둥글게 원을 그리며 상대의 틈을 노리던 두 사람은 누가 먼저라고 할 것도 없이 동시에 상대를 향해 달려들었다.

챙!

클레이모어와 롱 소드가 부딪치는 순간 슈타트는 상대의 실력을 가름하려 했지만 렉스의 반격이 먼저였다.

검자루를 잡은 손에 힘을 준 렉스는 상대를 힘껏 밀쳤다. 그리고 상대를 향해 클레이모어를 휘둘렀다. 자신을 향해 날아오는 클레이모어가 햇볕에 반짝이는 것을 발견한 슈타트는 황급히 롱 소드를 들어 상대의 공격을 막았다.

챙!

검끼리 부딪쳐 불똥이 튄다고 느끼는 순간 렉스는 슈타트의 옆으로 돌아가 재차 클레이모어를 찔러갔다. 렉스의 동작이 생각보다 훨씬 빠르다는 것을 깨달은 슈타트는 잠시 당황하기는 했지만 곧 숙련된 동작으로 클레이모어를 막아냈다.

비록 슈타트가 자신보다 실력이 떨어지는 것은 사실이었지만 기본기가 확실한 그를 쉽게 이길 수는 없을 것 같았다. 다혈질의 성격을 가진 상대라면 어떻게든 상대의 성미를 건드려 쉽게 결판을 내겠지만 슈타트처럼 냉정하게 마음을 다스리는 자에겐 불가능한 방법이었다.

일방적인 렉스의 공격을 막아내던 슈타트는 렉스가 내려친 검을 막다가 그만 검이 부러지고 말았다. 슈타트는 팔을 내리며 재차 공격을 하려던 렉스를 향해 입을 열었다.

"내가 졌소이다."

비록 슈타트가 스스로의 패배를 인정했다고는 하지만 그의 얼굴에는 어디에도 수치스러워하는 빛은 보이지 않았다. 상대의 당당한 태도에 렉스도 처음과는 달리 상대에 대해 호감이 생기는 것을 느꼈다.

"귀하와의 대결, 재미있지는 않았지만 의미가 있었던 것 같소. 다음에 기회가 닿아 만날 수 있다면 그때 다시……."

렉스의 말이 의외였는지 슈타트는 잠시 렉스의 얼굴을 바라보다가 가볍게 인사를 하고는 무대를 내려갔다.

두 사람이 무대를 내려가자 곧 무대 위로 올라온 사회자가 다음에 대결할 두 사람을 호명했다. 호명을 받은 루이스와 메디안이 무대 위로 올라오자 군중들의 환호성으로 주위는 떠나갈 듯했다.

"준결승 마지막 대결은 루이스 그레비안님과 레이디 메디안입니다!"

무대 위로 올라온 메디안은 시끄러운 군중들의 반응에 잔뜩 눈살을 찌푸렸다. 하지만 곧 플랑베르주를 뽑아 들고는 상대를 노려보았다.

잠시 자신을 보고 환호하는 군중들에게 손을 흔들어주던 루이스는 상대에서 전해지는 싸늘한 기운에 곧 정신을 차리고 메디안을 바라봤다.

루이스는 어린 시절 기사가 되기 위해 랑츠를 떠나 검술 아카데미에서 검술을 익혔다. 그러다 2년 전에야 고향으로 돌아왔는데 그리 활동적이지 못한 성격 탓인지 공식적인 행사를 제외하고는 바깥출입을 거의 하지 않았었다. 그렇기에 한 번도 엘프를 직접 볼 기회가 없었다.

자신이 들은 이야기로는 대부분의 엘프들은 아름다운 용모에 차분하고 좀처럼 사람들과 싸우려 들지 않는다는 것이었다. 게다가 주로 검술보다는 정령술이나 마법을 익힌다고 들었는데 눈앞의 이 아름다운 엘프는 자신이 알고 있던 엘프에 대한 상식을 완전히 뒤집고 있었다.

"뭘 그렇게 봐, 짜샤?"

"예? 방금 뭐라고 하셨습니까, 레이디?"

"뭘 그렇게 보느냐고 했다. 엘프 처음 봐?"

"아! 제가 실수를 한 모양이군요. 말씀하신 대로 엘프는 오늘 처음 봅니다."

루이스의 순진한 대답에 메디안은 뭐가 그렇게 마음에 들지 않는지 인상을 잔뜩 구겼다.

"빌어먹을, 갑자기 내가 오마 브리이트님의 저주라도 받았나? 요즘 엘프를 처음 본다는 인간들을 왜 이렇게 자주 만나는 거지? 재수없게."

"제가 레이디께 실수한 것 같군요. 정중히 사과드리겠습니다."

"정말 짜증나게 만드는 인간이네. 안 싸울 거야? 잡소리 그만두고 어서 검이나 뽑아."

메디안에게서 전해지는 기운이 더욱 흉포해진 것을 느낀 루이스는 상대가 진심이라는 것을 느끼고 천천히 자신의 롱 소드를 뽑아 들었다.

일단 루이스가 검을 뽑아 들자 무대 위는 팽팽한 긴장감에 휩싸였다. 앞선 대결에서 승리를 거둔 렉스도 두 사람의 대결을 호기심 어린 눈으로 바라보고 있었고, 다른 군중들 역시 숨을 죽인 채 두 사람의 모습을 뚫어져라 바라봤다.

두 사람의 대결에 유일하게 관심이 없는 사람은 도네뿐이었다. 사람이 죽어야 끝나는 대결도 아니고 그녀가 잘 아는 마법으로 싸우는 것도 아니기에 그녀가 관심을 가질 이유가 하나도 없었다. 그저 렉스가 무대 위로 오를 때나 잠시 바라볼 뿐 아무런 재미도 느끼지 못하고 있었다. 하지만 화인워커는 메디안과 동료라서 그런지 열심히 무대 위를 지켜보고 있었다.

잠시 심호흡을 하던 메디안이 폭발적인 속도로 루이스를 향해 달려들자 그보다 더 빠르게 루이스의 얼굴을 꿰뚫을 듯 플랑베르주가 날아들었다.

설마 메디안이 탐색도 없이 이렇게 무식하게 달려들 줄 몰랐던 루이스는 황급히 고개를 옆으로 젖혔다. 하지만 완전히 피하지는 못했는지 플랑베르주에 잘린 몇 가닥의 금발이 주위로 흩어졌다.

루이스가 재빨리 뒤로 물러서려고 했지만 이미 검을 뽑은 메디안의 행동은 더욱 빨랐다.

상대의 품으로 뛰어든 메디안은 들고 있던 플랑베르주의 손잡이로 그의 쇄골을 그대로 내려쳤다. 그녀의 실력으로 보건대 그 공격을 허용했다가는 심각한 타격을 입을 것 같아 루이스는 재빨리 뒤로 공중제비를 돌아 그 자리를 빠져나갔다.

자신의 생각보다 루이스의 몸놀림이 빠르다는 것을 깨달은 메디안은 계속해 상대에게 따라붙으며 플랑베르주를 휘둘렀다.

물러서며 메디안의 공격을 막아내는 루이스의 발걸음은 가볍고 정교했다. 하지만 공격을 퍼붓던 메디안은 미처 그런 사실을 깨닫지 못하고 계속해서 플랑베르주를 휘두를 뿐이었다.

챙! 챙! 챙!

귓전이 따가울 정도로 연속해서 금속음이 들렸고, 일방적으로 수세에 빠졌던 루이스의 공격도 간간이 이어졌다. 그러자 대결의 양상은 더욱 치열해질 수밖에 없었다. 두 사람의 대결 모습이 얼마나 살벌했던지 주위에서 그 모습을 지켜보던 군중들 중에는 부르르 몸을 떠는 사람까지 있을 정도였다.

특히 젊은 여인들은 혹시 루이스의 아름다운 얼굴에 상처라도 생길까 봐 눈도 감지 못하고 두 사람의 대결을 지켜봤다.

두 사람의 실력이 엇비슷해서일까? 어느 누구도 확실하게 상대를 제압하지 못한 채 시간은 점점 흘러 무대 주변에는 어느샌가 수많은 횃불이 켜져 있었다.

대결을 시작한 지도 벌써 40분 이상이 지났다.

어지간한 사내들도 지쳐서 헉헉댈 시간이었지만 메디안이나 루이스는 조금도 그런 모습을 보이지 않고 있었다. 상대의 검을 막아내던 루이스는 상상을 초월하는 메디안의 체력에 감탄을 금치 못하고 있었다.

그러면서도 상대에 대한 정보를 계속해서 수집하고 있었다. 그녀와 처음 겨루었을 때는 상대의 예측할 수 없는, 아니, 난잡하기 이를 데 없는 검술에 상당히 당황한 것도 사실이었다. 하지만 시간이 지날수록 상대의 난잡해 보이는 공격과 방어 사이에 조금씩 틈이 보이기 시작했다.

물론 처음에는 언제 어느 곳을 공격할지 몰라 공격과 수비의 틈을 찾을 겨를도 없었다. 그렇지만 수십 번의 공격과 방어를 하는 동안 그 틈이 점점 명확하게 보이는 것 같았다.

물론 그 틈이라는 것이 극히 짧은 순간이지만 충분히 승산이 있어 보였다.

"슬슬 결판이 나겠군."

렉스의 말에 도네가 무대 위를 바라보았을 때 메디안이 루이스를 향해 검을 내려치고 있었다. 메디안의 공격을 받아 한 걸음 뒤로 물러서는 루이스를 메디안이 따라붙으려고 했을 때 갑자기 루이스가 롱 소드로 상대의 검을 쳐올리고는 빠른 속도로 찔러갔다.

루이스에게로 다가들던 메디안은 상대가 자신의 검을 갑자기 쳐올리자 재빨리 멈추려고 했지만 이미 검은 자신의 목에 닿아 있었다.

"루이스 그레비안님의 승리입니다!"

"역시 루이스님이셔."

"그러게나 말이에요. 얼굴 잘생겼지, 가문 좋지, 게다가 검술까지 저렇게 뛰어나시니… 저분의 피앙세가 되는 여자는 정말 행복할 거야. 누구와는 정말 비교된다니까."

"뭐야? 이놈의 여편네가 갑자기 미쳤나!"

"흥! 자기 주제를 알아야지. 루이스님, 사랑해요~!"

"너, 오늘 집에 가서 죽었다고 복창해!"

"홍이다!"

사방에서 자지러지는 여인의 비명 소리와 남편의 질투에 찬 음성이 들려왔다.

그 모습을 지켜보던 렉스는 도네에게 뭔가를 속삭였다.

"싫어, 내가 왜 그런 일까지 해야 되는 거지?"

"그러니까 내가 부탁한다고 했잖아."

"부탁이고 뭐고 난 싫어."

"그럼 내일 여기 또 나올 거야? 넌 사람 많은 곳을 그리 좋아하지 않잖아. 저 자식을 회복시켜 주면 내가 간단하게 끝내 버릴 테니까 걱정하지 말고 저 녀석을 회복시켜 줘."

"누가 널 걱정한대?"

도네가 아무리 퉁명스럽게 대답해도 렉스는 도대체 포기할 줄을 몰랐다. 원하는 것이 생기면 철저하게 자신에게 매달리는 렉스의 성미를 모르는 것도 아니었기에 결국 도네는 허락을 하고 말았다.

도네의 손이 무대를 향하는 순간 그녀의 오른손에 잠시 붉은색 마나가 떠올랐다.

"리커버리."

나직한 그녀의 음성은 군중들의 환호성에 묻혀 들리지도 않았다.

"된 거야?"

"그래, 저 녀석을 회복시켜 놨으니까 더 이상 날 귀찮게 하지 마."

"고마워. 쪽~"

도네의 뺨에 입맞춤을 한 렉스는 재빨리 무대를 향해 달려갔다. 그리고는 힘없이 무대에서 내려오는 메디안의 어깨를 툭 치며 말을 건넸다.

"이봐, 메디안. 왜 그렇게 축 늘어져 있어? 실력이 없어 진 건데 실망할 것도 없잖아?"

"뭐야? 이 빌어먹을 인간이……."

메디안이 발끈했을 땐 렉스는 이미 무대 위에 올라간 후였다. 금방이라도 잡아먹을 듯 렉스를 노려보던 메디안은 곧 자신의 자리로 돌아갔다. 그런 그녀의 발걸음엔 분노 때문인지 상당한 힘이 실려 있었다.

갑자기 전신에 피로가 사라짐과 동시에 새로운 힘이 치솟자 의아함을 감추지 못하고 있던 루이스는 갑자기 무대 위로 렉스가 올라오자 어리둥절한 표정을 지었다. 루이스 곁으로 다가온 렉스는 일단 그의 몸 상태부터 물어봤다.

"피곤하지 않지?"

"그, 그렇소이다만……."

"그럼 간단하게 대결을 끝내도록 하자고. 언제까지 질질 끌 이유가 없잖아?"

"그럼 귀하는 마법과 검을 모두 쓰시오?"

"마법? 아니야. 당신을 회복시킨 것은 내 일행이란 말이야. 그러니까 어서 대결을 하자니까."

"자, 잠깐. 잠깐만 기다리십시오."

렉스가 무대 위로 올라가는 모습을 발견한 사회자가 황급히 무대 위로 뛰어오르며 두 사람을 제지했다.

"루이스님은 방금 대결을 치르셨단 말입니다."

"맞다. 지금 대결을 하려는 것은 너무 비겁한 짓이다!"

"정말 파렴치한 놈이네, 저놈."

"루이스님이 푹 쉬고 대결하면 너 같은 것쯤은 상대도 안 된다는 것도 모르냐?"

"야, 이 비겁한 놈아! 지치고 피곤한 상대에게 이기는 것이 그렇게 좋으냐!"

사회자의 말에 사방에서 지켜보고 있던 군중들은 일제히 분노에 찬 함성을 토해냈다. 수천 명이 동시에 고함을 치다 보니 귀가 멍멍해져서 무슨 소리인지 나중엔 알아들을 수 없을 지경이었다. 하지만 성난 군중들이 외치는 소리에 전혀 아랑곳하지 않으며 렉스는 오직 루이스만을 바라보고 있었다.

그런 렉스를 바라보는 루이스의 눈에는 약간의 부러움이 담겨 있었다.

수백 수천 명에게 환호를 받을 때 태연한 표정을 짓기란 그리 쉬운 일은 아니다. 그렇다고 불가능한 일도 아니었다. 하지만 지금처럼 수천 명의 분노한 군중들이 일제히 고함을 지르고 욕을 하는 상황에서 렉스처럼 태연한 표정을 짓고 있기란 자신으로서는 도저히 불가능한 일이었다. 게다가 단 한 마디의 변명도 하지 않기란 더 더욱 불가능한 일이었다.

루이스가 손을 쳐들자 군중들의 분노한 함성이 서서히 멈춰졌다.

"여러분, 잠시만 제 말을 들어주십시오. 어떻게 된 일인지는 모르지만, 아마 누군가 저에게 체력 회복 마법을 베풀어주신 것 같습니다. 전 이미 체력이 회복되었습니다. 해서 여기 계신 이분과 곧바로 대결에 들어가도록 하겠습니다. 잠시만 기다려 주십시오."

"역시 루이스님은 정정당당한 분이시다."

"당연하지, 루이스님이 누구신데!"

"그러게 말이야. 저런 놈하고 비교나 돼? 당연히 루이스님께서 저 녀석에게 따끔한 맛을 보여주실 거야."

군중들의 편파적이고 일방적인 응원에도 렉스의 얼굴은 조금의 변화도 없었다.

"귀하께서 빨리 승부를 가리길 원하시는 것 같으니 슬슬 대결을 시작하도록 할까요?"

"좋지."

렉스가 클레이모어를 꺼내 드는 것을 보고 루이스도 자신의 롱 소드를 뽑아 들었다.

무대 위를 비추던 횃불이 일렁거릴 때마다 두 사람의 그림자가 움직여 마치 두 사람이 움직이는 듯한 착각을 들게 했다.

두 사람이 대치한 지 5분 정도가 지나자 먼저 공격을 시작한 사람은 의외로 루이스였다. 비스듬히 검을 들고 달려드는 루이스와는 달리 렉스는 지면을 향해 비스듬히 내린 채 상대의 공격을 기다리고 있었다.

루이스의 롱 소드가 내려치는 순간 렉스의 클레이모어가 사선을 그리며 마주쳐 갔다.

챙!

날카로운 금속음과 함께 두 자루의 검은 움직임을 멈췄다. 하지만 검자루를 잡고 있는 두 청년의 팔에 불끈 솟은 근육이 부르르 떨리고 있어 그들이 지금 팽팽히 맞서고 있다는 것을 쉽게 알 수 있었다.

"차앗!"

"얍!"

두 사람이 함께 검에 힘을 주는 순간 두 사람의 몸은 뒤로 밀려났다.

3, 4파렌 정도 밀려난 두 사람 가운데 먼저 검을 휘두른 사람은 렉스였다.

그 모습을 지켜보던 군중들은 렉스의 클레이모어에서 푸른색 빛이 뿜어지는 것을 발견하고는 눈이 휘둥그레졌다. 검이 푸른 빛을 뿌린다는 것은 다시 말해 렉스가 검기를 이용할 줄 안다는 것이었다.

한낱 용병에 불과한 렉스가 검기를 다룰 줄 안다는 사실에 군중들은 자신도 모르게 침을 삼켰다.

렉스가 속전속결로 승부를 결정지으려 한다는 것을 깨달은 루이스는 지체없이 롱 소드에 자신의 마나를 집어넣었다. 그러자 그의 롱 소드도 금세 진한 푸른색의 마나에 휩싸였다.

두 사람의 검이 모두 마나에 휩싸이자 군중들은 더욱 긴장했다. 이전까지의 대결이라면 조금 심한 상처를 입는 것으로 끝나겠지만 마나에 싸인 검이라면 상황이 전혀 달라진다. 검기가 검을 둘러싸고 있기에 스치기만 해도 깊은 상처를 입거나 신체의 일부가 잘려 나가기 십상이기 때문이었다.

루이스의 안색이 조금 굳어진 반면 렉스의 표정은 조금의 변화도 없었다.

루이스가 조금 굳은 듯 보이자 렉스의 공격이 시작되었다.

클레이모어를 비스듬히 내린 채 달려들던 렉스는 루이스의 상체를 향해 힘껏 검을 휘둘렀다. 공격하는 그의 자세에는 곳곳에 허점이 보였지만 루이스는 혹시 그것이 렉스의 속임수일지 모른다는 생각에 쉽사리 공격을 할 수 없었다. 결국 렉스의 공격을 막아내느라 어쩔 수 없이 수세에 처할 수밖에 없었다.

루이스가 자신의 공격을 막은 것을 확인하고 렉스는 씨익 미소를 지었다. 뜻밖에 렉스가 미소를 짓자 루이스는 뭔가 자신이 큰 실수를 한 것 같다는 생각이 들었다. 그러나 길게 생각할 시간이 없었다.

무지막지한 렉스의 공격이 이어졌기 때문이다.

격식도 없고 형식도 없었다. 그냥 일방적으로 클레이모어를 휘두를 뿐이었다. 메디안과 겨룰 때보다 더욱 난잡한 렉스의 검술에 루이스는 정신을 차릴 수가 없었다.

물론 렉스가 클레이모어를 마구 휘두를 때마다 그의 온몸 곳곳에 빈틈이 보였다. 그렇지만 렉스를 공격할 시간적 여유가 전혀 없었다.

렉스의 공격과 공격의 틈이 점점 짧아져 이제는 방어만 하는 것도 벅찰 지경이었다. 게다가 렉스의 클레이모어와 부딪칠 때마다 전해지는 충격도 보통이 아니었다.

루이스도 몇 번이나 반격을 하려고 했지만 렉스는 그럴 틈을 조금도 주지 않았다. 오히려 시간이 지날수록 힘이 나는 듯 그의 공격은 더욱 빨라지고 강해졌다.

두 사람의 대결을 지켜보던 군중들은 처음 루이스가 수세를 취하는 것을 보고 어느 정도 시간이 지나면 조금 전 메디안과의 대결에서처럼 그가 역공을 해서 저 용병 녀석에게 따끔한 맛을 보여주리라고 생각을 했다. 하지만 시간이 지나도 루이스가 좀처럼 수세에서 벗어나지 못하자 조금씩 웅성거림이 커졌다.

롱 소드에서 전해지는 충격에 루이스는 몇 번이나 손목이 꺾여 검을 놓칠 뻔했다. 그제야 렉스를 가볍게 생각한 자신의 판단이 잘못되었다는 것을 스스로 인정해야만 했다. 게다가 마나에 의해 보호되고 있던 롱 소드가 점점 고철로 변하는 것을 발견한 루이스는 마음이 점점 조급해질 수밖에 없었다.

더 이상 물러설 곳도 없었다. 또 검의 상태로 보아 더 이상 버틸 수
도 없을 것 같았다.

몸속에 남은 마나를 모조리 끌어내 롱 소드에 집어넣은 루이스는 렉
스를 향해 힘껏 롱 소드를 휘둘렀다. 푸른 빛에 싸인 롱 소드를 발견한
렉스는 방심하지 않고 신중한 태도로 클레이모어로 마주쳐 갔다.

쾅!

이전과는 전혀 다른 소리가 터져 나왔고 동시에 루이스의 몸은 무대
밖으로 날아가 버렸다.

쟁그랑!

주인 잃은 롱 소드가, 그것도 완전히 고철이 된 채 반 토막으로 변한
롱 소드가 무대 위로 떨어졌다.

"결승전의 승자는 렉스 레타나요."

제 7 장

안드레이

안드레이

자신들이 그렇게 믿었던 루이스의 패배로 광장은 한동안 상당히 시끄러웠다. 하지만 곧 새로운 우승자를 향해 환호를 터뜨렸다.

몇천 명이 동시에 터뜨린 환호성으로 광장은 떠나가는 듯했다. 또 때맞춰 제공된 음식과 술로 광장 전체가 광란의 도가니에 빠졌다. 렉스도 도네나 화인워커, 메디안과 함께 술과 음식을 먹고 마시며 조금 전의 승리를 즐겼다.

광장 곳곳에서 파티가 벌어졌고 한곳에선 춤판이 벌어졌다. 좀 전까지 상대를 죽일 듯 검을 휘두르던 사람들도 서로 어깨를 얼싸안은 채 술잔을 높이 쳐들며 노래를 부르고 있었다. 또 자신이 응원했던 사람에게 다가가 탈락한 것에 아쉬워하며 술을 권했다.

렉스는 자신의 승리를 축하해 주는 사람들의 술잔을 한 잔도 마다하지 않고 마셨다. 마시고 마시고 또 마셨다. 그러다 어느 순간 머리 속이 하얗게 변했다.

쾅! 쾅!

누군가 방문을 요란하게 두드리는 소리에 렉스는 침대 위에서 잔뜩 인상을 찌푸렸다.

"누구야? 이 꼭두새벽부터……."

그러다 조용해지자 렉스는 다시 잠을 청했다.

쾅! 쾅! 쾅! 쾅!

그러자 이번에는 더욱 요란한 소리가 들렸다.

자리에서 벌떡 일어선 렉스는 침대 곁에 세워둔 클레이모어를 움켜 쥐고는 와락 방문을 열었다.

문앞에 서서 재차 문을 두들기려던 중년 사내는 클레이모어를 들고 있는 렉스의 모습에 깜짝 놀라 비틀거리며 뒷걸음질을 쳤다. 인상을 있는 대로 쓰면서 클레이모어를 치켜든 렉스가 당장이라도 검을 휘두를 듯 보였기 때문이다.

"넌 뭐야? 뭔데 꼭두새벽부터 난리를 치고 지랄이야!"

목소리가 잠에서 완전히 깨지 않아 발음이 정확하지는 않았지만 그의 흉포한 감정만은 상대에게 또렷이 전달되었다.

"나, 난 그레비안 백작님 댁에서……."

"뭐? 뭐라고?"

"그레비안 백작님 댁에서 식사를 같이 하자고 어제 말씀을 드렸는데 기억이 안 나십니까?"

"식사를 같이 해? 내가? …그러고 보니 어제 누가 뭐라고 이야기한 것 같았는데…… 그게 그거였나? 그건 그렇다 치고 왜 이렇게 이른 아침부터 난리를 피운 거지?"

"이, 이, 이른 아침?"

이미 정오가 지나 루니언 2시가 넘었건만 이른 아침이라고 말하는 뻔뻔함의 극치를 보이는 렉스의 태도에 상대는 입을 쩌억 벌리고 말았다.

그레비안 백작의 부하 가운데 한 명이 분명히 렉스에게 점심 식사를 같이 하자는 말을 전달했다고 보고했다. 하지만 이미 점심 식사 시간이 지났음에도 불구하고 렉스가 오지 않아 그를 기다리느라 그레비안 백작을 비롯해 다른 사람들은 아직 식사도 못하고 있다는 것이었다.

사정이 그렇다는 것을 안 렉스는 클레이모어를 내려놓고 머리를 긁적였다.

"난 그레비안 백작님 댁을 모르는데……."

"이미 여관 밖에 마차가 대기하고 있소이다. 그러니까 어서 준비를 해야 한단 말이오. 더 이상 백작님을 기다리게 해서는 절대 안 되오."

"알았으니까 잠시만 기다리시오."

자신의 방으로 다시 들어가려던 렉스가 갑자기 돌아서서 사내에게 질문을 했다.

"참, 나에겐 일행이 있는데 같이 가도……."

"상관없으니까 어서 준비나 해주시오."

렉스의 질문에 사내의 얼굴은 완전히 울상으로 변했다. 그 모습에 피식 웃음을 터뜨린 렉스는 방으로 들어갔다. 그리고도 렉스와 도네가 여관을 떠난 것은 상당한 시간이 흐른 후였다.

그레비안 백작이 사는 성까지는 마차로 약 15분 정도 걸렸다. 렉스와 도네를 성으로 안내하기 위해 온 사내는 수십 번도 넘게 회중시계를 꺼내 시간을 확인했고, 그때마다 땀을 닦으며 초조한 빛을 감추지 못했다.

창밖을 바라보고 있던 렉스는 언덕 위에 있던 성이 점점 가까워지는 것을 발견했다. 20파렌도 넘는 높은 성벽 위에는 핼버드를 든 병사들이 주위를 감시하고 있었고, 또 성벽 주위에는 5파렌도 넘어 보이는 해자가 파여 있었다.

마차가 성문 앞으로 다가가자 성문 위쪽에 있던 병사가 아래를 향해 큰 소리로 외쳤다.

"보냐 집사장님께서 오셨다! 어서 성문을 열어라!"

끼끼끼긱—

귀를 자극하는 소리와 함께 5파렌도 넘는 성문이 천천히 해자 위로 내려왔다. 잠시 후 성문이 완전히 내려오자 마차는 성안으로 들어갔고 성문은 다시 천천히 올라갔다.

성안으로 들어선 마차는 곧바로 백작의 저택으로 향했다. 마차가 상당한 규모를 가진 건물의 현관 앞에 서기가 무섭게 뛰어내린 보냐는 다급한 발걸음으로 저택 안으로 사라졌다. 뒤이어 내린 렉스와 도네는 잠시 주위를 두리번거리며 보냐를 기다리고 있었다.

잘 정비된 넓은 정원에는 수십 종류의 꽃들이 꽃망울을 터뜨리고 있어 화사하기 이를 데 없었다. 그리고 중앙에 있는 분수대 위에는 날렵해 보이는 돌고래의 조각이 있었고, 분수는 돌고래의 등에서 5파렌 가까운 높이로 치솟으며 아름다운 무지개를 만들었다.

무심한 표정으로 서 있는 도네에 비해 렉스는 쭈그려 앉아 잔뜩 인상을 쓰며 하품을 하고 있었다. 언제 나왔는지 저택 안으로 사라졌던 보냐가 그 모습을 발견하고는 어처구니가 없어했다.

"나를 따라오시오."

조바심을 내던 조금 전과는 달리 한껏 목에 힘을 준 보냐의 말에 자리에서 일어선 렉스는 도네와 함께 저택 안으로 들어섰다. 실내는 중후함과 아름다움이 조화를 이루고 있어 보는 사람을 차분하게 만드는 힘이 있었다.

보냐를 따라 도착한 곳은 커다란 응접실이었다. 그곳에는 체어스 그레비안 백작과 메디안과 화인워커, 루이스 그레비안, 슈타트 바이렌이 잔뜩 굳은 얼굴로 렉스를 맞이했다.

"주인님, 모시고 왔습니다."

자리에서 일어선 체어스는 두 사람을 향해 엷은 미소를 보내며 그들을 맞이했다.

"어서 오십시오."

체어스의 인사에 대꾸를 하려던 렉스는 메디안이 앉아 있는 것을 발견하고는 갸우뚱한 표정을 지었다.

"어? 넌 메디안이잖아? 네가 왜 여기 있는 거야?"

"백작님께서 대회 4위 입상자까지 식사에 초대한다고 하셔서 왔다. 왜?"

잔뜩 부은 메디안의 말에 렉스는 머쓱한 기분이 들어 뺨을 긁으며 딴전을 피웠지만 그를 노려보는 사람들의 시선은 곱지 못했다.

"대체 너 한 사람 때문에 몇 명이 기다려야 하는 거야?"

"그, 그건 어제 술을 하도 많이 마셔서……."

"자자, 조금 늦기는 했지만 이제라도 어제의 우승자가 왔으니 식사를 하러 갑시다."

체어스의 말에 사람들은 하는 수 없다는 듯 자리에서 일어서서 그의 뒤를 따라갔다. 체어스가 도착하자 부랴부랴 데울 음식은 데우고, 새로 만들어야 할 음식을 장만하느라 주방은 한바탕 전쟁을 치러야만 했다.

가장 상석에는 체어스와 30대 초반으로 보이는 아름다운 부인이 앉아 있었고 양 옆으로 대회 참가자들이 나눠 앉아 있었다.

사람들이 자리에 앉자 준비된 음식들이 줄줄이 나왔다. 음식이 어느 정도 나오자 근처에 있던 시종들이 체어스와 방문객들의 잔에 와인을 따라주었다. 사람들의 잔이 모두 찬 것을 확인한 체어스가 잔을 치켜들며 선창을 했다.

"레트로니아 왕국의 무궁한 발전을 위하여!"

"위하여!"

"위하여!"

체어스의 선창을 따라한 사람들은 한 모금을 마시고는 잔을 내려놓았다. 그러나 단숨에 마신 사람도 없지 않았다. 렉스와 메디안이 그들이었다.

그 자리에 앉아 있는 사람들 가운데 대부분이 어제 렉스의 무식한 칼부림을 목격한 후였기 때문에 렉스가 무식하게 와인을 마시는 모습을 보고도 그리 놀라지는 않았다. 하지만 평화와 자연을 사랑한다고 알려진 엘프가 단숨에 와인을 마시는 모습은 처음 보기에 어리둥절한 표정을 감추지 못했다.

메디안은 몇 번 입맛을 쩝쩝 다시다가는 자신 앞에 놓여 있는 음식을 처절하게 학살하기 시작했다. 그 모습이 얼마나 살벌했던지 다른 사람들은 그녀가 음식먹는 장면을 그저 멍한 시선으로 바라볼 뿐이었다.

주위의 분위기가 이상하게 변했다는 것을 알 만도 할 텐데 메디안은 전혀 아랑곳하지 않고 음식을 쓸어 넣는 것에 모든 신경을 집중하고 있었다.

"제가 여태껏 보았던 엘프들과는 달리 상당히 터프한 분이시군요."

"백작님, 저건 터프가 아니라 무식한 겁니다."

가차없는 렉스의 말에 체어스는 쓴웃음을 지었다.

"그건 그렇고… 귀하께서는 어떻게 하시겠소?"

"예? 저 말입니까? 하다니 뭘 말입니까?"

렉스가 눈을 동그랗게 뜨며 반문하자 체어스가 고개를 끄덕였다.

"다름이 아니라 내가 대회가 시작되기 전 우승자에게 우리 랑츠 경비 기사단의 중책을 맡기거나 그린 윙 기사단에……."

"전 안 합니다."

너무나 단호한 상대의 말에 무안해진 체어스는 얼굴이 순간 붉게 달아올랐다.

"이유를 말해 줄 수 있겠소? 어제 내가 본 귀하의 검술 솜씨라면 그린 윙 기사단에서도 상당한 직책을 가질 수도……."

"제의는 고맙지만 묶여 있는 생활이 전 싫습니다. 그리고 전 용병생활을 사랑합니다. 자유를 희생하면서까지 기사단에 들어가고 싶은 생각은 눈곱만큼도 없습니다."

렉스는 그렇게 대답을 하고는 아예 고개를 돌려 이후론 식사에만 집중했다. 분위기가 어색하게 변하자 체어스는 고개를 돌려 자신의 동생을 바라보았다.

"그럼 네가……."

"형, 미안해. 형도 알다시피 난 어린 시절부터 계속해서 검술만 익히

면서 지냈잖아. 이제는 세상을 여행하고 싶어. 그래서 내가 알지 못했
던 세상을 느끼고 싶어."

루이스의 대답에 체어스는 동생의 심정을 이해할 수도 있을 것 같았
다.

"그럼 레이디 메디안께서는?"

체어스의 질문에도 메디안은 먹느라고 정신이 없어 대꾸조차 하지
않았다. 하는 수 없이 곁에 있던 화인워커가 몇 번이나 그녀의 옆구리
를 찔렀지만 메디안은 여전히 음식 속에 빠져 헤어 나오지 못하고 있
었다. 화인워커의 뭉툭하고 단단한 손가락이 메디안의 옆구리를 힘껏
찌르는 순간 날카로운 비명 소리가 식당 안을 울렸다.

"아야! 대체 뭐 하는 짓이야?"

"백작님이 부르시잖아."

"잘 먹고 있는 날 백작님이 왜 불러?"

곁에 놓여 있는 냅킨으로 입을 닦은 메디안은 조금은 불만스러운 표
정으로 체어스를 바라봤다.

"왜 부르신 거죠? 잘 먹고 있었는데……."

"다름이 아니라 우리 랑츠 경비 기사단에 들어올 생각이 있는지 그
것을 물어보려고……."

"싫은데요, 전."

메디안까지 거부의 의사를 밝히자 체어스는 그녀에게 그 이유를 물
었다.

"혹시 실례가 되지 않는다면 그 이유를 알 수 있겠소?"

"먼저 제가 인간이 아니기 때문이고, 둘째, 천성적으로 단체에 속해
있는 것을 싫어하며, 마지막으로 명령을 받는 것도 싫어하지만 명령을

내리는 것도 싫어하기 때문이에요."

메디안의 말에 체어스의 얼굴은 슈타트 쪽으로 향했다.

"그럼 귀하의 생각은?"

"백작님께서 허락만 하신다면 랑츠 경비단에 가입해 백작님과 랑츠를 위해 무슨 일이든 하고 싶습니다."

"오~ 그래 주겠소?"

"이 슈타트 바이렌, 백작님께 충성을 다하겠습니다."

"고맙소, 바이렌 경."

그 모습을 본 렉스는 심드렁한 표정을 지었고, 메디안은 먹기 바빴고, 루이스는 그런 메디안의 모습을 미소를 지은 채 바라보고 있었다. 또 도네는 창문 밖으로 보이는 풍경을 바라보며 와인을 마시고 있었고, 화인워커 역시 기분 좋게 술에 취해 있었다.

늦은 점심 식사가 끝난 후 체어스와 일행들은 응접실에서 차를 마시며 담소를 나누고 있었다. 잠시의 시간이 지나고 느닷없이 도네가 자리에서 일어섰다. 그리고는 렉스에게 한마디를 건넸다.

"이만 가자."

"응?"

"가자니까."

"왜?"

"답답해."

도네가 계속해서 말하자 렉스도 어쩔 수 없이 일어서야 했다.

"죄송하지만 저희는 이만 떠나야 할 것 같습니다. 저희에게 베풀어 주신 백작님의 호의는 영원히 잊지 못할 겁니다. 그럼 안녕히 계십시오."

정중하고 한껏 예의를 차린 렉스의 인사말에 곁에 서 있던 도네의 얼굴에는 단순 무식의 대명사라고 생각해 왔던 렉스의 입에서 이렇게 예의 바른 말이 흘러나올 줄은 상상도 못했다는 표정이 역력히 드러났다. 그렇기는 다른 사람들도 마찬가지였다.

몸을 돌려 응접실을 빠져나가려는 렉스와 도네를 체어스가 황급히 불렀다.

"자, 잠깐."

자신의 말에 렉스가 걸음을 멈추자 체어스는 곁에 서 있던 보냐에게 지시를 내렸다.

"어서 준비한 것을 드리도록⋯⋯."

"예, 주인님."

체어스의 말에 보냐는 작은 테이블 위에 놓여 있던 가죽 주머니를 렉스에게 건넸다.

"받으시오."

"이게 뭐요?"

"우승자에게 주는 상금이오."

"아차! 내가 상금 챙기는 것을 잊고 있었다니⋯ 나이를 먹더니 이젠 기억력까지 떨어지는군."

가죽 주머니를 챙기며 렉스가 나직이 중얼거리는 소리를 듣지 못한 사람은 한 사람도 없었다. 가장 젊은, 아니, 어린 청년의 어이없는 말에 사람들은 기가 막히다는 표정으로 그를 바라봤다. 하지만 렉스는 뻔뻔스러울 정도로 태연한 표정을 지으며 실내에 있는 사람들에게 인사를 했다.

"자유와 정의의 신 자르츠의 가호가 언제나 여러분과 함께하시길 진심으로 빌겠습니다. 그럼 다음 기회에 다시……."

정중한 인사를 마친 렉스는 도네와 함께 응접실을 빠져나갔고, 실내에 있던 사람들은 여전히 멍한 표정을 짓고 있었다.

현관을 빠져나온 렉스는 따가운 햇살에 눈을 감은 채 두 팔을 힘껏 벌리고는 햇살이 전해주는 열기를 즐겼다.

"길드로 돌아갈 거야?"

"응? 벌써 길드로 돌아가자고?"

팔을 내린 렉스는 도네의 말이 별로 마음에 들지 않는지 가볍게 눈살을 찌푸렸다.

"이봐, 도네. 갈 때는 다른 도시를 경유해서 길드로 돌아가는 것이 어때?"

"또 어디를 들르자는 거야?"

"모르는 도시를 여행하는 것이 싫어? 새로운 기분이 들어 좋잖아. 게다가 재수가 좋으면 여기 랑츠에서처럼 돈도 벌 수 있고 말이야. 설마 늙은 드래곤처럼 너도 레어에만 처박혀 있는 걸 좋아하는 것은 아니겠지?"

"뭐? 늙긴 누가 늙었다는 거야?!"

렉스의 마지막 말에 도네는 속이 뜨끔했다. 아닌 게 아니라 그의 말처럼 여행이 슬슬 귀찮아지려고 하던 참이었기 때문이다.

"어디로 갈 거야? 당장 출발하면 되잖아."

"그래? 후회 안 하지?"

"흥! 나 도르미네스 사전에 후회란 단어는 없어."

얼굴이 빨갛게 달아오른 도네의 얼굴을 쳐다보던 렉스는 크게 인심을 썼다는 표정으로 입을 열었다.

　"좋아. 그럼, 오늘은 이만 길드로 돌아가자."

　"뭐? 그건 또 무슨 소리야?"

　"이봐, 도네. 여행을 하려면 여러 가지가 필요하잖아. 또 가려는 곳의 정보도 알아야 하고. 그러니까 길드로 돌아가 여행에 필요한 것을 완벽하게 준비해서 여행을 떠나자는 거지."

　"딴소리하지 마."

　"내가 무슨 딴소리를 한다고 그래?"

　"알았어. 워프!"

　도네가 렉스의 손을 잡고 시동어를 외치자 그들이 서 있던 지면에 붉은색의 거대한 마법진이 나타났다가 곧 사라졌다. 그리고 그들의 모습도 순식간에 사라졌다.

＊　　　＊　　　＊

　"이번 일은 자네가 꼭 맡아주었으면 하네."

　묵직한 사내의 음성에도 사내는 한마디 대꾸도 하지 않았다. 그런 사내의 태도에 익숙한 듯 상대는 참을성있게 사내의 대답을 기다렸다.

　"단순히 아이가 납치된 사건이라면 로베르토 자작이 가진 힘만으로도 충분히 해결할 수 있을 텐데 용병에 불과한 우리에게 힘을 빌린다는 것은 쉽게 납득이 되질 않는군요."

　사내가 문제점을 정확히 짚어내자 알은 옆에 있던 유리에게 눈짓을 했다. 신호를 받은 유리는 품에서 한 장의 편지를 꺼내 눈앞의 사내에게 건넸다.

〈카로프 용병 길드장께.

　로베르토 가문에 발생한 일에 대해 귀 길드의 힘을 빌리고자 합니다. 빠른 시간 내에 답변해 주시길…….

가리안 로베르토〉

　너무나 간단한 내용의 편지이기에 로베르토 가문에 발생한 일이 무엇인지 전혀 짐작할 수가 없었다.

　"그 편지를 받고 나름대로 조사를 했네. 로베르토 자작가에 발생한 일이란 다름이 아니라 어린 소년이 납치를 당한 것이고, 그 소년은……."

　"자작의 아들이겠군요."

　"맞네."

　유리의 설명에 그때까지 서 있던 청년은 천천히 의자에 앉았다. 그제야 드러난 사내는 30대 중반이나 후반으로 보이는 사내였다.

　검고 짙은 눈썹에 사내치고는 커다란 눈, 굳게 맞물린 입술, 하얀 피부, 상대적으로 더욱 검게 느껴지는 머릿결. 여자라면 누구든 한 번쯤은 꿈에서 봤을 법한 아름다움을 가진 사내였다. 하지만 매력적인 그 얼굴에서 느껴지는 것은 오직 싸늘한 냉기뿐이었다.

　매력적인 미소만 더해진다면 진정 신조차 질투할 만한 아름다운 얼굴이었다.

　그가 바로 이 카로프 용병 길드를 대표하는 이글 조의 조장 안드레이였다.

　"사건이 발생한 것은 지금으로부터 5일 전 자정 무렵인데, 로베르토

안드레이 <u>2</u>ㅁㅁ

자작은 지금까지 어떻게든 자체적으로 사건을 해결해 보려고 많은 노력을 한 듯싶네. 하지만 결국에는 포기를 하고 우리에게 도움을 청한 것이지. 듣자 하니 비밀리에 사람들을 풀어 사건 해결에 도움이 될 만한 인물들은 모조리 찾은 모양인데, 설마 우리에게까지 도움을 청할 줄은 몰랐네."

유리의 설명을 듣고 있던 알이 자리에서 일어나 입을 열었다. 하지만 그의 얼굴은 잔뜩 찌푸려져 있었다.

"이번 일을 자네에게 부탁하는 이유가 하나 더 있네. 그것은 우리와 앙숙인 제타론 길드의 루이라는 녀석이 이번 일을 두고 누가 해결하는지 내기를 하자고 하더군. 물론 각 길드에 소속된 용병 가운데 서너 명을 참가시켜서 말이네. 내기에 걸린 돈도 돈이지만 만약 루이라는 녀석에게 진다면 아마 난 울화통이 터져 살 수 없을 거야. 내가 부탁을 하겠네. 우리 길드의 명예를 위해 이번 일은 꼭 자네가 맡아주게."

쾅!

"아니, 날 빼놓고 지금 무슨 역적 모의를 하는 겁니까?"

문을 발길로 걷어차며 들어온 사람은 당연히 렉스였다.

"아니, 자네가 어떻게 벌써 여기에?"

"경호는 어떻게 하고?"

알과 유리의 입에서 터져 나온 말에 렉스는 여전히 화난 표정으로 뒤를 가리켰다.

"도네가 마법사란 걸 잊으셨습니까?"

"그래도 그렇지, 랑츠에서 이곳 하이네브르크까지 거리가 얼마나 먼데 마법으로 이동을 했단 말인가?"

"내가 마법사요? 그건 도네에게 물어보면 되잖소? 그건 그렇다 치고… 대체 무슨 일인데 날 빼놓고, 게다가 이렇게 어두운 방에서 쑥덕대고 있는 거요? 사람 차별하는 거야, 뭐야? 이거 정말 기분 더럽네."

분노를 터뜨리는 렉스의 모습보다 그가 내뱉은 말의 내용이 더 기가 막혀 아무 말도 못하는 알과 유리였다.

의자에 앉아 있던 안드레이는 그런 렉스를 유심히 살폈다. 자신이 길드를 잠시 떠나 있는 동안 새로 가입한 인물이 있는데 상당히 뛰어난 검술 실력을 가지고 있다는 이야기를 들었던 것이다. 게다가 특이한 성격의 소유자란 말까지 들리고 있어 한번 만나보았으면 했는데 설마 저렇게 제멋대로인 인물이라고는 생각하지 못했다.

또한 언제나 근엄한 표정을 잃지 않는 알이나 무표정한 인상의 유리가 저렇게 멍청한 표정을 짓는 것은 한 번도 본 적이 없었다. 그러나 무엇보다 안드레이의 신경을 자극한 것은 렉스가 소문으로 알려진 것보다 훨씬 뛰어난 실력의 소유자일 거란 느낌 때문이었다.

허술한 듯 보이지만 어느 한곳 빈틈이 보이지 않는 그의 자세가 렉스의 실력이 어느 정도의 경지에 도달한 인물인지를 분명하게 말해 주고 있었다.

또한 문가에 기대어 있는 도네에게서도 일반적인 마법사에게서는 느낄 수 없는 강렬한 기운이 느껴졌다. 비록 그녀가 아름다운 얼굴에 어울리는 화사한 여행복을 입고 있기는 했지만 안드레이의 감각으론 한 번도 경험해 보지 못한 강렬함이 은연중에 전해졌다.

일반적으로 검을 쓰는 사람들의 상대가 결코 되지 못한다고 알려진 마법사들과는 전혀 다른 강함이 느껴지는 미녀.

안드레이는 문득 이 두 남녀에 대해 호기심이 생기는 것을 느꼈다. 하지만 그런 생각이 미처 뇌리에서 사라지기도 전에 렉스의 음성이 들렸다.

"옳아, 그러니까 저 검은 머리가 이글 조인지 뭔지의 조장인 안드레이란 분이시구먼 그래. 그러니까 대장의 말은 저 검은 머리는 믿어도 난 믿을 수 없다는 거 아니요? 사람 보는 눈이 이렇게 없어서야 원."

자신을 도발하는 렉스의 말에 안드레이는 서늘한 눈으로 그를 바라봤다.

렉스 정도의 고수라면 상대의 눈빛만 봐도 상대의 실력을 가늠할 수 있는 법, 안드레이는 과연 그가 자신을 어떻게 판단할지 정말 궁금했다.

"야, 이 자식아! 뭘 그렇게 꼴아봐?"

시장 뒷골목에서 껄렁대는 불량배들한테서나 들을 법한 소리를 렉스가 내뱉자 그렇지 않아도 서늘했던 안드레이의 눈빛에 날카로움이 실리기 시작했다.

조금 떨어진 곳에서 안드레이와 렉스의 모습을 바라보던 알과 유리는 안드레이의 얼굴이 싸늘하게 변하자 은근히 긴장하기 시작했다.

자신들이 길드에 소속된 용병들에게 자신들과 이안, 그리고 안드레이, 이 네 명을 특급의 용병들이라고 소개를 하기는 했지만 가장 뛰어난 검술 실력을 가지고 있는 사람이 안드레이라는 것을 나머지 셋은 너무나 잘 알고 있었다. 그리고 이런 표정을 짓고 있을 때 그를 건드리는 것이 얼마나 멍청한 행동인지 그동안의 경험을 통해 뼛속 깊이 깨닫고 있기에 그저 사태를 지켜볼 뿐이었다.

"입이 시궁창보다 더 지저분하군. 하지만 더 이상 나를 모욕한다면 참지 못한다는 것만은 알아두는 것이 좋을 거네."

천천히 일어서는 안드레이를 노려보고 있던 렉스의 얼굴에도 희미하게 긴장의 빛이 어려 있었다.

지금 안드레이와 렉스 사이의 거리는 불과 4, 5파렌 정도. 하지만 이 정도 거리는 두 사람에게 존재하지 않는 것이나 마찬가지였다. 두 사람의 손이 천천히 검의 손잡이 쪽으로 향했고, 순간 실내는 팽팽한 긴장감에 휩싸였다.

그 순간이었다.

"멈춰! 더 이상 움직이면 다 죽어."

짜증이 섞인 나직한 음성이었지만 그 음성에는 도저히 거부할 수 없는 힘과 위엄이 실려 있었다.

사람들의 눈이 일제히 도네에게 향했지만 도네의 얼굴은 조금의 변화도 없었다. 자신의 말에도 사람들이 긴장을 풀지 않자 그녀의 얼굴이 굳어지는 순간 '팍' 하는 작은 소음과 함께 갑자기 피어오른 불길이 삽시간에 그녀의 몸을 휘감았다.

시뻘건 불길에 휩싸여 있었지만 화사한 여행복도 그대로였고 머리카락 역시 불길에 전혀 그슬리지 않았다. 그렇지만 불길에 휩싸여 있는 그녀의 모습은 소름 끼치도록 위엄에 차 있었고, 또한 강해 보였다.

알과 유리는 평소 자신들에게 반말지거리를 했던 도네가 설마 이렇게 강한 존재일 줄은 상상도 못했기에 공포와 함께 온몸에서 경련을 일으키고 있었다.

지금 자신들이 느끼는 감정은 도네가 결코 인간이 상대할 수 있는 존재가 아니라는 것이었다. 안드레이 역시 도네처럼 강한 존재는 처음이었다.

도네가 세상에 찾아보기 힘든 미녀이기는 하지만 단순히 그런 것 때문에 안드레이가 그녀를 특별하다고 본 것은 아니었다. 그녀의 몸에서 불길이 타오른 순간 주위의 마나가 그녀의 몸 주위로 빨려 들어가기 시작한 것을 느낀 것이다. 그런데 그 마나의 양이 장난이 아니었다.

안드레이가 그동안 수많은 대결을 통해 기사, 용병, 마법사, 때에 따라서는 프리스트들과 대결을 해본 적도 있었다. 하지만 단 한 번도 이만한 마나를 움직이는 사람은 본 적이 없었다. 그러면서 그의 관심은 렉스에서 도네에게로 향했다.

당황하기는 렉스도 마찬가지였다.

무엇보다 큰 문제는 여기서 도네의 화를 풀어줄 수 있는 사람이 자신밖에 없다는 점이었다.

"이봐, 도네. 왜 그러는 거야?"

도네가 자신의 말에 아무 대꾸도 하지 않자 렉스는 그녀에게 다가갔다. 후끈한 열기가 전해졌지만 렉스는 꾹 참고 그녀에게 한 걸음 더 다가섰다. 흘러내린 금발이 도네에게서 전해지는 열기 때문에 오그라들었지만 렉스는 개의치 않았다.

렉스의 머리가 열기에 타 들어가자 도네는 비록 불길의 세기를 줄이기는 했지만 끄지는 않았다.

"혹시 지금 화를 내는 이유가 나 때문이야?"

렉스의 말에 알과 유리, 안드레이는 두 사람 사이에 무슨 일이 있다는 것을 직감적으로 깨달았다. 또 특이한 것은 도네가 기대어 있는 문이 분명 나무로 만들어졌음에도 불구하고 그녀의 몸에서 전해지는 불길에 전혀 타지 않는다는 것이었다.

무표정한 도네의 표정을 본 렉스는 긴 한숨을 내쉬고는 말을 이었다.

"휴우~ 요즘 도네의 표정을 보니까 혹시 그런 것이 아닐까 하는 생각을 했었는데 내 짐작이 맞는 것 같군. 그래, 나 같은 놈하고 다니는 걸 누가 좋아하겠어? 게다가 도네처럼 엄청난 능력을 가지고 있다면 말이야. 언제부터인지는 모르겠지만 내 곁에 도네가 있었기 때문에 도네를 많이 귀찮게 한 것 같아. 도네가 아는지 모르겠지만 인간들은 자신과 오랜 시간을 같이 보낸 사람에게는 특별한 감정을 느끼거든. 도네와 같이 생활한 시간이 길었기 때문인지 도네가 무조건 날 이해해 줄 것이라고 생각을 했어. 그래서……."

잠시 말을 흐린 렉스는 잠시 도네의 얼굴을 쳐다보다가 곧 고개를 숙였다.

"도네가 원하는 것과는 전혀 다른 행동을 하는 나를 언제까지 이해해 주기를 원하는 것은 너무 내 욕심만 차리는 것이겠지. 도네."

도네의 이름을 부른 렉스는 그녀의 눈을 바라봤다.

"이제는 됐어. 그만 네가 하고 싶은 대로 해. 그리고 그동안 날 도와주어서 정말 고마웠어. 정말……."

쓸쓸한 눈으로 자신을 바라보고는 방을 빠져나가는 렉스의 모습에 도네는 가슴이 아려오는 것을 느꼈다. 말로는 표현할 수 없는, 자신의 가슴속에서 무엇인가가 빠져나가는 느낌에 도네는 그를 불러야 한다는 생각이 들었다.

"렉스……."

"됐어, 도네. 난 괜찮아."

'한 번만 더 부르면 안쓰러운 표정으로 돌아서는 거야. 그리고 슬프게 보여야 하니까 표정 관리에 신경을 써야 해. 렉스야, 정신 차려라.'

'저 자식이 오늘따라 왜 저러는 거지? 또 내 마음은 왜 이렇게 울렁거리는 거지?

도네가 미묘한 감정을 느낌과 동시에 자신도 모르게 렉스를 불렀다.

"렉스."

"왜?"

처연한 표정으로 천천히 돌아서는 렉스의 얼굴을 발견한 순간 도네는 자신도 모르게 눈살을 찌푸렸다. 그 순간 그녀의 몸을 감싸고 있던 불길이 완전히 사라졌다.

"내가 요즘 너무 신경이 날카로웠던 것 같아. 그리고 네 말처럼 네가 날 그렇게 특별하게 생각해 왔다는 것도 나는 잘 몰랐고 말이야. 그러니까 그런 표정 짓지 마."

"그럼 내 곁을 떠나지 않겠다는 말이야?"

"그래."

도네의 대답을 들은 렉스는 도네가 미처 표정을 풀 사이도 없이 그녀의 볼에 키스를 했다.

"고마워. 난 도네가 날 싫어하는 줄 알았어. 그래서 떠나려고 하는 줄 알았거든."

"난 널 싫어하지 않아."

"그래? 그렇다면 정말 다행이고. 정말 고마워."

쪼옥~

도네의 뺨에 다시 키스를 한 렉스는 환한 표정으로 다시 실내로 들어섰고, 갑작스런 렉스의 행동에도 불구하고 도네의 표정에는 싫은 기색이 전혀 없었다. 그녀의 붉은 머리 색 때문일까? 그녀의 뺨이 붉게 물든 것처럼 보였다.

다시 실내로 들어온 렉스는 그때까지 자신을 멍한 시선으로 바라보고 있던 알과 유리 앞에 털썩 주저앉았다. 그리고는 본격적으로 따지기 시작했다.

"어이, 대장. 거기 좀 앉아보쇼. 우리 못다 한 이야기를 마저 끝냅시다. 그러니까 대장 말은……."

"아직 인원이 정해진 것이 아니라면 이 두 사람과 같이 사건을 해결하도록 하겠습니다."

"그, 그래 주겠나?"

안드레이의 말에 누구보다 반색한 것은 알이었다. 렉스와 도네가 들어온 지 얼마 되지는 않았지만 이번 일로 두 인간이 얼마나 골치 아픈 존재들인지 확실히 깨달았다. 골치가 지끈거리는 상황에서 안드레이가 알아서 떠맡아주겠다고 하니 알로서는 그보다 반가운 일이 없었다.

"자작가에서는 한시가 급하다고 했으니 준비가 되는 대로 바로 출발을 하게."

"알겠습니다. 그럼……."

자리에서 일어선 안드레이는 곧 실내를 빠져나갔고, 렉스는 그에게 또 다른 시비거리가 있는지 그의 뒤를 따라 사라졌다. 세 사람이 모두 사라지고 난 후 알은 다리에 힘이 빠져 의자에 털썩 주저앉았다. 그리고는 긴 한숨을 쉬었다.

"이보게, 유리. 저 두 인간을 우리 길드에 받아들인 것이 과연 잘한 일일까?"

"그, 글쎄요?"

대답을 하는 유리도 너무나 정신이 혼란스러워 지금 자신이 뭐라고 대답을 했는지조차 느끼지 못하고 있었다.

렉스와 도네는 안드레이의 안내를 받아 로베르토 자작가로 향하고 있었다.

로베르토 자작가는 말로 꼬박 하루거리에 있었고, 세 사람은 일정한 거리를 두고 말을 달렸다. 전날 있었던 일 때문인지 렉스와 안드레이는 단 한 마디도 나누지 않았다.

렉스는 자신 곁에서 말을 모는 도네와 대화를 나누면서 연신 웃음을 터뜨렸다. 물론 그러면서도 안드레이의 안색을 살피는 것을 잊지 않았다. 하지만 원래 과묵한 성격인지 안드레이는 그저 정면을 향해 말을 몰 뿐이었다.

도네는 너무나 유치하게 구는 렉스의 행동에 몇 번이나 긴 한숨을 쉬었다. 동시에 그녀의 머리 속으로는 렉스처럼 단순한 인간은 세상에 다시없을 거란 생각이 들었다.

우여곡절 끝에 세 사람은 로베르토 자작가에 도착할 수 있었다. 로베르토 자작가는 슬렝이란 작은 도시의 중심부에 위치하고 있었다.

완만한 구릉에 세워진 로베르토 자작가는 세 사람이 도착했을 때 이미 수많은 사람들로 북적이고 있었다. 그들 대부분이 용병들이었는데 그 가운데는 간간이 프리스트들의 모습도 보였다.

그들이 정문으로 들어서려 하자 정문을 지키고 있던 병사들이 앞을 가로막았다.

"귀하들은 어디서 온 누구요?"

"우리는 카로프 용병 길드에서 온 사람들이오. 여기 자작님의 초대장이 있소."

안드레이가 말과 함께 편지를 내밀자 편지에 찍혀 있는 자작가의 문장(紋章)을 확인한 병사를 즉시 옆으로 물러섰다.

"자작님께서 기다리고 계시니까 어서 들어가 보시오."

"고맙소."

말을 마친 안드레이는 정문 안으로 들어섰고 그 뒤를 렉스와 도네가 따랐다. 가로수가 줄지어 서 있는 길을 따라 조금 올라가자 웅장한 저택이 모습을 드러냈다.

저택은 삭막하다고 할 정도로 아무런 장식도 되어 있지 않았고, 정원이 있어야 할 곳에는 썰렁하고 널찍한 연무장(鍊武場)이 자리하고 있었다. 현관 앞에 도착해 세 사람이 말에서 내리자 대기하고 있던 시종들이 그들의 말고삐를 잡았다.

현관에서 다시 한 번 초대장을 보여주자 그제야 세 사람은 가리안에게 안내되었다.

세 사람이 안내된 곳은 가리안의 서재였다. 그리고 그곳에는 네 사람이 어두운 안색을 한 채 침묵을 지키고 있었다.

"이분들은?"

"카로프 용병 길드에서 온 사람들입니다."

시종의 말에 잠시 희색이 돌았던 사람들은 다시 어둡게 변했다.

"어서 오시게."

어쩔 수 없이 자리에서 일어나 입을 여는 가리안의 모습을 렉스는 유심히 살폈다.

거의 모든 귀족들이 교양으로, 혹은 필요에 의해 검술을 배우기는 하지만 정말 본격적으로 검술을 익힌 사람은 전체 귀족 중에 삼 분의 일도 되지 않았다. 하지만 가리안은 그렇지 않은 모양이었다.

전신이 탄탄한 근육으로 싸여 있는 것도 그렇고, 그의 눈빛만 봐도 그가 소드 익스퍼트 최상급에 가까운 실력을 가진 기사라는 것을 쉽게 짐작할 수 있었다. 적갈색의 모발이나 구릿빛으로 물들어 있는 얼굴을 보면 그가 상당히 고집스러운 인물이라는 느낌 또한 지울 수 없었다.

세 사람이 자리에 앉자마자 드레스를 입고 있던 40대 부인이 더 이상 참지 못하고 울음을 터뜨렸다. 당황한 가리안이 그녀를 달랬지만 울음은 좀처럼 그쳐지지 않았다. 어쩔 수 없이 사내들 가운데 하나가 부인을 데리고 서재를 빠져나갔다.

잠시 무거운 분위기가 흐르고 가리안이 입을 열었다.

"자네들에게 부끄러운 모습을 보였군. 내가 가리안 로베르토네. 그리고 이분은 내 아버님이신 머더랜드님이시고, 조금 전 그 여인이 내 처인 캐서린이네. 이미 자네들도 어느 정도는 알고 있겠지만 내 아들인 제임스가… 어느 날 갑자기 사라졌네."

그 말을 하는 가리안의 얼굴은 40대로 알려진 것과는 달리 50대로 봐도 충분할 만큼 피로와 수심에 젖어 있었다. 하지만 납치가 분명한 상황에서도 단정을 내리지 않는 신중함은 그의 성격을 대변하는 것 같았다.

"혹시 짐작 가는 사건이나 인물은 있습니까?"

"전혀 모르겠네. 내 비록 세상을 훌륭하게 살았다고는 할 수 없을지 모르지만 적어도 남에게 부끄러운 짓은 하지 않고 살았다 장담하네. 남에게 원한을 살 짓도, 또 원한을 산 일도 없네."

"하지만 그것은 자작님 생각 아니십니까? 자작님도 의식하지 못한 사이에 자작님께 피해를 입은 사람이 있을지도 모르지 않습니까?"

렉스의 질문에 잠시 그의 얼굴을 바라본 가리안은 곧 대답을 했다.

"자네 말대로 혹시 내가 모르는 사이에 그런 일을 했을지도 모르지. 하지만 적어도 내가 기억하고 있는 일 중에 그런 일은 없네."

"그렇다면 혹시 사이가 좋지 않은 사람이나 정치적으로 대립 관계에 있는 사람은 없습니까?"

"없네."

가리안의 단호한 말에 렉스는 머리를 긁어야만 했다.

"실례가 되지 않는다면 사라지셨다는 아드님의 방을 잠시 볼 수 있겠습니까?"

"뭐든 필요한 것이 있으면 말하게. 그리고 그 아이의 방은 이미 많은 사람들이 봤지만 아무런 단서도 찾지 못했네. 퍼거슨, 퍼거슨, 거기 있나?"

"예."

서재의 문을 열고 들어온 사람은 조금 전 부인을 부축해 서재를 나갔던 중년 사내였다.

"이 세 사람을 제임스의 방으로 안내해 주게."

"알겠습니다."

"저 친구를 따라가게. 우리 저택의 경비대장인 퍼거슨일세."

가리안에게 간단하게 인사를 한 세 사람은 곧 경비대장 퍼거슨의 뒤를 따라 저택의 3층으로 올라갔다.

"지금껏 온 사람들은 아무런 단서도 찾지 못한 상태요. 부디 그대들만큼은 성과가 있기를 빌겠소."

"걱정하지 말고 우리만 믿으십시오. 이런 일은 전문이라 우리가 해결하지 못한 사건은……."

퍼거슨은 신나게 떠벌리는 렉스보다는 오히려 침묵을 지키고 있는 안드레이나 도네가 훨씬 더 믿음직스러웠다.

"여기가 제임스님의 방이오."

제 8 장

크레이의 고난

크레이의 고난

세 사람이 안내받은 방은 어린 소년이 사용하기에는 상당한 크기를 가지고 있었다. 물론 건물 전체에 비하면 아담한 방이었지만.

세 사람은 주위를 잠시 훑어보았지만 모든 물건들이 엉클어져 있어 역시 아무런 단서를 찾을 수도 없었다. 안드레이가 창가 쪽을 조사하는 것을 본 렉스는 퍼거슨에게 궁금한 것을 물었다.

"몇 가지 묻겠습니다. 사건 당일 경비는 어떻게 서고 있었습니까?"

"평소와 같이 두 겹으로 건물 전체를 경비하고 있었소."

"그럼 실내를 지키는 병사도 있습니까?"

"그렇소. 특별히 훈련받은 10여 명의 병사들이 내부 순찰을 돌고 있소."

"사건 당일 특별한 소리를 들은 사람은 없습니까?"

"아무런 소리도 듣지 못했소."

잠시 고심하던 렉스는 다시 질문을 했다.

"혹시 내부의 인물 가운데 그런 일을 저지를 만한 사람은 없습니까?"

"그런 인물은 절대 없소. 비록 자작님께서 온화한 분은 아니시지만 누구에게든 공평한 분이시고, 또……."

"예, 잘 알겠습니다."

창가를 조사하던 안드레이의 모습이 갑자기 사라졌다. 그 모습에 창가로 다가간 렉스는 창가에서 약 4파렌 정도 떨어진 곳의 나뭇가지 위에 안드레이가 앉아 있는 것을 보았다.

잠시 주위를 살피던 안드레이는 곧 빠른 속도로 나무를 내려갔고 눈깜짝할 사이에 어디론가 사라졌다. 조금의 시간이 지난 후 다시 나무 위에 모습을 드러낸 안드레이는 가벼운 동작으로 방 안에 뛰어들었다.

"흔적을 찾았소?"

"희미하기는 하지만 나무에 사람이 앉았던 흔적이 있었소."

"그렇다면 나무를 통해 이 방으로 침투를 했다? 하기는, 병사들의 눈을 피할 정도의 실력이라면 이 정도 거리는 소리없이 뛸 수도 있겠지."

렉스의 말에 잠시 고개를 끄덕인 안드레이는 나름대로 생각을 정리했다.

"아마도 이 방에 침입한 자는 전문적으로 침투와 납치에 대한 훈련을 받은 자였을 것이오."

"그럼 설마 침입자가 어쎄신이란 말이오?"

"그런 것 같소이다. 이건 내 예상이지만 아마 납치범은 낮에 침투해 나무 위에 은신해 있다가 밤이 되기를 기다린 것 같소. 그러다 병사들

의 시선을 피해 방에 침입했고 잠들어 있는 제임스님을 납치해서는 그
대로 사라진 것 같소."

"하지만 어쎄신이 제임스님을 납치하려고 할 때 잠에서 깬 제임스님
이 왜 반항하지 않고 순순히 납치범을 따라갔을까?"

"그렇다면?"

"난 혹시 마법사가 아닐까 생각되는데……."

"마법사?"

퍼거슨의 반문에 렉스는 고개를 끄덕였다.

"그렇소. 마법사라면 상대를 잠들게도 할 수 있을 것이고, 또 이동
마법을 할 수 있으니 현장에서 곧바로 사라질 수도 있지 않겠소?"

"정령술사도 있어."

"뭐라고?"

도네의 갑작스런 말에 렉스는 자신도 모르게 반문했다.

"정령들을 이용해도 상대를 잠들게도, 눈에 보이지 않게도, 또 다른
장소로 이동할 수도 있어."

"정말 정령으로도 그런 것이 가능해?"

렉스의 반문에 도네는 고개를 끄덕였다.

"잠의 정령인 샌드맨을 불러 상대를 잠재우고, 빛의 정령인 윌로위
스프를 이용해 빛을 반사, 혹은 투과시키면 몸을 투명하게 만들 수도
있어. 그리고 바람의 정령인 실프를 이용하면 이동도 가능하지. 단 지
금은 단순히 예를 든 것이고 실제로 사람을 이동시키려면 최소한 바람
의 중급 정령인 실라페 이상은 되어야 가능한 일이야."

도네의 말에 사람들은 갑자기 침입자에 대한 범위가 지나치게 광범
위해지는 것을 느끼며 머리 속이 복잡해졌다. 사람들이 고심하는 모습

을 지켜보던 도네가 갑자기 짧게 외쳤다.

"노옴."

그러자 사람들 앞에 흙으로 만든 인간 모습을 한 50파레스 정도의 작은 노인이 모습을 드러냈다. 자신을 호출한 도네에게 꾸벅 인사를 하고는 고개를 숙이고 있는 모습이 마치 그녀의 명령을 기다리는 듯 보였다.

"7일 전 이 방에서 한 소년이 사라졌다. 당시의 모습을 우리에게 보여라."

말과 함께 붉은 마나가 노옴의 몸으로 쏟아지자 노옴의 몸이 사라지며 그 자리에 작은 방의 모습이 반투명하게 보였다.

제임스의 방을 정확한 비율로 줄인 듯 보이는 방의 창가에는 침대가 놓여 있었고, 침대 위에 자고 있는 소년의 모습이 보였다. 10세 정도로 보이는 소년은 얼굴에 난 주근깨까지 알아볼 수 있을 정도였다.

일행들이 숨죽여 지켜보고 있는 사이 소년의 방으로 뻗은 나뭇가지에서 검은 물체 하나가 창가에 소리도 없이 내려서는 모습이 보였다. 잠시 주위를 두리번거리던 검은 물체는 품에서 무엇인가를 꺼내 불을 붙이고는 소년의 방에 던져 넣었다.

방 안에 피어오른 연기에 몇 번 기침을 하던 소년은 곧 축 늘어졌고, 그 모습을 확인한 검은 복면의 침입자는 방으로 들어와 소년을 들쳐 업고는 그대로 방을 빠져나갔다.

텅 빈 방이 붉은색으로 변한다고 느끼는 순간 어느새 영상은 사라지고 그 자리에는 노옴이 서 있었다.

"돌아가도 좋다."

도네의 말과 함께 노옴의 모습은 사라졌고, 그제야 사람들은 정신을 차릴 수 있었다.

"대체 저놈이 누구이기에 우리 제임스님을 납치한 것이란 말이오? 혹시 여러분은 저 납치범이 누군지 아시겠소?"

"아무런 특징도 없는 복장이었소."

안드레이는 영상에서 본 검은 복면인의 모습을 몇 번이나 떠올렸지만 그의 신분을 알 수 있는 단서는 하나도 없었다. 하지만 복면인의 모습을 보는 순간 마음 한구석에서 가슴이 두근거리는 것을 느끼는 안드레이였다.

자신의 남은 생을 모두 바치는 한이 있더라도 반드시 해야만 하는 일과 이번 납치 사건에 무슨 연관이 있을 것 같다는 예감을 지울 수 없었다.

"도네, 방금 그것도 정령 아니야?"

"대지의 정령 노옴이야. 그런데 그것을 왜 묻지?"

"그 복면을 쓴 녀석이 어디로 사라졌는지 혹시 알 수 있을까 해서."

렉스의 말에 도네는 귀찮아하는 기색이 역력했지만 곧 대답해 주었다.

"노옴의 말로는 북쪽을 향해 갔다고 했어."

"그래? 정말 수고했어."

쪼옥~

도네의 말에 렉스는 크게 기뻐하며 그녀의 뺨에 소리나게 키스를 했다. 그 모습에 퍼거슨은 어색한 표정을 지으며 고개를 돌렸고 안드레이는 묘한 빛을 띤 눈으로 두 사람을 쳐다보았다.

틈날 때마다 키스를 하는 렉스나 그때마다 피하지 않는 도네나 정말 어울리는 커플이었다.

"뭐 하고 있어? 빨리 출발 안 할 거야?"

"뭐? 지금?"

"그럼 당연하지. 어린아이가 무슨 험한 꼴을 당하고 있을지 모르는데 편히 쉴 수 있겠어? 도네, 너희 동족들도 어린아이는 보호하잖아. 그것도 모든 종족이 말이야."

"휴우~ 알았어. 가자, 가자고."

렉스의 고집이 시작되었다는 것을 눈치 챈 도네는 한숨을 쉬었다. 그런 두 사람의 모습을 보면 남매 같기도 하고 또 어떻게 보면 연인 사이 같기도 했다.

퍼거슨에게 곧바로 출발하겠다고 말하자 퍼거슨은 황급히 그 사실을 가리안에게 알렸다. 가리안은 설마 했던 일이 현실로 드러나자 대체 무슨 일을 먼저 해야 좋을지 당황하는 표정이 역력했다. 또한 곁에 앉아 있던 캐서린은 안드레이의 말에 제임스가 죽었다고 생각했는지 대성통곡을 터뜨렸다.

울부짖는 아내를 달래는 가리안의 얼굴에는 짙은 어둠이 끼어 있었다.

"왜 우십니까?"

렉스의 뜻하지 않은 말에 캐서린은 울음을 멈추고 그를 바라보았고 아내를 달래던 가리안도 어두운 얼굴을 풀지 않은 채 입을 열었다.

"무슨 말인가?"

"아직 제임스님이 죽은 것도 아닌데 왜 우시는 것이냐고 물었습니다."

"무슨 말씀인지… 쉽게 설명을 해주시겠어요?"

눈물이 글썽글썽한 모습이기는 했지만 애써 차분한 음성으로 반문하는 캐서린의 모습에 사람들은 역시 '여자는 약하지만 어머니는 강하다'는 옛말이 맞다는 것을 새삼 깨달을 수 있었다.

"침입자가 제임스님을 살해하지 않고 납치를 한 것은 나름대로 이유를 있기 때문 아닐까요? 그래서 생각을 해보았지만 살해되었을 가능성보다는 어떤 목적을 위해 납치했을 가능성이 더 클 것 같습니다."

"목적이라니? 이제 겨우 열 살에 불과한 아이가 어디에 필요하다고 납치를 한단 말인가요?"

"글쎄요? 자세한 것은 조사를 좀 더 해봐야 알 것 같습니다. 그러기 위해서 저희는 지금 즉시 출발을 해야 될 것 같습니다, 로베르토 자작부인."

"그렇다면… 어서… 그러니까 어서……."

렉스의 말에 캐서린은 제대로 말도 못하면서 그저 손짓만 할 뿐이었다.

"자네들에게 부탁하겠네. 제발 내 아들을 찾아주게. 찾아주기만 하면 자네들이 원하는 것은 뭐든지, 아니, 내 재산 전부라도 주겠네. 꼭 부탁하겠네."

절박함이 묻어 있는 가리안의 말에 안드레이는 굳은 얼굴로 고개를 끄덕였다.

세 사람이 서재를 빠져나가고 한참의 시간이 지나고도 좀처럼 캐서린의 울음은 그쳐지지 않았다.

잠시 후 캐서린이 울음을 멈추자 가리안은 겨우 안심할 수 있었다.

"아버님, 저들이 과연 제임스를 찾을 수 있을까요?"

"글쎄, 내가 보기에 나이가 조금 들어 보이는 청년은 너무 과묵하고 어린 청년은 경솔하다고 할 정도로 너무 가벼워 잘 해결할 수 있을지

나는 짐작도 하지 못하겠구나."

"제가 보기엔 나이가 들어 보이는 청년이 과묵하고 신중해 보이는 것이 믿음직스럽군요."

"전 어린 청년이 사건을 해결할 것 같아요."

갑작스럽게 캐서린이 입을 열자 두 사내는 자신의 며느리이자 자신의 아내를 바라봤다.

"그 어린 청년은 제가 불안해하는 심정을 예리하게 알아챘어요. 남자들에 비해 여자들이 감성적이기 때문인지는 모르지만 저는 제임스가 무사할까보다는 무슨 일을 당했을까 하는 걱정이 더 들었어요. 한데 그 청년은 그런 제 생각을 알고 제임스가 살아 있다는 쪽으로 절 설득했어요. 그렇기 때문에 전 그 어린 청년이 이번 사건을 해결할 거라고 생각해요."

캐서린의 말에 두 사내는 고개를 갸우뚱했지만 캐서린은 자신의 판단을 확신했다.

로베르토 자작가를 떠나온 세 사람은 노옴에게서 들었던 이야기대로 북쪽을 향해 말을 몰았다. 하지만 조금 늦은 시간에 출발한 그들은 자작가를 떠난 지 얼마 되지 않아 곧 야영할 준비를 해야만 했다.

도네가 편히 쉬고 있는 동안 렉스는 식사 준비를, 안드레이는 야영 준비를 했다. 편히 쉬고 있는 도네를 보면 무슨 말을 할 법도 한데 안드레이는 묵묵히 자신이 할 일만 할 뿐이었다.

먼저 야영 준비를 마친 안드레이는 제법 능숙한 솜씨로 식사 준비를 하는 렉스의 모습을 바라보고 있었다. 렉스는 꽤나 오랫동안 정성 들여 뭔가를 만들고 있었다.

잠시 후 그가 내민 음식은 걸쭉해 보이는 크림 포타쥬(수프의 일종)와 바삭하게 구운 빵 두 쪽, 알맞게 구운 로스트 비프였다. 렉스는 두 사람에게 조심스럽게 내밀고는 긴장한 표정을 감추지 못하고 있었다. 마치 요리의 평가를 기다리는 요리사처럼 말이다.

두 사람은 먼저 수프를 한 모금 먹은 후 빵에 고기를 올리고는 크게 베어 물었다. 그리고는 음미라도 하듯 눈을 감고 계속 씹었다. 그리고는 놀란 표정을 감추지 못했다.

"맛있는데? 상당히 맛있어. 렉스가 이런 솜씨를 가지고 있는지 꿈에도 몰랐는데. 대체 이건 언제 배운 거야?"

"식당을 차려도 크게 성공할 것 같군."

두 사람의 찬사에 렉스의 입은 당장 귓가에 걸렸다.

"정말 맛있어? 거짓말 아니지?"

"거짓말을 왜 해? 너도 한번 먹어봐."

도네의 말에 조심스럽게 수프의 맛을 본 렉스는 자신이 요리한 빵과 고기를 먹었다. 찬찬히 음식 맛을 본 렉스는 고개를 끄덕였다.

"휴우~ 다행히도 제대로 된 것 같군."

"무슨 소리야?"

"어렸을 때 배웠던 거라 조금은 자신이 없었거든."

"어렸을 때? 언제?"

"왜 도네가 용병을 한번 데리고 왔던 적이 있었잖아. 기억 안 나? 한쪽 눈이 애꾸였던 용병 있잖아. 아마 로이드 블라슈란 이름을 가지고 있었을걸?"

"생각나. 그 자식, 쓸 만한 것을 가르치라고 데리고 왔더니 겨우 요리나 가르친 거야?"

"아냐, 로이드에게 진짜 많은 걸 배웠어. 야간에 행동하는 요령, 추적술, 잠입술, 지형을 살피는 법, 야영하는 법, 그리고 요리까지. 정말 정신없이 배웠지."

렉스의 말에 도네의 얼굴에는 못마땅해하는 표정이 역력했지만 곧 식사에 열중했다.

두 사람이 식사하는 모습을 바라보던 안드레이는 조금 전 렉스가 말한 사람이 레트로니아 왕국의 용병들 중에서 현재 최강으로 불리는 세 사람 가운데 하나인 로이드 블라슈가 틀림없을 것이란 생각이 들었다.

로이드는 정규적인 훈련을 받지 않고 단지 많은 전투와 대전 경험만으로 소드 마스터에 오른 특이한 인물로, 소드 마스터에 이른 정규 기사도 결코 실전에서는 그를 이길 수 없다는 말까지 있을 정도였다.

현재는 자신의 이름을 딴 블라슈 용병 길드를 운영하고 있으며 레트로니아 왕국 전역의 수십 개 용병 길드와 연합을 하고 있는 가장 잘 알려진 용병 길드 가운데 하나였다.

그런데 그런 그에게서 검술은 더 이상 배울 것이 없었다는 말은 다시 말하자면 렉스의 검술이 로이드와 비슷하거나 오히려 뛰어나다는 말이 아닌가?

식사를 마친 렉스가 미소를 지으며 도네를 바라봤다. 그런 렉스의 눈빛을 발견한 도네는 그가 또 무엇인가 자신에게 부탁할 것이 있다는 것을 짐작했다.

"뭘 부탁하려고 또 그렇게 느끼한 표정을 짓는 거야?"

"역시 도네는 눈치가 빨라. 필요한 것이 있어서. 그러니까 날 길드에 잠시 보내줄 수 있어?"

"보내주기만 하면 되는 거야?"

"당연히 다시 돌아와야지."

도네의 얼굴에는 귀찮아하는 기색이 역력했지만 곧 시동어를 외쳤다.

"워프 게이트!"

도네의 외침과 동시에 지면에서 솟아나는 붉은빛을 발견하는 순간 복잡한 기호와 도형으로 이루어진 거대한 붉은색의 마법진이 모습을 드러냈다.

"길드의 연무장에도 똑같은 워프 게이트가 설치되어 있으니까 워프 게이트의 중심에 서서 '워프' 라고 외치면 이곳으로 이동해."

"그래? 그럼 잠시만 기다려."

워프 게이트의 중심에 선 렉스는 곧 시동어를 외쳤고, 그 순간 그의 모습은 감쪽같이 사라졌다. 렉스가 사라지고 얼마 되지 않아 모닥불을 지피던 안드레이가 갑자기 입을 열었다.

"레이디 도네께서는… 드래곤 아니십니까?"

"드래곤? 왜 그렇게 생각하지?"

"레이디에게서 느껴지는 강렬한 힘과 엄청난 위압감 때문입니다. 제가 비록 직접 드래곤을 만나본 적은 없지만 여태껏 만났던 마법사들 가운데 레이디 도네처럼 엄청난 힘과 위압감을 느낀 상대는 난생처음입니다. 게다가 제가 알기로 마법을 익힌 마법사는 결코 정령술을 함께 익힐 수 없다고 알고 있는데 레이디 도네께서는 로베르토 자작가에서 대지의 정령인 노옴을 호출하셨습니다. 그래서……."

"단지 그런 이유 때문에 내가 드래곤이라고 판단한다는 것은 너무 성급한 판단이 아닐까?"

도네의 느긋한 말에도 안드레이의 표정은 변함이 없었다.

"결코 상식을 뛰어넘는 힘과 능력을 가진 존재라면 누가 뭐라 해도 드래곤을 빼놓을 수 없습니다. 그리고 무엇보다도 그동안 목숨을 건 대결을 통해 쌓아온 경험과 그 경험을 통해 다듬어진 제 감각을 믿습니다."

"설사 내가 드래곤이라고 해도 그것이 너와 무슨 상관이 있다는 거지?"

"드래곤께서 인간들 세상에서 유희를 즐긴다는 사실은 잘 알려진 사실이지만 왜 인간을 데리고 다니시는지 궁금해서입니다. 게다가 보통 사이가 아니라고 느껴지는 그 청년에게서도 왠지 심상치 않다는 느낌이 들어 은근히 신경이 쓰이더군요."

"주제넘은 관심은 죽음을 부를 수도 있다는 것을 잊지 마."

"참고하겠습니다, 도네님."

안드레이가 표정도 바꾸지 않은 채 자신을 '도네님'이라고 부르자 도네는 별 신기한 녀석을 보겠다는 표정으로 안드레이를 쳐다봤다.

렉스야 워낙 단순한 녀석인데다 행동까지 천방지축이라 뭔 생각으로 세상을 사는지 모를 녀석이지만, 안드레이는 너무 변화가 없어 역시 무슨 생각을 하고 있는지 전혀 짐작할 수 없었다.

성격적으로 보면 완전히 극과 극이었다. 그럼에도 불구하고 도네가 보기에는 왠지 두 사람이 닮은 것처럼 느껴졌다.

그러는 사이 마법진 위로 렉스가 다시 나타났다. 그러나 혼자가 아니었다. 렉스의 손은 크레이 루 샤이나의 뒷덜미를 움켜쥐고 있었고, 크레이는 연신 자신의 눈 주위를 매만지고 있었다. 그리고 말도 한 마리 있었다.

워프 게이트를 지워 버린 도네는 렉스에게 질문했다.

"그 자식을 데려오기 위해 길드에 갔었던 거야?"

"응, 아무래도 자질구레한 일을 할 녀석이 필요할 것 같아서 이 자식을 데려왔어."

"생긴 걸 보면 별로 일을 잘할 것 같지도 않은데……."

"아쉬운 대로 부려먹지 뭐."

자신을 보고 아쉬운 대로 써먹겠다고 말하는 렉스의 태도에 크리스는 정말 미치고 환장할 지경이었다.

크리스는 자신을 렉스와 만나게 한 비와 바람과 폭풍의 신 루안로바스가 너무나 원망스러웠다.

오늘 저녁만 해도 그랬다. 하루의 일을 마친 후 한 잔의 술을 마시고 열심히 꿈나라를 헤매던 크리스는 거칠게 자신을 깨우는 존재에 의해 잠에서 깨어나야만 했다.

상대가 누구인지 확인할 사이도 없이 주먹을 휘둘렀던 크레이는 자신의 주먹이 허공을 가른 것을 느끼는 순간 눈두덩에서 별이 번쩍 하는 것을 느껴야만 했다. 크리스는 눈두덩을 감싸 쥐며 처절한 비명을 터뜨렸지만 상대는 전혀 아랑곳하지 않고 크리스의 뒷덜미를 움켜쥐고는 침대에서 거칠게 끌어냈다. 그리고 어디론가 질질 끌고 가기 시작했다.

크리스는 끌려가며 몇 번이나 거칠게 반항을 했지만 그때마다 돌아온 것은 무자비한 몰매뿐이었다. 길드의 연무장까지 질질 끌려와서야 크리스는 상대를 확인할 수 있었다.

상대가 렉스라는 것을 확인한 크리스는 순간 아무 말도 할 수 없었다. 그리고 들려온 그의 말 한마디에 얼어붙은 듯 꼼짝할 수 없었다.

"한 번만 더 반항하면 아예 석 달 열흘 동안 일어날 수 없게 만들어

줄 거야."

그 말에 크리스는 꼼짝도 할 수 없었다. 그리고 크리스는 공간 이동을 당해 여기까지 끌려온 것이다.

"먼저 설거지부터 시작해."

아무렇지도 않게 내뱉는 렉스의 말에 크리스는 너무나 기가 막혀 순간 할 말을 잃었다.

"겨, 겨우 그 짓을 시키려고 날 끌고 왔단 말이오?"

"당연하지. 그럼 너 따위에게 뭘 기대한다는 거야?"

렉스의 퉁명스러운 대꾸에 크리스의 얼굴이 붉게 변했다. 이제껏 살아오면서 이렇게까지 자신을 무시하는 인간은 한 번도 만나본 적이 없었다. 너무나 억울한 마음이 들어 크리스는 자신도 모르게 입을 열었다.

"뭐든지 시켜보시오! 나도 잘하는 것이 많단 말이오!"

"너도 잘하는 것이 있다고? 못 믿겠는데?"

"한 번만 믿고 뭐든 시켜주시오!"

"그럼 일단 설거지부터 하고 와. 그 후에 뭘 할 수 있는지 같이 생각해 보자고."

"알겠소."

뜨뜻미지근한 렉스의 대답에 크레이는 그의 마음이 그사이 바뀔 것이 두려웠는지 몇 개의 그릇을 들고 씻기 위해 그 자리를 떠났다. 그 모습을 보고 있던 도네는 기가 막혀 렉스의 얼굴을 쳐다봤다.

"도네, 뭘 그렇게 보는 거야?"

"세상에…… 너보다 더 단순한 녀석이 있을 줄은 상상도 못했어, 정말."

"도네는 내가 단순하다고 하는데 대체 뭘 보고 단순하다고 하는 건지 나는 도무지 이해가 안 가."

"널 보면 단순이란 단어밖에 생각나지 않아. 당장 설거지가 하기 싫다고 저 자식을 끌고 온 것만 봐도 알 수 있잖아. 그런데 설마 너보다 더 단순한 녀석이 있을 줄이야… 대체 너한테 인정을 받는 것이 뭐가 그렇게 대단하다고 저렇게 목숨을 거는 건지……."

"듣고 보니까 그렇네. 저 자식, 왜 저렇게 열심이지?"

렉스의 중얼거림을 들은 안드레이는 자신도 모르게 피식 미소를 짓고 말았다. 그리고는 그런 자신의 모습에 소스라치게 놀랐다.

자신이 미소를 지은 적이 과연 언제였던지 기억도 나지 않았다. 적어도 10여 년 전 그 '사건'이 있은 후로 단 한 번도 웃어본 적이, 아니, 미소조차 지어본 적이 없었다. 그런데 자신이 미소를 지었다니…….

안드레이는 순간 자기혐오에 빠졌다. 자신이 어떻게 그 일을 잊을 수 있단 말인가? 자신을 나락에 떨어지게 했던, 또 지금도 지옥 같은 고통 속에서 살고 있으면서 그 일을 잊고 미소를 짓다니? 가벼운 자기혐오에 빠진 안드레이의 얼굴은 이전보다 더욱 어두워졌다.

도네는 그런 안드레이의 안색을 유심히 바라봤다.

잠시 후 설거지를 마치고 돌아온 크레이와 렉스는 한참 동안 크레이의 임무에 대해 떠들어댔지만 결론을 내지 못했다. 렉스는 짜증스러운 표정으로 잠자리에 들었고 안드레이도 일행들에게서 등을 돌린 채로 잠을 청했다.

일행들이 범인의 흔적을 따라 북쪽으로 이동한 지 5일 만에 그들은 보이얀브르크란 도시에 도착했다.

강과 하천의 여신인 보이얀의 도시란 이름답게 타렛 강 남쪽에 위치한 도시로 꽤나 많은 사람들로 북적이는 활기 찬 도시였다. 난생처음 강이란 것을 본 렉스는 이곳저곳을 구경하느라 정신이 없었고 그때마다 일행들은 몇 번이나 말을 멈춰야 했다.

더 구경하겠다는 렉스를 억지로 끌고 식당에 가느라고 일행들은 진땀을 흘려야만 했다. 식당에 도착한 렉스는 잔뜩 심통이 난 표정을 짓고 있었다.

"그깟 강에 뭘 볼 것이 있다고 그러는 겁니까?"

"난 태어나서 강을 처음 본단 말이야. 그래서 구경 좀 하겠다는데 왜들 날 말리지 못해 안달이냔 말이야."

"캡틴, 그건 캡틴이 몰라서 그렇습니다. 강가 근처는 대부분 진흙 구덩이인데다 고약한 냄새에 지저분하기 이를 데 없단 말입니다."

크레이가 렉스에게 캡틴이란 호칭을 쓰는 것은 모두 렉스가 휘두른 폭력에 그가 굴복했기 때문이다. 렉스와 다시 만난 지난 5일 동안이 크레이로서는 죽어도 다시 경험하고 싶지 않은 악몽의 나날들이었다.

처음 렉스가 자신을 캡틴이라고 부르라고 했을 때 크레이는 그가 농담을 하는 줄 알았다. 하지만 그 호칭 때문에 몰매를 한차례 당한 후에야 장난이 아니라는 것을 알게 되었다.

그때부터 크레이의 눈물겨운 반항이 계속되었지만 단 한 차례도 성공하지 못했다. 자신이 조금 심하게 구타를 했다 싶으면 도네에게 치료를 부탁했고 멀쩡한 것을 확인하면 다시금 구타가 시작되었다.

또 그에게 대항을 하면서 알게 된 것인데 그의 검술이 무지막지하다는 것은 직접 대결을 해봐서 충분히 알고 있었지만, 그가 맨손 격투술마저 그렇게 뛰어날 줄은 상상도 못했었다. 어떻게 된 인간이 사람을 패도 골고루 패야지 때린 곳만 골라 때릴 수가 있단 말인가? 게다가 어떻게 때리는 것인지 한번 맞을 때마다 숨도 제대로 쉴 수 없었다.

결국 크레이는 3일 만에 항복을 했고 그때부터 렉스를 캡틴이라고 부르게 되었다. 또한 그동안 숱하게 도망도 쳤지만 귀신같이 자신을 찾아내 거의 기절할 때까지 두들겨 패는 렉스의 능력에 완전히 항복하고 말았다.

"근데 여기서 흔적이 끊겼다니……. 조금 곤란하게 됐잖아. 안드레이, 뭐 좋은 생각 없어?"

그리고 그사이 변한 것 중에 하나가 렉스와 안드레이하고 친구(?) 사이가 되었다는 것이다. 물론 그렇게 생각하는 것은 렉스뿐이라는 것이 조금 문제였지만 말이다.

"납치한 자가 하나가 아니라는 느낌은 들지만 정보가 없으니 너무 막막한 것은 사실이군."

"안드레이님도 그렇게 생각하시는군요. 도둑 길드를 찾아보는 것은 어떻겠습니까?"

"도둑 길드?"

"예, 어느 도시든 그 도시에 대해 가장 정확하고 방대한 정보를 가지고 있는 것은 도둑 길드입니다. 특히 겉으로 드러난 것이 아닌 어둠 속에서 벌어지는 일이라면 도둑 길드에서 모를 리가 없을 겁니다."

크레이의 말에 안드레이가 고개를 끄덕이자 곁에 있던 렉스가 퉁명스럽게 입을 열었다.

"만약 이번 일과 도둑 길드가 연관이 있다면 우리에게 그 정보를 가르쳐 줄 것 같아?"

"그, 그럴 수도 있겠군요."

"단순한 놈."

렉스의 말에 크레이의 얼굴이 붉어졌다. 렉스의 말처럼 그럴 수도 있다는 것을 미처 깨닫지 못했기 때문에 그런 것이 아니라 단순함의 대명사인 렉스에게 단순하다는 소리를 들었다는 것이 너무도 수치스러 웠기 때문이다.

"하지만 그건 그들의 태도를 보면 알 수 있지 않을까?"

"안드레이님의 말씀이 맞습니다. 만약 그들이 우리를 공격하려 하거 나 사로잡으려고 한다면 그들이 납치범과 연관이 있다는 것을 드러내 는 것이니까 그때 그들을 사로잡아 연관 사실을 알아낼 수 있을 겁니 다. 또……."

"그만 해, 다들 알고 있는 사실이니까."

또다시 크레이의 말을 자른 렉스는 곧 이어 말을 이었다.

"여기서 기다릴 테니까 도둑 길드가 어디 있는지 위치만 알아보고 와. 그리고 괜히 잘난 척하고 들어갔다가 붙잡혀서 일만 복잡하게 만 들지 말고 우리랑 같이 들어가도록 해. 알겠어?"

"알겠습니다."

"알겠습니다? 뭐 잊어버린 것 없어?"

'이 빌어먹을 인간이 또 무슨 시비를 걸려고?'

렉스의 말에 크레이의 얼굴이 일그러졌다. 그러나 곧 그의 입에서 렉스가 원했던 단어가 자연스럽게 흘러나왔다.

"알겠습니다, 캡틴."

"좋아, 빨리 다녀와."

만족스러워하는 렉스의 모습을 보며 크레이는 서둘러 식당을 빠져 나갔다.

잠시 그런 크레이의 뒷모습을 바라보던 도네가 조금은 이상하다는 듯 렉스에게 물었다.

"대체 무슨 이유로 크레이를 그렇게 못살게 구는 거지?"

"못살게 군다고? 내가?"

"그럼 너 말고 누가 있어? 내가 그랬겠어, 아니면 안드레이가 그랬겠어?"

"아냐, 그건 도네가 잘못 본 거야. 도네, 내 말을 들어봐. 사람과 사람 사이에는 겉으로 드러나는 것만이 전부가 아닌 경우가 허다해. 비록 웃는 얼굴로 상대를 대한다고 하더라도 속으로는 상대를 경멸하고 욕하는 경우도 있어. 도네가 보기에는 내가 크레이를 괴롭히는 것처럼 보일지도 몰라. 하지만 사실은 그게 아니거든."

"아니긴 뭐가 아니란 말이야? 아무리 봐도 재미로 괴롭히는 것으로밖에 안 보이던데……."

"재미라니! 에이, 그건 도네가 잘못 본 거야."

손을 내저은 렉스는 테이블 위에 있던 컵을 들고는 단숨에 물을 마셨다.

"도네에게는 어떻게 보였는지 모르겠지만 내가 볼 때 크레이는 귀족가의 자식이야. 어른들의 의사인지 아니면 본인의 의사인지는 모르겠지만 어린 시절부터 검술을 익혔어. 나이로만 따지면 상당한 레벨에 도달한 것은 사실이지만 알고 있는 대부분이 이론적인 것뿐이야. 또 경험도 부족하고 응용력도 떨어지는 것 같아. 만약 지금 이대로 둔다면 어떤 발전도 없을 거야. 그래서 내가……."

"그러니까 네 말은 네 그 괴팍한 행동이 모두 크레이를 위한 것이었다 그런 말이야?"

도네의 조금은 비꼬는 듯한 말에 렉스는 잠시 딴전을 피우다 말을 이었다.

"모두 다는 아니지만 대부분 크레이를 위한 것만은 사실이야. 나하고 몇 달 같이 다니다 보면 자연스럽게 실력이 늘 것이고, 게다가 상당히 다양한 경험도 쌓을 수 있으니까 일석이조잖아."

"안드레이, 지금 렉스가 한 말이 이해가 가? 나는 렉스가 방금 뭐라고 했는지 한마디도 못 알아듣겠어."

"도네님이 이해하지 못한 것을 제가 이해할 수 있겠습니까? 저 역시 이해가 안 가기는 마찬가집니다."

"그렇지? 같은 인간도 이해를 못한다는데 내가 어떻게 이해를 할 수 있겠어?"

고개를 흔드는 도네를 바라보며 렉스는 안드레이가 어떻게 도네의 정체를 알았는지는 모르지만 그녀의 정체가 드래곤임을 알고 있다는 것을 깨달았다.

조금은 가라앉은 눈으로 안드레이를 바라보았지만 그의 모습이나 행동은 처음 만났을 때와 달라진 것이 전혀 없었다.

그러는 사이 도둑 길드를 알아보기 위해 갔던 크레이가 돌아왔다. 잠시 이마에 맺힌 땀방울을 닦으며 숨을 고른 크레이가 곧 자신이 알아낸 사실을 세 사람에게 보고했다.

"이곳 보이얀브르크 시에는 현재 두 개의 도둑 길드가 활동하고 있답니다. 시마룬 길드와 레마르프 길드 두 곳인데 시마룬 길드는 역사는 길지만 인원이나 세력으로는 레마르프 길드와는 비교가 안 될 정도로 작은 곳입니다."

"사람들의 평가는 어떤가?"

"제가 들은 이야기에 의하면 시마룬 길드는 가난하고 헐벗은 사람들이나 어려운 생활을 하고 있는 프리스트들을 많이 도와주었다고 하더군요. 그리고 그들의 대상이 되는 자들은 주로 고액의 세금을 걷어들이는 귀족들이나 그런 귀족들을 등에 업고 설쳐 대는 상인들이랍니다. 그에 반해 레마르프 길드는 특별한 대상도 없고 또 돈이 되는 일이라면 설사 불법적인 일이라도 가리지 않는다고 들었습니다."

"그러니까 네 말은 둘 다 도둑놈이기는 하지만 시마룬에 있는 놈들은 그래도 착한 놈들이고 레마르프에 있는 놈들은 정말 나쁜 놈들이란 거냐?"

도네의 말에 크레이는 잔뜩 인상을 썼다.

"저어… 레이디, 한 가지 부탁을 드리겠는데 제발 저에 대한 예의를 좀 지켜주시겠습니까?"

"예의?"

"그렇습니다. 레이디께서 저에 대한 예의를 지켜주셔야 레이디의 품위도 올라가는 것 아니겠습니까? 제가 뵙기에 레이디처럼 아름다우신 분께서 상대에게 함부로 반말을 해 불쾌감을 들게 한다면 그건 스스로의 가치를 떨어뜨리는 행동이 될 겁니다. 그러니까……."

"시끄럽게 떠들지 말고, 네가 생각하기에는 우리가 어느 곳으로 가는 게 좋을 것 같다는 거야?"

태연한 얼굴로 자신의 말은 들은 척도 하지 않는 도네의 모습에 크레이는 당장이라도 그녀의 뺨을 갈기고 싶은 심정이었다. 하지만 그렇게 하지 않은 이유는 이상하게도 그녀와 눈만 마주치면 가슴이 콩닥콩닥 뛰는 것이 숨도 가빠지고, 얼굴도 붉어지며, 도저히 정상적인 판단을 할 수 없었기 때문이다.

그녀만 보면 왜 이런 증상이 나타나는 것인지 그 이유는 알 수 없었지만 그녀에게 반말만은 듣고 싶지 않았다.

"휴우~ 일단은 시마룬 길드를 찾아가 보는 것이 좋을 것 같습니다. 하지만 그들의 소재가 비밀이라 어떻게 찾아야 할지……."

"그럼 그들의 소재에 대해 아는 사람이 없단 말인가?"

"그렇진 않습니다. 〈추억〉이란 이름을 가진 술집에 가면 시마룬 길드에 대한 정보를 얻을 수 있답니다."

"그래? 그럼 지금 바로 가도록 하지."

말과 함께 안드레이가 일어서자 나머지 사람들도 일어섰다.

식당을 빠져나간 그들은 크레이가 말한 〈추억〉이란 술집을 향해 걸음을 옮겼다.

석양 무렵 노을이 물들자 거리는 한층 더 복잡해졌다.

고기잡이를 마치고 돌아오는 어부들과 고기를 사기 위해 몰려드는 상인들, 또 어떻게든 싼값에 고기를 사기 위해 모여든 사람들로 거리는 북새통을 이루고 있었다.

렉스의 눈은 가게에서 파는 갖가지 생선들의 모습을 빠짐없이 훑고 있었다. 가늘고 긴 생선, 입만 큰 생선, 오색영롱한 빛을 가진 생선, 넓적한 생선, 사람 키만한 생선 등 난생처음 보는 생선들로 가득했다. 일행들은 생선 앞을 떠날 줄 모르는 렉스를 끌고 가기 위해 다시 한 번 힘을 합쳐야 했다.

〈추억〉이라는 술집은 상당한 크기를 가진 2층짜리 건물이었다. 렉스 일행들이 들어선 1층은 중앙의 둥근 무대를 중심으로 테이블이 배치되어 있었고, 2층은 1층에서의 공연을 관람할 수 있도록 중앙이 뚫어져 있는 구조였다.

술집에 들어선 렉스는 술집 안이 무척이나 소란스럽자 눈살을 찌푸렸다. 1층과 2층의 테이블은 대부분 사람들로 차 있었고, 웬만한 소리로 이야기해서는 옆 사람에게 들리지도 않을 정도로 시끄러웠다.

　점원으로 보이는 소년 네 명이 쉴 새 없이 테이블과 테이블 사이를 뛰어다니며 주문을 받고 있었지만 술꾼들의 주문을 소화하기에는 역부족이었다. 난폭한 술꾼들은 자신의 주문이 늦을 때마다 술잔으로 테이블을 두들기며 소년들을 불렀고, 주문을 받기 위해 달려온 소년들은 난폭한 술꾼들에게 봉변을 당하기 일쑤였다.

　카운터에 앉아 있는 뚱뚱한 주인은 테이블이 손님들로 가득 찬 것을 확인하고는 누군가에게 손짓을 했다. 잠시 후 무대 위에 나타난 사람은 타이트한 흰색 상의에 짙푸른 색의 펑퍼짐한 드레스를 입은 젊은 여인 하나와 류트를 든 청년, 이렇게 두 사람이었다.

　의자에 앉은 청년은 몇 번 류트의 줄을 퉁겨 음을 맞추고는 여인에게 눈짓을 했다. 그리고 가볍게 류트의 줄을 퉁겼다.

　여인의 손이 올라간다고 느끼는 순간 여인의 몸은 부드럽게 회전을 하며 춤을 추기 시작했다.

　여인의 춤이 시작되자 술꾼들의 주정하는 소리와 노랫소리, 고함 소리가 잠시 줄어드는 듯싶었다. 하지만 여인의 춤과 음악 소리는 곧 다시 시작된 주위의 소란스러움에 묻혀 버렸다.

　춤을 추고 있는 여인의 얼굴은 무표정하기 이를 데 없었는데 그 모습이 마치 현실을 떠나 자신만의 세계 속에서 춤을 추고 있는 것 같았다.

　렉스는 난생처음 보는 무희의 춤을 느긋하게 감상하고 싶었지만 술집을 가득 메운 술꾼들의 방해로 전혀 즐길 수 없었다. 자신이 만약 마법을 할 줄 안다면 당장 이곳에 있는 술주정뱅이들을 모조리 타렛 강으로 이동을 시켜 물속에 처박아버렸겠지만 마법을 할 줄 모르니 직접 몸을 움직일 수밖에 없었다.

가장 앞쪽에서 떠들고 있는 네 사람의 어부.

근육이 꿈틀거리는 팔이나 잘 발달된 상반신을 보면 그들의 완력이 보통이 아니라는 것을 쉽게 짐작할 수 있었지만 렉스는 개의치 않은 채 가장 가까운 곳에 있던 머리의 뒤통수를 사정없이 갈겼다.

퍽!

"큭!"

와장창!

둔탁한 타격음과 짧은 신음 소리, 그리고 테이블 위에 있던 음식 접시가 사방으로 날아가며 들리는 날카로운 소리가 거의 동시에 들렸다. 그와 함께 술집에 정적이 찾아들었다.

"크레이, 정문을 지켜. 만약 한 놈이라도 놓치면 넌 오늘 나한테 딱 반만 죽을 줄 알아."

살벌하기 이를 데 없는 렉스의 말에 크레이는 자신도 모르게 검을 뽑아 들고는 술집의 입구를 막아섰다.

그 모습을 본 렉스는 클레이모어를 빼 도네에게 건네주고는 가볍게 몸을 움직여 근육을 풀었다. 그리고는 자신의 적(?)을 향해 달려들었다.

술집 안은 삽시간에 난장판이 되었다.

술병이 날아다니고, 테이블이 엎어지고, 요리를 담긴 접시가 사람들의 얼굴을 향해 던져졌다. 실력이 모자란 사람들은 날아오는 주먹을 턱으로 막았고 상대의 발길질을 복부로 막았다. 부러진 테이블의 다리를 움켜쥐고 휘두르는 사람들이 있는가 하면 나이프나 대거로 상대를 위협하는 사람들도 있었다.

렉스는 자신을 향해 각목을 휘두르는 상대의 공격을 슬쩍 옆으로 피하고는 상대의 복부를 무릎으로 사정없이 가격하고 팔꿈치로 상대의 등을 사정없이 내리찍었다. 상대가 쓰러지는 것을 확인할 사이도 없이 렉스는 새로운 사냥감을 찾았다.

술집 안이 순식간에 아수라장으로 변하자 처음엔 화를 내던 주인도 아예 카운터 밑으로 숨어 부들부들 떨고 있었다.

사방으로 음식물이 날아가고 그릇이 날아가던 술집 안의 풍경은 시간이 지날수록 바닥에 쓰러지는 사내들의 숫자가 늘어나면서 조금씩 정리가 되었다.

최후까지 남은 사람은 셋.

렉스와 2파렌이 넘는 키를 가진 40대 용병 하나, 그리고 온몸이 근육덩어리로 보이는 50대 중년 사내가 가쁜 숨을 몰아쉬며 서로를 노려보고 있었다.

도네와 안드레이는 자신들의 눈앞에서 벌어진 광경에 기가 막혔고 무대 위에 있던 남녀는 겁먹은 얼굴로 무대에서 내려올 생각도 하지 못했다.

누가 먼저라고 할 것도 없이 세 사람은 동시에 서로를 향해 걸음을 옮겼다. 서로 간의 거리가 2파렌 정도 떨어졌을 때 서로를 향해 주먹을 휘둘렀다.

퍼퍼퍽!

털썩— 쿵!

요란한 타격음과 함께 용병과 중년 사내가 뒤로 넘어갔다.

바닥에 쓰러진 두 사람의 모습을 보며 렉스는 가볍게 손을 털었다.

"짜식들이 말이야, 상대도 안 되면서 까불고 있어."

몸을 돌린 렉스는 무대 쪽을 향해 걸음을 옮겼고 그때까지 떨고 있던 두 남녀를 향해 입을 열었다.

"다시 춤을 시작해 주겠소? 이런 공연을 보는 것이 난생처음이라서 말이오."

렉스의 말에 잠시 두려워하는 시선으로 렉스의 얼굴을 쳐다보던 두 남녀는 곧 고개를 끄덕이고는 다시 연주와 함께 춤을 출 준비를 했다.

"참, 한 가지 부탁이 더 있는데… 웃으면서 춤을 춰주면 고맙겠소. 당신은 웃는 얼굴이 어울릴 것 같으니까."

렉스의 말에 여인은 잠시 얼굴을 붉히다가 곧 청년의 귀에 뭐라고 귓속말을 했다. 청년이 고개를 끄덕이자 여인은 곧 무대의 중앙에서 춤을 출 준비를 했다.

청년이 가볍게 류트의 줄을 퉁기자 밝은 음색의 음악이 들렸고 여인의 춤이 시작되었다. 무표정했던 조금 전과는 달리 가볍게 미소를 지은 채 춤을 추는 그녀의 모습은 보는 사람으로 하여금 저절로 즐거운 기분이 들게 했다.

의자에 앉은 렉스는 여인의 춤을 정신없이 바라보고 있었다. 물론 나름대로 기대를 하기는 했지만 춤이라는 것이 이렇게 보는 사람의 마음을 뒤흔들 정도로 대단한 위력을 가진 줄은 상상도 못했다.

렉스가 정신없이 여인의 춤에 빠져 있는 동안 기절했던 사내들이 하나둘씩 깨어났다.

엉망으로 변해 버린 술집, 즐거운 음악 소리, 중앙 무대에서 화사한 미소와 함께 춤을 추는 여인. 전혀 어울리지 않는 풍경이었다.

잠시 후 여인의 춤이 류트 소리와 함께 끝나자 렉스는 열렬한 박수를 쳤다.

짝짝짝!

"앙코르~ 앙코르~"

"죄송합니다, 손님. 저희는 곧 다른 곳으로 가야 하기 때문에 앙코르를 받을 수 없습니다."

"그렇다면 할 수 없지."

렉스는 아쉬운 표정을 짓다가 곧 지갑을 꺼내 2골드를 꺼내 여인에게 내밀었다.

"이건 아름답고 즐거운 춤을 보여준 두 사람에게 감사의 표시로 주는 것이니 받아주었으면 고맙겠소."

여인은 렉스의 말에 잠시 멍한 표정을 지었다.

지난 몇 년 동안 춤을 춰왔지만 이런 식으로 인사를 하는 사람은 단한 사람도 없었다.

렉스를 바라보는 여인의 눈에 금세 눈물이 고였다.

"감사합니다, 정말 감사합니다."

여인이 허리를 숙여 인사를 하자 렉스는 어색한 표정을 짓다가 도네들이 서 있는 카운터로 걸음을 옮겼다. 그리고는 자신을 바라보는 도네와 안드레이에게 말을 꺼냈다.

"오래 기다렸지? 어서 안 가고 뭐 해?"

"가긴 어딜 가?"

"어딜 가다니? 여기서 볼일을 다 봤으니까 어딜 가든지 가야 할 것아니야?"

"휴우~ 여기 뭐 하러 왔는지 기억나?"

"그거야 당연히 공연을… 이 아니고 시마룬 길드의 위치를 물어보기 위해 온 것이잖아. 그걸 몰라서 물어?"

뻔뻔하다고 할 정도로 태연하게 말꼬리를 돌리는 렉스의 모습에 도네는 고개를 흔들었다. 렉스랑 조금만 더 이야기를 했다간 자신이 참지 못할 것 같았다.

도네는 그때까지 카운터 밑에서 떨고 있는 주인을 일으켜 세우고는 시마룬 길드의 위치를 물었다.

"예? 시마룬 길드라니요? 소, 손님들, 전 모릅니다."

"까불지 마. 여기 오면 시마룬 길드가 어디에 있는지 위치를 알 수 있다고 들었단 말이야. 그러니까……."

"저어, 손님, 전 정말 모릅니다."

주인은 잔뜩 겁을 먹은 표정으로 목뼈가 부러질 정도로 고개를 저었다. 그의 표정을 보니 정말 모르고 있는 것 같았다. 렉스는 주인의 대답에 어떻게 해야 좋을지 판단을 내리지 못하고 있었다.

"무슨 일로 시마룬 길드를 찾으시는 겁니까?"

"엉?"

갑자기 들린 앳된 음성에 뒤를 돌아보니 조금 전 술꾼들에게 봉변을 당했던 그 소년이었다. 주근깨가 가득한 얼굴로 렉스를 바라보는 소년의 눈에는 경계심이 가득했다.

"시마룬 길드의 길드원이냐?"

"그래요."

"알고 싶은 정보가 있기 때문에 찾는 것이다. 길드장에게 우리를 안내해 주겠냐?"

잠시 머뭇거린 소년은 곧 고개를 끄덕였다.

"저를 따라오세요."

소년은 말과 함께 재빨리 술집을 빠져나갔고 일행들도 곧 이어 술집을 떠났다.

그들이 떠나는 모습을 본 주인은 울상이 되었다. 성질대로 한다면 당장이라도 렉스의 멱살을 잡고 부서진 물건 값을 내놓으라고 호통을 치고 싶었다. 그렇지만 거의 40여 명이 넘는 사내들이 아직도 정신을 차리지 못하고 있는 모습을 보면 도저히 렉스를 불러 세울 용기가 나지 않았다.

바닥에는 아직도 많은 사람들이 쓰러져 있었다.

제 9 장

안드레이의 과거

안드레이의 과거

소년은 지저분한 뒷골목을 요리조리 빠져나갔고, 일행들은 몇 번이나 소년을 놓치고 찾기를 반복해서야 겨우 목적지에 도착할 수 있었다.

막다른 골목길에 도착한 소년은 일행들이 도착하기를 기다렸다. 벽과 벽 사이가 3파렌 정도밖에 떨어지지 않은 좁은 골목이었다. 바닥에는 지저분하고 별로 향기롭지 못한 냄새로 가득했다.

소년이 있는 골목에 도착한 도네는 주위에서 전해지는 냄새 때문에 잔뜩 인상을 썼다. 잠시 주위를 둘러본 렉스가 입을 열었다.

"뭐야? 여긴 막혔잖아."

렉스의 푸념은 들은 척도 하지 않고 잠시 주위를 살핀 소년은 주위에 아무도 없는 것을 확인하고는 재빨리 벽면으로 다가갔다. 그리고 소년의 손이 벽면의 벽돌을 스치는 순간 벽면이 빙그르르 돌아가며 비밀 통로가 드러났다.

소년이 손짓으로 안을 가리키자 안드레이가 먼저 들어갔고, 렉스와 도네가 다음, 마지막으로 크레이가 사방을 두리번거리며 안으로 들어섰다. 몇 개의 촛불이 흔들리며 간신히 실내를 비추고 있었다. 하지만 어디에도 사람들의 모습은 보이지 않았다.

사람들이 영문을 몰라 고개를 갸웃거릴 때 도네만이 고개를 끄덕였다. 벽면을 원래대로 되돌린 소년은 중앙 바닥에 깔려 있는 카펫에 올라가 섰고 도네가 곧 걸음을 옮겨 소년의 곁으로 다가가 섰다.

"이 카펫에 이동 마법진이 설치되어 있어. 무늬 속에 교묘하게 감춰져 있기 때문에 마법사가 아니면 찾기가 쉽지 않아."

도네의 말에 일행들은 신기하다는 듯 카펫을 살펴보았고, 소년은 단번에 그 사실을 안 도네를 힐끔거리며 쳐다봤다. 사람들이 모두 카펫 위로 올라선 것을 확인한 소년은 짧게 시동어를 외쳤다.

"워프!"

다섯 사람의 모습은 순식간에 실내에서 사라졌다.

일행들이 정신을 차리고 보니 출발한 곳과 그리 다르지 않은 곳에 도착해 있었다. 다만 한 가지 다른 점은 날카로운 눈빛을 가진 사내 10여 명이 실내를 메우고 있다는 것이다.

"데이비스, 그 사람들은?"

"술집에서 저희 길드를 찾고 있었어요. 그래서…….""

소년의 대답에 턱수염이 텁수룩한 중년 사내가 앞으로 나섰다. 아마도 자신의 우람한 근육을 보여주면 렉스와 일행들이 겁을 먹을 것이라고 생각했는지 조끼 사이로 상체를 보이며 자신의 우람한 근육을 자랑했다. 하지만 일행들 가운데 그 모습에 겁먹을 사람은 단 한 사람도 없었다. 당장 크레이만 하더라도 이들 전체 정도는 간단히 묵사발로 만들 수 있는 능력이 있기 때문이었다.

잠시 주위를 쳐다보던 렉스가 입을 열었다.

"길드장은 어디 있지?"

"내가 시마룬 길드의 길드장인데 무슨 일로 온 것인가?"

"네가 길드장이라고? 그럼 저 벽 뒤에서 쥐새끼처럼 숨어서 우리는 지켜보고 있는 놈은 누구지?"

렉스의 험악스런 말에 사내들은 잠시 움찔하다가는 치미는 화를 참지 못하고 일제히 자리에서 일어섰다. 그리고는 각자의 무기를 움켜잡고 렉스 일행을 노려보았다. 하지만 렉스 일행들 가운데 길드원들의 행동을 신경 쓰는 사람은 아무도 없었다.

팽팽한 긴장감이 흐르는 실내.

"모두 자리에 앉아라."

어디선가 들려온 사내의 음성에 길드원들은 무기를 거두고 다시 자리에 앉았지만 그들의 얼굴은 분노로 붉어져 있었다. 그러는 사이 그림이 걸려 있던 벽면이 빙그르르 회전을 하며 실내로 들어서는 사람이 있었다.

전반적인 나이는 50대 중, 후반으로 보였는데 회백색의 머리와 주름 때문에 정확한 나이를 짐작하기 힘들었다. 허름한 옷을 걸친 장년의 사내는 침착한 동작으로 자리에 앉고는 일행들에게 자리를 권했다.

"일단은 앉아서 이야기를 하지 않겠소?"

사내의 말에 일행들이 자리에 앉자 사내는 천천히 일행들을 살폈다. 자신의 경험으로 보건대 오늘의 방문자들은 절대 보통 인간들이 아니었다.

다른 사람은 고사하고라도 무심한 눈으로 자신을 바라보고 있는 저 아름답게 생긴 검은 머리 청년에게서 느껴지는 냉기는 흔히 대할 수 있는 수준이 아니었다. 최소 소드 익스퍼트 최상급 이상은 될 것으로 판단되었고, 그렇다면 자신들을 몰살시키는 것도 그리 어려운 일은 아니었다. 또 곁에 있는 금발 청년이나 빨강 머리 아가씨, 화려한 복장의 청년 역시 검은 머리 청년의 실력과 큰 차이가 없어 보였다.

이런 실력자들이 무슨 일로 시마룬 길드를 찾아왔을까?

길드장은 렉스들의 출현이 은근히 신경이 쓰였다.

"우리 시마룬 길드를 찾으셨다고 하는데 무슨 일로 찾아온 것이오?"

"물어볼 것이 있어 왔소."

"무엇인지?"

"혹시 로베르토 자작의 아들이 납치된 사건을 알고 있소?"

렉스의 질문에 길드장의 얼굴이 굳어졌다. 상대의 변화에 그가 로베르토 자작가에서 발생한 납치 사건을 이미 알고 있다는 것을 충분히 깨달을 수 있었다.

"약간의 정보를 가지고 있소이다."

"그렇다면 혹시 범인이 누구인지 알고 있소?"

"그걸 묻는 이유는?"

"우리는 로베르토 자작의 의뢰를 받아 현재 그 사건을 조사하고 있는 중이오."

안드레이의 대답에 길드장은 한참 동안 뭔가를 곰곰이 생각하다 입을 열었다.

"우리에게 정보료는 얼마나 줄 생각이오?"

"얼마를 원하시오?"

"우리야 많으면 많을수록 좋지 않겠소?"

"이런, 젠장! 얼마를 원하는지 말을 해야 알 것 아니야?"

렉스가 잔뜩 인상을 쓰며 입을 열자 잠시 그의 얼굴을 바라보던 길드장은 짧게 입을 열었다.

"최소 20골드는 줘야⋯⋯."

"20골드? 칼만 안 들었지 순 날강도 같은⋯⋯."

길드장의 말에 렉스는 자신도 모르게 욕이 튀어나왔다. 하지만 안드레이는 순순히 품에서 10골드짜리 금화 두 개를 꺼내 길드장에게 손가락으로 튕겼다.

길드장은 익숙한 동작으로 금화를 잡았지만 금세 입을 열지는 않았다. 잠시 금화를 만지작거리던 길드장은 곧 결심을 했는지 일행들을 향해 이야기를 시작했다.

"실은 이곳 보이얀브르크 시에서도 약 1년 전부터 이상한 일이 발생했소이다. 이상한 일이란 것은 사실 다름이 아니라 어린 소년들이 감쪽같이 사라지는 납치 사건을 말하는 것이외다. 우리도 지난 1년 동안 나름대로 조사를 했지만 어떤 연관성도 찾을 수 없었소. 어부의 어린 자식이 납치되는가 하면 부유한 상인의 아들도 납치가 되었소."

"소년들의 납치?"

"그렇소이다. 대체 누가 무슨 목적으로 어린 소년들을 납치하는 것인지는 모르지만 1년 전부터 시작된 납치 사건은 지금까지 꾸준하게 이어지고 있소이다. 다만 겉으로 드러나지 않았을 뿐. 보이얀브르크 시도 이 문제를 해결하려고 다방면으로 노력을 기울이고 있지만 아직까지는 아무런 단서도 찾지 못하고 있소."

"젠장, 답답해 죽겠군. 그래서 뭐야? 안다는 거야, 모른다는 거야?"

답답한 듯 짜증을 부리는 렉스의 말에 잠시 인상을 쓰던 길드장은 곧 말을 이었다.

"그러던 중 슬렝 시에서 로베르토 자작의 아들이 납치되었다는 소문을 듣게 되었소. 본인이 생각하기에는 로베르토 자작가에서 발생한 납치 사건과 보이얀브르크 시에서 연속해 발생한 납치 사건이 서로 모종의 연관이 있음이 틀림없다고 생각했소."

"연관이 있다니? 대체 용의자가 누구란 말이야?"

렉스는 은근히 말을 끄는 길드장이 못마땅해 잔뜩 인상을 쓰며 반문했다.

"혹시 그대들은 검은 달 교단을 알고 있소?"

"검은 달 교단?"

렉스는 길드장의 말에 어리둥절한 표정을 지었다. 그렇기는 도네나 크레이도 마찬가지였다. 하지만 안드레이만은 길드장의 말을 듣자마자 무서울 정도로 얼굴이 굳어졌다.

그렇다고 얼굴 표정이 변하거나 행동의 변화가 있었던 것은 아니었다. 유일한 변화는 무릎 위에 있던 오른손이 주먹을 쥔 채 부르르 떨리고 있다는 것뿐이었다.

"지금 분명 검은 달 교단이라고 했소?"

"그렇소."

"그러니까 이번에 발생한 납치 사건이 검은 달 교단과 연관이 있단 말이오? 정말 검은 달 교단이 틀림없소?"

안드레이의 음성이 조금씩 떨린다고 느껴지는 것이 자신의 단순한 착각은 아닐까라고 크레이는 생각했다.

"물론 정확하게 검은 달 교단의 소행이라고 단정할 수는 없소. 하지만 납치 사건이 발생한 곳에서 검은색의 사제복을 걸친 몇 명의 프리스트들을 목격했다는 보고가 중복해서 올라오는 것을 보면 그들이 납치 사건과 어떻게든 연관이 있을 거라고 본인은 생각하고 있소."

렉스가 듣기에 길드장의 말대로라면 검은 달 교단이 납치 사건을 벌인 것이 틀림없었다. 하지만 대체 검은 달 교단이라는 것이 누구를 믿는 교단인지는 전혀 알 수 없었다.

연신 고개를 갸웃거리는 렉스의 모습을 발견한 길드장이 천천히 입을 열었다.

"우리가 검은 달 교단의 프리스트를 발견한 것은 지금으로부터 5개월 전이었소. 우리 길드원 가운데 하나가 우연히 어느 집을 털다가 새벽녘에 몰려다니는 검은 로브를 걸친 사내들을 발견했다고 했소. 궁금함을 느낀 길드원은 곧 그들을 따라갔고, 그들이 보이얀브르크 시의 외곽에 있는 낡은 폐성으로 들어가는 것을 분명하게 확인한 후 얼마 지나지 않아 검은 마차가 폐성에서 나와 어둠 속으로 사라지는 것을 보았다고 보고를 했소."

"그럼 그들이 검은 달 교단의 프리스트들이라는 것은 어떻게 알았소?"

"솔직하게 말하자면… 그건 내 짐작이오. 흐음, 그들이 걸친 사제복의 가슴에 있는 무늬가 상당히 독특했소. 달을 가리고 있는 검은 구름, 검은 망토에 있는 검은 자수(刺繡). 게다가 어두운 밤에 그것을 구별한다는 것이 거의 불가능한 일이지만 이상하게도 그들, 검은 달 교단의 프리스트를 목격한 사람들은 검은 달이 검은 구름에 가려진 그 괴상한 무늬를 분명하게 보았고, 또 기억하고 있었소. 해서 일단 그들을 검은 달 교단이라고 부르고는 있소이다마는……"

"귀하의 말이 맞소이다. 그들은 파괴와 혼돈의 신 아모데우스를 믿고 따르는 추종자들이오. 하지만 교주가 누구인지, 세력이 얼마나 되는지, 또 무슨 짓을 하는지 모두 베일에 싸여진 존재들이오. 하지만 그들이 스스로를 검은 달 교단의 형제들이라 부르는 것을 몇 번이나 봐왔소."

그 말을 하는 안드레이의 얼굴은 이해를 할 수 없을 정도로 심각했다. 렉스는 그런 안드레이에게 질문을 하려고 했지만 도네와 크레이의 제지로 그럴 수 없었다.

질식할 것 같은 침묵이 주위를 짓누르고 있을 때 안드레이가 먼저 입을 열었다.

"그들이… 그러니까 귀하가 방금 말한 검은 달 교단의 사제들이 모였었다는 장소를 가르쳐 줄 수 있겠소?"

안드레이의 말에 길드장은 뒷머리를 긁으며 잠시 곤란하다는 표정을 지었다. 설마 상대가 이렇게 파고들 줄은 미처 예상하지 못했기 때문이다. 게다가 안드레이가 설마 검은 달 교단에 대해 자신들보다 더 자세하게 알고 있을 줄은 상상도 못했다.

검은 머리를 가진 사내.

길드장이 보기에 그는 적어도 외부적으로는 완성이 되어 있는 인간인 것처럼 보였다. 어지간한 여인보다 훨씬 아름다운 용모, 서릿발처럼 냉정한 표정, 하지만 타오르는 듯한 눈빛.

모든 것이 복합적으로 융합이 되어야만 한 인간으로서 발휘할 수 있는 능력이 드러난다고는 하지만 길드장이 느끼기에 상대에게서 전해지는 느낌은 이미 인격적으로나 경험적으로 보았을 때 완성된 사람이라는 느낌이었다.

"조금 전에 말했던 것처럼 귀하는 검은 달 교단의 프리스트들이 모이는 곳을 아시오?"

"알면 안다고 할 수도……."

상대의 뭔가를 노리는 듯한 대답에 안드레이는 길드장을 노려보았다. 하지만 그 눈빛은 단순히 길드장을 재촉하는 눈빛이 아니라 여차하면 이 자리에 있는 모든 인간들을 죽여서라도 반드시 알아내고야 말겠다는 의지의 표출이었다.

그런 자신의 심정을 대변하기라도 하듯 안드레이는 천천히 자리에서 일어섰고, 그의 오른손은 검의 폼멜을 어루만지고 있었다.

안드레이의 돌연한 행동에 주위에 있던 사람들은 조금은 놀랐다. 설사 하늘이 무너지는 한이 있어도 냉정을 잃지 않을 것 같던 안드레이가 왜 검은 달 교단이란 이름을 듣고 난 후부터 이렇게 행동의 변화를 일으키는 것인지 궁금했다.

시마룬 길드의 길드원들은 안드레이가 일어섰을 때부터 잔뜩 긴장을 하며 일제히 자신들의 무기를 꺼내 들었다. 그리고는 안드레이의 앞을 가로막았다.

그 모습에 깜짝 놀란 길드장은 황급히 길드원들에게 뒤로 물러서라고, 결코 안드레이의 앞을 가로막으면 안 된다고 말을 하려고 했다. 하지만 안드레이의 행동은 길드장의 생각보다 훨씬 빨랐다.

검집째 검을 든 안드레이는 길드원들 사이로 빠르게 파고들었다.

가장 앞쪽에 있던 사내의 턱을 검집으로 후려치고는 그대로 옆으로 휘둘러 달려드는 사내의 옆구리를 그대로 내리찍었다. 달려드는 길드원을 후려치고, 막고, 공격하는 안드레이의 모습에서는 일체의 군더더기를 찾아볼 수 없었다.

결코 화려하지는 않지만 간결하고 강렬한 안드레이의 공격에 길드원들은 속수무책이었다.

불과 눈을 몇 번 깜빡이는 사이 10여 명에 달하던 길드원은 모조리 바닥에 쓰러져 애절한 신음을 흘리고 있었다. 하지만 그러한 모습에도 안드레이는 얼굴에 털끝만큼의 변화도 보이지 않았다.

천천히 걸음을 옮긴 안드레이는 길드장과 약 2파렌 정도 떨어진 곳에서 걸음을 멈췄다. 그가 만약 검을 뽑는다면 언제든 길드장의 목숨을 취하기 충분한 거리였다.

애처 태연한 표정을 지으며 안드레이를 바라보던 길드장의 눈에는 비록 잠깐이기는 했지만 안드레이에 대해 두려워하는 기색이 잠시 스치고 지나갔다.

"난 아무런 원한도 없이 사람을 괴롭히는 자들을 정말 경멸하오. 하지만 만약 귀하가 검은 달 교단의 프리스트들이 모이는 장소를 나에게 말해 주지 않는다면, 어쩌면 내가 가장 경멸하는 행동을 할지도 모르오. 그러니 내가 그런 짓을 하도록 강요하지 마시오."

아름다운 조각상처럼 생긴 안드레이의 음성은 무척 낮았지만 그의 말 한마디 한마디는 마치 칼날이 날카롭게 선 나이프처럼 길드장의 가슴속으로 파고들었다.

잠시 안드레이의 얼굴을 바라보던 길드장은 그가 틀림없이 자신의 말대로 행동할 사람이란 느낌이 들었다.

"…타렛 강을 따라 하류로 내려가다 보면 낡은 고성(古城)이 하나 있소. 우리 길드원이 확인한 장소는 바로 그곳이오. 하지만 언제 그들이 모이는지는 우리도 모르오."

"나머지는 내가 알아서 하겠소. 그리고… 고맙소."

길드장에게 인사를 한 안드레이와 일행들은 시마룬 길드를 빠져나와 길드장이 말한 곳을 향해 이동했다.

평소와는 달리 딱딱하게 굳어 있는 안드레이의 얼굴을 힐끔거리며 렉스는 그와 검은 달 교단 사이에 무슨 사연이 있다는 것을 충분히 짐작할 수 있었다. 그리고 그 사연이라는 것이 결코 좋은 일이 아니라는 것 역시 짐작이 갔다.

어둠이 내린 타렛 강.

안드레이와 세 사람은 천천히 말을 몰아갔다. 시마룬 길드에서 빠져나올 때부터 표정이 굳어 있는 안드레이에게서는 오직 싸늘한 냉기뿐이었다.

그러기를 잠시, 일행들은 곧 길드장이 말한 고성을 곧 발견했다. 그러나 고성이라기보다는 거의 폐성(廢城)에 가까웠다.

무너진 성벽 너머로 철저하게 파괴된 첨탑과 내성의 모습이 희미한 달빛과 별빛 속에 드러났고 곳곳에서 시끄러울 정도로 많은 풀벌레 소리가 들려왔다.

잔뜩 우거진 잡초 속에서는 금세 유령이 나타난다고 하더라도 이상하지 않을 정도로 음산하기 이를 데 없었다.

무너진 성벽을 피해 말을 몬 일행들은 내성으로 들어갔고 비교적 지면이 깨끗한 곳을 찾아 말을 멈췄다. 말에서 뛰어내린 렉스는 주위를 둘러보았지만 어디에서도 인기척은 느낄 수 없었다.

불을 피울 수 없기에 빵과 육포 등 마른 음식으로 간단하게 요기를 때운 일행들은 한자리에 둘러앉았다.

어느 누구도 입을 열지 않아 어색한 침묵이 한동안 네 사람을 짓누르고 있었다.

"이봐, 안드레이. 내가 보기에 자네는 검은 달 교단과 어떤 연관이 있는 것 같은데… 우리에게 이야기를 좀 해주겠나?"

렉스의 말에도 안드레이는 모닥불만 바라볼 뿐 아무런 대꾸도 없었다. 자신의 말을 듣지 못했는지 안드레이가 아무런 말도 하지 않자 궁금증을 이기지 못한 렉스가 재차 입을 열려고 했을 때였다.

"검은 달 교단은 내 아내를 죽이고 내 아들을 나에게서 빼앗아간 자들이네."

안드레이의 낮은 음성이 의미하는 것을 깨달은 렉스는 흠칫 놀라지 않을 수 없었다.

"미안하네. 설마 자네에게 그런 상처가 있을 줄은 몰랐네. 진심으로 사과하겠네."

"검은 달 교단의 교주가 누구인지는 모르지만 정말 두려울 정도로 치밀하고 주도면밀한 자라네. 내가 그들의 존재를 처음 발견한 것이 13년 전이네. 하지만 그 후로 단 한 번도 그들의 흔적을 발견할 수 없었네."

"그런데 무슨 이유로 자네의 아들을 납치한 것이지?"

우두두둑―

앉아 있는 안드레이의 손에서 뼈가 부러지는 듯한 섬뜩한 소리가 들려왔다. 하지만 그의 얼굴은 조각처럼 아무런 변화가 없었다. 크레이는 그런 안드레이의 모습에 자신도 모르게 두려운 생각이 들었다.

"내가 기억하는 것은 돌 침대에 묶여 알몸으로 절규하고 있던 아내의 모습과 프리스트에 의해 갈라진 어미의 배에서 강제로 꺼내어진 어린 핏덩어리의 모습뿐이네."

안드레이의 말에 일행들은 흠칫 놀라지 않을 수 없었다.

세상에 그렇게 끔찍한 일이 있을 수 있다니……. 일행들은 안드레이의 말을 믿을 수 없었다. 하지만 그가 자신들에게 일부러 없는 일을 꾸며서 말할 필요가 없다는 생각이 들자 조심스럽게 안드레이를 쳐다보았다. 하지만 처절했던 자신의 과거를 이야기하는 안드레이의 얼굴은 믿을 수 없을 만큼 변화가 없었다.

"아모데우스 교단이 비록 파괴와 혼돈의 신인 아모데우스를 믿고 따른다고는 하지만 그런 짓을 한다는 말은 들은 적이 없는데……."

도네의 말에 안드레이의 얼굴이 그녀를 향했다.

"레이디 도네께서는 아모데우스 교단에 대해서 아십니까?"

"조금 알기는 하지만 요즘은 어떻게 변질되었는지 몰라. 하지만 안드레이의 말대로라면 내가 잠들기 전과 달리 너무 많이 변질된 것 같은데……."

도네의 말에 크레이는 하도 어이가 없어 하품이 나올 지경이었다.

잠든 사이에 세상이 변했다니? 이 무슨 오크 다이어트하다 바지 벗겨지는 소리란 말인가? 그렇다면 지가 한번 잠들면 몇백 년이 지나가는 드래곤이라도 된단 말인가?

"내가 알고 있는 검은 달 교단은 기존의 아모데우스 교단과는 전혀 달랐소. 아모데우스 교단은 비록 간간이 불법적인 일을 벌이기는 하지만 그래도 그들만의 교리도 있고 나름대로의 정당성도 있소. 하지만 검은 달 교단은 교리는커녕 목적을 위해서라면 어떤 사악한 수단과 방법도 가리지 않았소."

그 말을 하는 안드레이의 얼굴에 조금씩 표정이 생기기 시작했다. 그것은 10여 년 동안 안드레이가 속으로 억누르고, 억누르고, 또 억눌러야만 했던 진한 분노였다.

"내가… 난 납치된 아내를 찾기 위해 세상에서 가보지 않은 곳이 거의 없소. 그러다 알게 된 사실인데, 당시 출산 예정일이 얼마 남지 않은 임산부들이 상당수 납치당했다는 것을 알게 되었소."

"임산부? 설마?"

인상을 잔뜩 쓰며 렉스가 반문하자 안드레이는 미동도 하지 않은 채 대답했다.

"자네의 생각대로 내 아내 역시 임산부였지. 그것도 출산일이 얼마 남지 않은. 그들이 임산부를 납치한 이유는 어떤 목적을 위해 그녀들과 태아를 제물로 쓰기 위해 납치한 것으로 보이네. 내 아내가 목숨을 잃던 날 밤 그녀들은 세상에 아직 태어나지도 못한 태아들과 함께 모조리 죽임을 당했네. 그리고 그날 난 내 아내와 아들을 잃어버렸지."

마지막 말은 너무 희미해 제대로 들리지 않을 정도였다. 그러나 그의 비통한 심정만큼은 일행들에게 너무나도 분명히 전해졌다. 곁눈질로 그런 안드레이를 훔쳐보던 크레이는 저렇게 아름다운 사람에게 설마 그런 처절한 과거가 있을 줄은 상상도 하지 못했다.

만약 자신의 눈앞에서 사랑하는 아내가 목숨을 잃고, 또 태어나지도 않은 아들을 정체도 모르는 자에게 빼앗긴다면 미치고 말았을 것이다. 크레이는 비참한 그의 과거에 진심으로 연민과 안쓰러움을 느꼈다.

결국 그날 저녁 일행들은 안드레이의 불우했던 과거를 생각하며 잠을 청해야 했다.

다음날.

크레이가 눈을 떴을 때 그의 주위에는 아무도 없었다. 황급히 자리에서 일어난 크레이는 주위를 둘러보았고, 그런 그의 눈에 근처에서 상체를 벗은 채 빠른 동작으로 클레이모어를 휘두르고 있는 렉스와 그런 렉스를 바라보고 있는 도네를 발견할 수 있었다. 그러나 안드레이의 모습은 어디에서도 보이지 않았다.

예술과 동물의 신인 에크네가 관장하는 4월도 이미 중순을 지나 하순에 접어들고 있었다. 그래서인지 이른 시간임에도 불구하고 그리 쌀쌀하게 느껴지지는 않았다.

꽤나 빠른 속도로 움직이는 렉스의 상체는 땀으로 번들거리고 있었고, 근육 역시 역동적으로 움직이고 있었다. 검을 휘두르는 속도가 조금 늦어진다고 느끼는 순간 클레이모어에서 푸른색의 마나가 뿜어져 나오더니 클레이모어를 휘감았다.

렉스가 검기를 사용하자 크레이는 긴장한 눈으로 렉스의 행동을 지켜봤다.

렉스의 움직임은 조금 전보다 조금 느리기는 했지만 클레이모어가 한 번 움직일 때마다 주위의 공기가 무섭게 파동 치고 있다는 것을 지면에 치솟는 흙먼지를 보면서 확실히 알 수 있었다. 허공으로 솟아오른 흙먼지는 렉스의 몸 주위에 떠 있다가 그의 움직임에 휘말려 갖가지 모양으로 변했다.

겨우 1파렌도 안 되는 거리 안에서 움직이던 렉스의 클레이모어가 갑자기 5파렌 정도 떨어져 있던 커다란 바위를 가리켰다. 그러자 놀랄 만한 일이 벌어졌다.

섬광과 함께 클레이모어의 끝에서 푸른 광선이 바위를 향해 날아갔다. 커다란 폭음과 함께 바위가 박살날 것이라고 생각했던 크레이의 예상과는 달리 푸른 광선은 소리도 없이 바위를 관통하고 사라졌다.

바위에 손가락 세 개 정도 크기의 구멍이 뚫린 것을 본 렉스는 만족스런 미소와 함께 클레이모어를 거두어들였다.

"이제 끝난 거야?"

"웅."

도네의 물음에 고개를 끄덕인 렉스는 돌담에 걸쳐 놓았던 상의와 수건을 들고는 씻기 위해 강으로 향했다.

"왜, 씻으려고?"

"그런데 왜?"

"잠깐만 기다려 봐. 실프, 운디네."

도네의 호출에 크기가 15파레스 정도 되는 두 개의 물체가 모습을 드러냈다.

하나는 반투명한 상태의 페어리 같은 모습을 하고 있었는데 무척이나 가벼운 듯 부드럽게 허공에 떠 있었다. 나머지 하나는 머리에서 발끝까지 파란색을 띠고 있는 것이 성인 여성을 그대로 축소시켜 놓은 듯 보였다. 게다가 바람에 일렁이는 호수 물처럼 햇볕을 받아 반짝이는 모습이 신비스럽기만 했다.

"운디네, 네 앞에 있는 사람을 씻어줘. 그리고 실프는 물기를 말려주고."

도네의 말에 고개를 끄덕인 운디네는 수십 개의 물줄기로 변해서는 렉스의 온몸을 순식간에 휘감았다. 놀란 렉스가 잠시 멈칫하는 사이 그의 몸을 휘감은 운디네는 순식간에 청결하게 만들었고, 운디네가 물러나자마자 이번에는 실프가 그의 몸을 휘감았다.

자신의 몸에 매달려 있던 물방울이 순식간에 제거되는 모습을 본 렉스는 신기한 듯 자신의 몸 이곳저곳을 살폈다.

"수고했어. 그만 돌아가."

도네의 말에 고개를 숙인 운디네와 실프는 순식간에 모습을 감추었다.

"레이디 도네, 혹시 그게 바람과 물의 정령입니까?"

"그래."

시큰둥하게 대답하는 도네의 모습에 크레이는 은근히 열이 받쳤지만 애써 참았다.

"혹시 저도 경험해 볼 수 있겠습니까?"

"뭐라고? 흥! 건방 떨지 말고 넌 강에 가서 씻어."

도네의 쌀쌀한 말에 크레이의 얼굴은 엉망으로 일그러졌지만 그녀는 신경도 쓰지 않았다. 그러는 사이 모습을 보이지 않았던 안드레이가 일행들에게로 다가왔다.

자욱한 물안개를 헤치며 다가오는 안드레이는 불어오는 강바람에 검은 망토를 휘날리고 있었는데, 그 모습은 로맨스 소설에서나 등장하는 주인공처럼 환상적이었다.

상의를 걸치던 렉스가 안드레이를 바라봤다.

"주위는 다 둘러봤어?"

"둘러봤는데 생각보다 넓은 성이야, 대부분 무너지기는 했지만. 시마룬 길드장이 말했던 대로 검은 달 교단의 프리스트들이 이곳에 모이는 것이 확실하고, 또 마차를 이용하는 것이 확실하다면 마차가 진입할 수 있는 곳은 세 곳뿐이야. 다른 곳은 무너진 건물들의 잔해가 진입로를 막고 있기 때문에 진입하기 곤란해."

"그래?"

렉스는 안드레이의 말에 대꾸를 했지만 그의 말보다는 조금 전 도네가 불렀던 정령들에 대해 생각하고 있었다. 물론 도네가 간간이 정령을 부르는 모습을 보기는 했지만 설마 정령을 이런 식으로 사용하는 방법이 있을 줄은 상상도 못했기 때문이다.

"일단 벌건 대낮에 나타나지는 않을 테니까 저녁까지 기다려야겠군."

"하지만 캡틴, 그들이 낮에 나타날지도 모르지 않습니까?"

"그러니 이곳에서 기다려야지. 그들이 나타날 때가 언제인지는 몰라도."

크레이의 말에 대답을 한 것은 안드레이였다.

어차피 납치된 제임스나 실종된 소년들에 대한 단서를 잡으려면 그들이 나타나기를 기다리는 수밖에 없었다.

일행들은 그때부터 4일 동안 상당히 지루한 시간을 보내야만 했다.

물론 크레이는 훈련을 빙자한 렉스와의 대결을 치러야 했고 그때마다 거의 죽지 않을 정도로 두들겨 맞아야만 했다. 게다가 한번 대결할 때마다 렉스는 계속해서 다른 무기, 다른 형태로 크레이를 상대했기 때문에 크레이로서는 도저히 렉스의 공격을 막을 수 없었다.

크레이가 자신의 공격을 제대로 방어하지 못한다고 해서 공격의 강도를 줄일 렉스도 아니었고, 또 크레이가 다쳤다고 훈련을 건너뛸 렉스도 아니었기에 크레이로서는 그야말로 지옥과 같은 나날을 보내고 있었다.

결국 렉스의 횡포를 이기지 못한 크레이는 4일째 되는 날 새벽 야반도주를 결심했다.

일행들이 모두 잠이 든 것을 확인한 크레이는 소리도 없이 잠자리에서 일어났다. 그리고는 조심스럽게 자신의 검과 짐을 들고는 은밀하게 걸음을 옮겼다.

크레이가 일행들에게서 거의 70파렌 이상 떨어졌을 때였다.

"이대로 떠날 생각인가?"

"헉!"

갑자기 들린 음성에 크레이는 소스라치게 놀랐다. 황급히 고개를 돌려 상대를 확인하니 안드레이가 돌담 위에 그림처럼 앉아 있었다.

"렉스 때문인가?"

"……."

크레이가 비록 아무런 말도 하지 않았지만 지난 4일 동안 렉스가 하는 행동을 지켜본 안드레이로서는 크레이의 심정을 충분히 짐작할 수 있었다.

물론 처음에는 안드레이도 렉스의 행동이 너무 과격하다는 생각을 했었다. 이건 크레이에게 훈련을 시키는 것인지, 아니면 훈련을 빙자하여 그를 괴롭히는 것인지 구별을 할 수 없을 정도였기 때문이다. 게다가 매번 공격 형태를 바꿔서 말이다. 그러다 뭔가 이상하다는 느낌이 들었다.

그는 왜 매번 공격의 형태를 바꾸는 것일까? 혹시 나름대로 이유가 있기 때문에 그런 것은 아닐까? 하는 생각이 들면서부터 렉스의 행동을 이해할 수 있었다.

"렉스가 왜 그런 행동을 한 것 같은가?"

"……."

"자네가 생각하기에 렉스가 단순히 사람들 괴롭히는 것을 즐기는 성격 같은가?"

"그럼, 설마 그게 절 위한 행동이란 말입니까?"

"맞아, 난 그렇다고 생각하거든."

"예에?"

안드레이의 태연한 대꾸에 크레이는 놀란 표정으로 그를 노려보듯 바라보았다.

"렉스는 왜 매번 무기나 공격의 형태를 바꾸는 것이라고 생각하는가? 단순히 자네가 방어를 하기 힘들도록 하기 위해서라고 생각하는가?"

"전 절 괴롭히기 위해서 그러는 것이라고 생각합니다."

"이보게, 크레이. 자네도 소드 익스퍼트 최상급의 실력을 가지고 있으니 잘 알 것이네. 한 가지 무기로 한 가지 검술을 완전히, 그러니까 소드 마스터 경지까지 익힌다는 것이 얼마나 힘든지 말일세. 그런데 단지 자네를 괴롭히려고 자신이 익힌 검술을 변화시킬 필요가 있을까?"

"하지만 전 캡틴이 절 위해서 그랬다는 것을 도저히 믿을 수 없습니다."

자신의 말에 믿을 수 없다는 표정을 짓는 크레이의 모습에 안드레이는 빙그레 미소를 지었다.

"그런 렉스를 이해하고 못하고는 자네의 몫이니 알아서 하게. 다만 그가 조금 과격하게 자네를 대했다고는 하지만 그건 자네가 대결을 포기하지 않았을 때의 행동이고, 자네가 항복이란 말을 꺼낸 후에는 더 이상의 공격은 하지 않았던 것으로 아네. 신중하게 생각해 보게, 기회는 자주 오는 것이 아니니까."

말을 마친 안드레이는 몸을 돌려 일행들이 잠들어 있는 곳으로 걸음을 옮겼다.

혼자 남은 크레이는 인상을 일그러뜨리며 심각한 고민에 빠졌다.

그가 자신을 위해서 그런 행동을 했다? 도저히 그 말을 믿을 수 없었지만 안드레이의 말처럼 자신의 입에서 '항복'이란 말이 나왔을 때 더 이상 공격한 적은 없었다.

렉스는 정말 자신을 위해서 그런 행동을 했을까?

머리가 깨질 것 같은 통증을 느꼈다. 하지만 그의 발걸음은 어느새 일행들에게로 향하고 있었다.

모닥불 앞에 앉은 크레이는 근처에 잠들어 있는 렉스의 얼굴을 가만히 바라봤다.

약간 웨이브가 진 금발이 흘러내린 얼굴 그 어디에도 악의는 보이지 않았다. 게다가 행복한 꿈을 꾸는지 부드러운 미소를 짓고 있는 렉스의 얼굴은 같은 남자가 봐도 멋있었다.

그런 생각을 하고 있을 때 갑자기 도네가 잠자리에서 벌떡 일어나 크레이는 깜짝 놀랐다. 그리고 뒤이어 렉스와 안드레이도 자리에서 일어났는데 그들의 표정이 심상치 않았다.

"무, 무슨 일입니까?"

"조용해. 뭔가가 이 폐성 외곽으로 다가오고 있어."

도네의 말에 크레이는 고개를 갸웃거렸다.

소리도 없이 검을 뽑아 든 렉스는 긴장한 모습으로 입을 열었다.

"멍청하기는……. 도네는 마법사잖아. 이미 이 폐성 주위에 알람 마법을 걸어놨단 말이야. 그리고 소리만 들어봐도 알 수 있잖아."

렉스의 말에 안드레이가 잠시 그의 바라보았다가는 다시 고개를 돌렸다. 물론 자신도 바람결에 들리는 작은 소리를 듣고 자리에서 일어나기는 했지만 적의 정확한 수는 알 수 없었다.

"적의 숫자는 12, 3명 정도. 말도 한 필 있는데 마차를 끌고 있어. 그리고 마차에는 뭔가가 실려 있고. 북쪽 진입로로 들어서고 있어."

마치 옆에서 본 듯 말하는 렉스의 말에 도네는 고개를 갸웃거렸다. 물론 그가 높은 경지의 검술을 익히도록 자신이 돕기는 했지만 그의 정확한 실력이 어떻게 되는지는 전혀 짐작도 못하고 있었다.

지금만 하더라도 북쪽 진입로와의 거리는 거의 70파렌 이상 떨어져 있다. 마법을 사용하는 자신이야 어렵지 않게 적의 수를 알 수 있지만 렉스는 대체 어떤 방법으로 그런 사실을 알았는지 전혀 짐작할 수 없었다.

"뭐 하고 있어? 납치 사건의 단서를 잡을 수 있는 찬스가 왔는데 안 갈 거야?"

그 말을 남기고 렉스는 빠르게 북쪽을 향해 이동을 했고 세 사람도 곧 렉스의 뒤를 따라갔다. 비록 짙은 어둠이 깔려 있었고 무너진 건물의 잔해와 우거진 갈대와 잡초들이 발걸음을 방해하고 있었지만 네 사람은 어렵게 않게 자신들이 목표로 한 곳에 도착할 수 있었다.

그들이 도착한 곳은 사람의 키만큼 자란 잡초와 갈대들이 무너진 성의 잔재를 덮고 있었다. 바람이 불 때마다 일렁이는 갈대들 사이로 이동하는 사람들의 모습이 보였다.

검은색의 로브를 걸치고 있어 그들의 성별이나 나이는 알 수 없었지만 짙은 어둠 속에서 소리도 없이 움직이는 그들의 모습에서 마치 유령이 움직이는 것 같은 음산함이 느껴졌다.

그들은 마치 짐마차를 호위하는 것처럼 앞뒤에서 늘어서서 걷고 있었다.

천천히 움직이던 사람들은 비교적 넓은 지역에 도착하자 마차를 세우고 그대로 땅바닥에 주저앉아 휴식을 취했다. 잠시 그들을 지켜보던 렉스는 고개를 갸웃거렸다.

"안드레이, 저들이 누군가를 기다리는 것 같지 않아?"

"내가 보기에도 그렇게 보이는군."

"대체 누굴 기다리는 거지? 그리고 저 마차에는 뭐가 실려 있을까? 쉴 때도 마차를 지키고 있는 것을 보면 뭔가 중요한 것이 실려 있는 것 같기도 한데 말이야."

렉스의 말처럼 검은 로브를 걸친 사람들은 마차를 중심으로 둥글게 앉아 휴식을 취하고 있었다. 그들이 도착하고 거의 40분 정도가 지나 주위가 더욱 짙은 어둠에 싸일 때 검은 로브를 걸친 자들에게 다가오는 정체 불명의 그림자들이 있었다.

그들은 밤중임에도 검은 복면을 하고 있었는데 로베르토 자작가에서 노움이 보여주었던 영상에서 보았던 복면인과 똑같은 복장을 하고 있었다. 그리고 복면인들은 무엇인가가 든 자루를 하나씩 둘러메고 있었다.

마차로 다가간 복면인들은 자신들이 메고 있던 자루를 지면에 내려놓았다. 그리고는 먼저 도착한 이들처럼 지면에 주저앉아 휴식을 취했다. 그리고 잠시의 시간이 지나자 또 한 무리의 복면인들이 다가왔다. 그들 역시 뭔가가 들어 있는 자루를 들고 있었다.

그들이 자루를 내려놓자마자 섬광과 함께 누군가가 모습을 드러냈다.

검은 로브를 걸친 사내는 50대로 흰머리가 희끗희끗 보이는 근엄한 인상을 가진 사내였다. 장년인이 모습을 드러내자 휴식을 취하고 있던 사람들은 그대로 지면에 이마를 대고 상대에 대해 최대의 경배를 올리고 있었다.

거만한 눈길로 로브를 걸친 자들과 복면인들을 내려다보던 사내는 조금은 느릿한 말로 입을 열었다.

"준비해 온 것을 꺼내라."

사내의 말에 복면인들은 자루를, 로브를 걸친 사내들은 마차에서 뭔가를 꺼내 지면에 늘어놓았다. 그들의 모습을 숨어서 지켜보고 있던 렉스 일행은 그들이 꺼내놓은 것을 발견하고는 자신도 모르게 숨을 들이켰다.

그들이 바닥에 늘어놓은 것은 어린 소년들이었다. 소년들의 나이는 대략 8살에서 12살 사이로 보였다. 그들이 걸친 의복도 제각각이었다. 하지만 그들 모두는 잠을 자고 있는지, 아니면 목숨을 잃었는지 모두 축 늘어져 있었다.

로브를 걸친 사내가 지면에 놓인 아이들을 바라보고 있는 동안 안드레이의 표정이 점점 딱딱하게 변했다. 그대로 두었다간 뛰쳐나갈 것 같아서 재빨리 입을 열었다.

"저들을 보니 나타날 인간들은 대부분 다 나타난 것 같아. 그러니까 이제 저들 손에서 아이들을 구하고 납치 사건에 대한 단서를 찾아야 해. 우선 도네는 여기를 맡고 안드레이는 북쪽, 나는 진입로인 동쪽을, 그리고 크레이는 서쪽을 맡아. 내가 신호를 하면 한순간에 저들을 제압해야 해."

"만약 저들이 아이들을 인질로 위협한다면……."

"단서를 말할 수 있는 최소한의 인원을 제외한 나머지는 모두 죽여야지."

그 말을 하는 렉스의 얼굴은 단호했다. 잠시 렉스의 얼굴을 바라보던 안드레이는 고개를 끄덕이고는 빠르게 어둠 속으로 사라졌다. 크레이가 사라지고 난 후 렉스는 도네를 향해 입을 열었다.

"도네, 저기 저 재수없는 늙은이를 제압할 수 있겠어?"

"저 인간?"

"그래, 폼을 보아하니까 저 작자가 뭘 좀 알 것 같거든. 그러니까 저 작자를 반드시 생포해야 돼. 부탁할게."

렉스는 도네의 대답을 들을 사이도 없이 어둠 속으로 달려갔다. 잠시 그런 렉스의 모습을 바라보던 도네는 다시 고개를 돌려 소년을 살피고 있는 로브의 사내를 바라보았다.

사내의 전신에는 자신으로서는 처음 느끼는 괴상한 기운이 어려 있었다. 그것이 어떤 기운인지는 모르지만 상당히 불쾌하고 기괴하게만 느껴지는 기운이었다.

라이트닝 볼트와 매직 미사일을 미리 캐스팅한 도네는 렉스의 신호를 기다리며 로브의 사내를 바라보고 있었다. 확실히 과거 자신이 알고 있던 아모데우스 교단의 프리스트들에게서 느껴지던 기운과는 전혀 다른 기운이었다. 뭔가 칙칙하고 음산함을 느끼게 하는 지저분한 기운. 때문에 도네도 그들에 대해 호기심이 생겼다.

20여 명의 소년들을 살피던 검은 로브의 사내는 천천히 몸을 일으켰다. 그리고는 몇몇 소년을 지목했다.

"저들을 제외한 나머지 아이들만 마차에 실어라. 그리고 저 아이들은 죽여라."

"명령대로 하겠습니다, 슈피리어(장로)님."

슈피리어의 냉혹한 말에도 로브를 걸친 사람들이나 복면인들이 전혀 놀라지 않는 것을 보면 이런 일이 처음이 아니라는 것을 짐작할 수 있었다.

로브를 걸친 사람들이 중년인이 지목하지 않은 소년들을 짐마차에 싣는 동안 복면인들이 몇 명의 소년들을 끌어냈다. 그리고는 복면인 가운데 한 명이 대거를 꺼내 소년의 목으로 가져갔다. 그런 복면인의 손길은 한 점의 망설임도 없었다.

복면인의 대거가 막 소년의 목에 닿으려는 순간 얼음보다 더 차가운 음성이 뒤에서 들려왔다.

"꼼짝하지 마. 손가락만 움직여도 넌 죽는다."

갑자기 들린 차가운 음성에 복면인은 소스라치게 놀라며 손을 멈췄다. 조심스럽게 고개를 돌린 복면인의 눈에 검은색 라이트 레더에 검은 망토를 걸치고 있는 얼음으로 조각한 듯 차가운 인상의 청년이 보였다.

일체의 감정을 느낄 수 없는 상대의 서늘한 눈빛에 복면인은 자신도 모르게 몸을 떨며 침을 삼켰다. 지금까지 살아오면서 눈앞의 청년처럼 자신을 공포에 떨게 만든 인간은 만나본 적이 없었다.

"네놈은 웬 놈이냐?"

"거 늙은 놈이 말을 더럽게 하는군."

"뭐? 뭐라고?!"

렉스의 무지막지한 대꾸에 슈피리어는 자신도 모르게 눈을 동그랗게 떴다. 지금껏 살아오면서 자신을 이런 식으로 대하는 사람은 없었다.

동그랗게 뜬 슈피리어의 눈에 클레이모어를 뽑아 든 채 건들거리는 걸음으로 다가오는 렉스의 모습이 보였다. 동시에 자신들에게 접근하는 도네와 크레이의 모습 역시 발견했다.

자신들의 수가 거의 30명이 가깝다는 것을 알면서도 겨우 네 명이 이런 식으로 접근했다는 것은 어떻게든 자신들을 상대할 자신이 있기 때문이지 않겠는가? 지금껏 자신들의 일을 누군가가 방해한 적은 한 번도 없었기에 슈피리어도 지금 상황에 상당히 당황하고 있었다.

다가오는 네 사람을 살피던 슈피리어는 세 사람이 검사나 용병으로 보이는 반면 오른쪽에서 다가오는 여인은 아무런 무기도 들지 않은 것으로 보아 마법사일 것이라 예상했다. 여차해서 불리한 상황이 된다면 그녀를 인질로 삼아야겠다는 판단을 내린 슈피리어는 애서 침착한 태도를 가지려고 애를 쓰며 말했다.

"너희들은 누구냐?"

"우리는 의뢰를 받고 납치 사건을 조사 중인 용병들이오."

"의뢰? 누구의 의뢰를 받았다는 것이냐?"

"가리안 로베르토 자작."

안드레이의 말에 슈피리어는 안색을 굳혔다.

"로베르토 자작이 무슨 이유로 납치 사건을 조사한단 말이냐? 그리고 그것이 우리와 무슨 관계가 있다는 것이냐?"

"허어~ 이 늙은이 시치미 떼는 것 좀 봐. 정말 뻔뻔스럽기 그지없구먼. 그럼 지금 바닥에 누워 있는 이 아이들은 잘 곳이 없어 여기서 자고 있다는 거냐?"

웃기지도 않는다는 표정으로 입을 여는 렉스의 행동에 슈피리어는 뻗치는 열을 억지로 눌러 참아야만 했다. 마차에서 재빨리 검과 창 등을 꺼낸 검은 로브의 사내들과 복면인들은 슈피리어 주위에 모여 렉스 등 네 명에게 무기를 겨누었다. 하지만 어느 누구도 그들의 행동에 반응하는 사람은 없었다.

네 사람이 눈치 채지 못하게 어둠의 스펠을 캐스팅한 슈피리어는 그
제야 안심을 하고는 렉스 등을 쳐다봤다.

　"파괴의 신 아모데우스께서 너희들을 보살핀다. 성업(聖業)을 방해
하는 저들을 죽여라!"

　"와~ 방해자들을 죽이자!"

　"죽이자! 죽이자!"

　"죽어라!"

　슈피리어의 명령에 로브를 걸친 자들이나 복면인들은 조금의 망설
임도 없이 함성을 지르며 렉스들에게 달려들었다.

제 10 장

검은 달 교단

검은 달 교단

복면을 한 자들은 나름대로 훈련을 받은 듯 공격을 하는 데 절도가 있었지만 로브를 걸친 자들은 그저 들고 있는 검을 마구 휘두를 뿐이었다.

나름대로 긴장을 하고 있던 크레이는 뜻하지 않은 모습에 어이가 없었다. 어린아이가 검을 들어도 저들보다는 나을 것 같다는 생각이 들었다. 그리고 그런 생각은 다른 사람들도 마찬가지였다.

미리 검을 뽑아 들고 있던 렉스는 자신을 향해 막무가내로 달려드는 로브를 걸친 자들의 모습에 그들을 어찌 상대해야 할지 몰라 순간 당황했다. 그렇기는 크레이도 마찬가지였지만 안드레이만은 달랐다.

검집을 이용해 로브를 걸친 자들을 상대하고 있었는데 상대를 공격하는 그의 손놀림에는 조금의 망설임도 없었다. 그의 검집에 가격당한 자들은 외마디 비명을 지르며 맥없이 지면에 널브러졌다. 하지만 검을 든 복면인들을 상대할 때는 사정이 달랐다.

최소한의 동작으로 상대의 공격을 피하고는 사정없이 검을 휘둘렀다. 안드레이가 공격한 부위는 검을 들고 있는 복면인들의 손목. 안드레이의 검이 훑고 지나간 자리에는 분수처럼 선혈이 허공에 뿌려졌다.

"큭!"

"크아악!"

복면인들은 잘려 나간 자신의 손목을 움켜쥐고 그 자리에 주저앉았고, 안드레이는 일체의 표정 변화 없이 복면인들을 상대했다. 곧 정신을 차린 렉스와 크레이도 안드레이처럼 로브를 걸친 자들은 기절을 시켰고 복면인들은 철저히 무력화시켰다.

복면인들은 모두 검을 들고 있던 손목이 잘려 나갔고, 로브를 걸친 자들 가운데 서 있는 사람은 한 사람도 없었다. 자신의 예상대로 상대의 실력이 범상치 않다는 것을 확인한 슈피리어는 이를 깨물었다.

"다크 아이스 미사일!"

그의 손에서 검은 번개가 방전을 일으키는 순간 그의 머리 위에 2파렌은 족히 되어 보이는 얼음 창 세 개가 모습을 드러냈다. 그리고 얼음 창은 슈피리어의 뜻대로 안드레이와 렉스들에게 향해 날아갔다.

쾅! 쾅!

안드레이와 크레이가 휘두른 검과 부딪친 아이스 미사일은 요란한 폭음을 울리며 사방으로 흩어졌다. 하지만 렉스를 향해 날아간 아이스 미사일은 기합 소리와 함께 휘두른 클레이모어에 의해 두 조각이 나면서 그대로 허공에서 사라져 버렸다.

렉스가 자신의 마법 공격을 두 조각으로 가르는 모습을 본 슈피리어는 자신의 눈을 의심하지 않을 수 없었다. 자신이 마법을 익히고 난 후 지금처럼 마법 공격을 두 조각으로 자른 모습은 본 적이 없었기 때문이다.

부하들로서는 렉스들을 도저히 막을 수 없다는 것을 확인한 이상 어떻게든 이 사실을 상부에 보고해야만 했다. 일반적으로 마법사가 검사를 이길 수 없다는 사실처럼 슈피리어는 도저히 안드레아나 렉스를 막을 자신이 없었다. 하지만 자신이 이곳에서 벗어날 수 있도록 그들이 가만히 보고만 있을 리 만무했다. 그렇다면 남은 방법은 하나.

결심을 굳힌 슈피리어는 재빨리 시동어를 외쳤다.

"블링크!"

슈피리어의 외침에 렉스가 고개를 돌렸을 때 슈피리어의 모습은 어디론가 사라지고 없었다. 그러다 주위를 살피던 렉스의 눈에 슈피리어가 도네의 목에 대거를 겨누고 있는 모습이 보였다.

그 광경에 크레이는 잔뜩 긴장한 모습을 보였지만 도네의 정체를 알고 있는 렉스와 안드레아의 입가에는 어처구니없다는 표정의 미소가 지어져 있었다.

"꼼짝하지 마! 조금이라도 움직인다면 너희 동료의 목숨은 무사하지 못할 것이다!"

"비겁한 놈, 어서 레이디를 풀어줘라!"

크레이의 외침을 들은 슈피리어는 그제야 안도의 한숨을 내쉴 수 있었다. 만약 이들의 사이가 좋지 않아 도네의 목숨에 아무런 미련도, 관심도 없다면 자신으로서는 이들을 막을 방법이 전혀 없었기 때문이다.

처음 슈피리어가 자신의 목에 대거를 갖다 대자 인상을 쓰던 도네는 무슨 생각을 했는지 갑자기 잔뜩 겁먹은 목소리로 입을 열었다.

"서, 설마 날 죽이지는 않겠지?"

도네의 갑작스런 태도에 렉스나 안드레이는 어리둥절한 표정을 감추지 못했다. 하지만 슈피리어에게는 그런 두 사람의 얼굴 표정을 살필 시간적, 정신적 여유가 전혀 없었다.

　"네놈들의 이름은?"

　"안드레이, 용병이다."

　"본인은 크레이 루 샤이나라고 한다."

　"네놈은?"

　"싸거지없는 늙은이가 아마 복수를 하려는 것 같은데… 좋아, 원한다면 기꺼이 본인의 거룩한 이름을 가르쳐 주지. 본인의 이름은 렉스 레티나다. 그리고 네가 인질로……."

　"너희들에게 파괴와 혼돈의 신 아모데우스님의 영원한 저주가 있을 것이다. 그때 너희들은 너희들이 얼마나 우매한 일을 저지른 것인지 알게 될 것이다. 세상에 아모데우스님의 힘이 드러나는 날, 대륙의 모든 나라들은 그분께 경배를 드리게 될 것이다. 다크 워프!"

　슈피리어의 몸에서 뿜어져 나온 검은색 연기 같은 것이 슈피리어와 도네의 몸을 감싸는 순간 슈피리어는 감쪽같이 사라져 버렸다.

　설마 그가 이런 식으로 모습을 감출 줄은 몰랐기 때문에 안드레이는 허탈한 심정을 감추지 못했다. 그가 허탈한 심정을 감추지 못하고 방심하고 있을 때 그에게 손목을 잘렸던 복면들 가운데 하나가 은밀하게 뽑아 든 대거로 그의 등을 힘껏 찔렀다. 아니, 찌른 것처럼 보였다.

　"크아악!"

　처절한 비명 소리와 함께 기습을 노렸던 복면인의 몸은 비스듬하게 잘려 두 동강이 난 채 지면으로 떨어졌다.

　그렇지 않아도 바람 속에서 풍기는 피비린내에 구토를 느끼던 크레이는 더 이상 참지 못하고 한쪽에서 주저앉아 토했다.

동료의 비참한 죽음을 보았기 때문일까?

복면인들은 남은 손에 무기를 들고는 일제히 안드레이를 향해 달려들었다. 하지만 그들은 미처 안드레이의 근처에 접근하기도 전에 그가 휘두른 검에 목숨을 잃으며 지면에 쓰러졌고, 지면은 그들의 몸에서 흘러내린 선혈로 붉게 물들었다.

10여 명에 달하는 복면인들이 처절한 비명과 함께 목숨을 잃는 상황에서도 지면에 쓰러져 있던 로브를 걸친 자들에게서는 아무런 움직임도 없었다. 이상한 생각이 든 렉스는 황급히 그들 가운데 한 명의 후드를 벗겼다.

후드 아래 드러난 인물은 40대 중반으로 보이는 건장한 체격의 사내였다. 하지만 렉스의 예상대로 사내는 이미 살아 있는 사람이 아니었다.

창백한 안색에 입에서 흘러나온 검붉은 선혈, 불과 10분도 안 지났건만 그의 전신에서는 벌써 시체 썩는 퀴퀴한 냄새가 풍기고 있었다. 뜻하지 않은 상황에 놀란 렉스는 주위에 있던 사람들의 후드를 벗겨보았지만 결과는 마찬가지였다.

로브를 걸치고 있던 자들은 나이도, 성별도 제각각이었지만 한 가지 공통점은 그들이 무술이나 검술을 익힌 흔적이 전혀 없다는 사실이었다. 만약에 그들이 조금이라도 무술이나 검술을 익힌 적이 있다면 어떤 형태로든 그들의 손에 그 흔적이 남아 있어야 했다.

렉스가 뜻하지 않은 광경에 정신을 차리지 못하고 있을 때 곁으로 다가온 안드레이는 이미 죽은 사람들을 찬찬히 살피기 시작했다. 그리고는 그들의 입가에 흘러내린 선혈을 찍어 살짝 혀를 대었다.

"퉤퉤!"

곧 바닥에 몇 번이나 침을 뱉은 안드레이는 재빨리 품에서 작은 약병 하나를 꺼내 그대로 들이켰다. 안드레이의 행동을 지켜보던 렉스는 그제야 로브를 걸친 자들이 독을 먹고 자살했다는 사실을 깨달을 수 있었다.

"안드레이, 무슨 독인지 알겠어?"

"씨클루야."

"씨클루?"

"그래, 주로 스파이들이나 어쌔신들이 암살용이나 자살용으로 사용하는 독인데 고가에다 구하기도 쉽지 않아. 식물의 뿌리에서 독액을 채취해 몇 단계의 복잡한 제조 공정을 거쳐야만 만들 수 있는 독인데 그 방법이 너무 복잡해서 만들 수 있는 사람도 거의 없고, 또 그렇게 해서 만들어지는 독액도 너무 소량이기 때문이지. 하지만 그 약효만은 확실해. 한 방울의 독액이라고 하더라도 1분 이내에 숨이 끊어질 정도로 끔찍한 독이야."

세상에 그런 독이 있다는 것을 처음 알게 된 렉스는 몸을 부르르 떨었다.

"그럼 이상하잖아. 네 말대로 씨클루라는 것이 그렇게 고가에다 구하기도 힘든 독이라면 어떻게 이런 자들이, 내가 보기에 검은 달 교단의 말단 신도에 불과할 것 같은데 그런 고가의 독을, 그것도 자살용으로 가지고 있을 수 있지?"

"전혀 모르겠어. 지난 10여 년 동안 이들의 뒤만을 쫓아다녔는데 이들이 씨클루를 가지고 있다는 것도 오늘에서야 처음으로 알게 됐으니……."

고개를 젓는 안드레이의 표정을 잠시 살피던 렉스는 자신의 머리를 긁으며 입맛을 다셨다.

　"그건 그렇고 단서를 잡을 수 있는 찬스였는데… 이제 어디서 또 단서를 잡는다?"

　그사이 토하느라 정신을 차리지 못하던 크레이가 도네에게 말을 건넸다.

　"놀라지 않으셨습니까?"

　"뭔 소리야?"

　"아까 잠시 그 늙은이의 인질이 되셨지 않습니까? 레이디를 지켜드리지 못해 죄송합니다. 전 그 늙은이가 혹시 끝까지 레이디를 인질로 삼을까 봐 상당히 걱정했었습니다."

　"맞아. 그리고 보니 도네, 아까는 왜 그런 말도 안 되는 행동을 한 거야?"

　"뭐가 말도 안 된다는 거야?"

　"도네가 겨우 대거 따위에 겁을 먹고 그 늙은이를 놓쳤다는 것이 말이 된다고 생각해?"

　렉스의 말에 도네를 변호한 사람은 크레이였다.

　"캡틴, 누구든 그런 상황에 빠지면……."

　"넌 떠들지 말고 저기 애들이나 챙겨."

　렉스의 말에 대꾸를 하려던 크레이는 흉악스런 렉스의 얼굴을 발견하고는 찍소리도 못하고 그때까지 바닥에 쓰러져 잠들어 있던 아이들을 마차에 싣기 시작했다. 그러면서 자신의 신세를 한탄했다.

　"그 늙은이를 왜 놓아준 거야? 그 늙은이가 있어야 납치 사건에 대해 물어볼 수 있다는 것을 도네도 잘 알고 있잖아."

"'작은 고기를 잡으려고 하다 보면 정작 큰 고기는 놓칠 수 있다'는 말 들어본 적은 있어?"

도네의 말에 허탈한 심정으로 서 있던 안드레이의 얼굴에 희미한 기대감이 어렸다.

"그럼 그자가 이동한 곳을 알고 계십니까?"

"그래. 체이스 마크 마법으로 그 늙은이의 몸에 표시를 했으니까 적어도 그 인간이 200엠파렌(1엠파렌=1킬로미터)을 벗어나지 않는다면 어디든 추적이 가능해."

"도네, 마법으로 표시를 했다면 혹시 검은 달 교단의 고위 마법사들이 그 표시를 지울 수도 있지 않겠어?"

"인간 마법사들이? 후후후, 말도 안 되는 소리. 내가 베푼 체이스 마크 마법을 해지할 수 있는 실력을 가진 인간 마법사 따위는 절대 있을 수 없어."

렉스의 질문에 도네는 단정적으로 말했다.

그런 도네의 모습을 바라보던 크레이는 고개를 저었다. 도무지 그녀의 말을 듣다 보면 겸손이란 단어를 혹시 모르는 것은 아닐까 하는 생각이 들 정도였다. 대체 그녀의 부모가 누구이기에 딸을 저따위로 키운 것인지 그들의 얼굴을 한번 보고 싶었다.

"그러니까 언제든 추적이 가능하단 말이지? 좋아, 그럼 일단 아이들을 보이얀브르크 시 경비대에 넘기고 우리들은 어서 그 늙은이 뒤를 쫓자고."

"다시 시내로 돌아가자고?"

"이 아이들을 우리가 계속 데리고 다닐 수는 없잖아. 그리고 여기 시체들을 처리하는 일까지 몽땅 경비대에 넘겨 버리면 편하잖아."

"그러는 것이 좋겠습니다, 도네님."

안드레이마저 렉스의 말에 찬성하자 도네는 귀찮은 표정을 잠시 짓다가 곧 고개를 끄덕였다.

"알았어. 그럼 잠깐… 꼼짝하지 마. 워프!"

크레이는 갑자기 눈앞에 깜깜해진다고 느꼈다. 그러다 자신의 몸이 허공으로 붕 뜨는 듯한 느낌과 동시에 주위가 환해졌다. 잠시 현기증을 느낀 크레이는 재빨리 중심을 잡으며 주위를 둘러봤다.

"꼬, 꼼짝 마라!"

어리둥절한 표정을 짓고 있는 크레이에게 광장에서 경비를 서고 있던 10여 명의 경비대원들이 일제히 핼버드를 겨누었다. 그리고 얼마 지나지 않아 보고를 받은 경비대장이 허둥대며 달려왔다.

40대 중반으로 보이는 사내는 멋들어진 하얀색의 하드 레드를 걸치고 있었다.

조금 전까지 그는 한껏 거드름을 부리며 보이얀브르크 시내를 걷고 있었다. 상주 인구 5만에 유동 인구만 해도 3만이 넘는 보이얀브르크 시의 경비대장이란 직책은 그로 하여금 무한한 자부심을 갖게 하기 충분했다.

그런데 갑자기 보이얀브르크의 중앙 광장에 이상한 인간들이 마법으로 공간 이동을 했다는 보고를 들은 것이다. 사람들이 항상 왕래를 하는 광장으로 공간 이동을 했다는 것은 그야말로 미친 짓이었다.

막상 허겁지겁 달려와서 보니 애송이 용병으로 보이는 세 명의 남자와 아름다운 여자 한 명이 짐마차와 함께 서 있는 모습이 보였다. 감히 애송이 용병들 따위 때문에 기사이자 경비대장인 자신이 여기까지 달려와야만 했다는 사실을 그는 도저히 참을 수 없었다.

"네, 네놈들은 감히 누구이기에 마법 이동이 엄격하게 금지된 광장으로 공간 이동을 한단 말이냐?"

서슬 퍼런 경비대장의 말에 안드레이가 일행들을 대신해 한 걸음 앞으로 나섰다.

"저희들은 카로프 용병 길드에 소속된 용병들입니다. 근래 각 도시에서 발생하고 있는 납치 사건을 조사하기 위해 이 도시까지 왔습니다. 저희는 우연히 강 하류에 있는 폐성에 야영을 하기 위해 들렀었는데 그곳에서 검은 달 교단의 프리스트들과 조우하게 되었고, 아이들은 그들이 몰고 있던 마차에 실려 있었습니다. 저희는 그들이 소년 납치 사건과 연관이 있음을 깨닫고 그들을 공격했고, 혈투 끝에 이 아이들을 모두 구출할 수 있었습니다. 저희는 이 아이들을 경비대에게 맡기고 즉시 검은 달 교단의 프리스트들을 추적해야 합니다. 그러니 이 아이들을……."

그렇지 않아도 경비대장은 보이얀브르크 시에서 발생한 소년 납치 사건 때문에 골치를 썩고 있었다.

"검은 달 교단의 프리스트들이라고?! 난 검은 달 교단이란 단체를 한 번도 들어본 적이 없다! 내가 보기에는 오히려 네놈들이 더 수상하다. 네놈들을 보이얀브르크 시에서 발생한 소년 납치 사건의 유력한 용의자로 체포한다! 이놈들을 당장 체포해라!"

경비대 대장의 말에 경비대원들은 핼버드를 겨누며 점점 포위망을 좁혀왔다.

자신 딴에는 정의감에 불타 오래간만에 좋은 일을 했다고 생각하고 있던 렉스는 경비대장이 오히려 자신들을 범인 취급하자 치미는 분노를 도저히 참을 수 없었다.

"뭐야? 우리가 용의자라고?"

"캡틴, 참아야 합니다. 그렇지 않으면……."

"입 닥치고 가만히 있어! 이 오크 대가리보다 더 멍청한 작자야! 만약에 우리가 아이들을 납치한 범인이라면 벌써 도망을 쳤지 미쳤다고 여기로 공간 이동을 하냐? 이 닭대가리보다 못한 인간아!"

경비대장은 렉스의 말을 들으면서 그럴 수도 있겠다는 생각도 들었지만, 그 사실보다는 렉스가 자신에게 한 말 때문에라도 그냥 듣고 지나칠 수 없었다.

"감히 용병 따위가 기사의 작위를 가지고 있는 나를 비방해? 뭘 하고 있느냐? 어서 이놈들을 체포해라!"

"예, 대장님!"

대답과 함께 경비대원들이 다가서자 렉스는 도저히 치미는 분노를 참을 수 없었다. 재빨리 클레이모어를 뽑아 든 렉스는 자신들을 위협하는 핼버드를 단숨에 두 동강으로 만든 후 경비대원들에게 달려들었다.

주먹을 휘두르고, 발길로 걷어차고, 멱살 잡아 던지고, 머리로 들이받고…….

엄청난 속도로 움직이는 렉스의 행동에 다른 사람들은 얼어붙은 듯 꼼짝도 하지 못했다. 불과 눈을 몇 번 깜빡일 사이에 그 자리에 멀쩡히 서 있는 경비대원은 한 사람도 없었다.

애절한 신음을 터뜨리는 경비대원들 사이를 걸어가는 렉스의 얼굴은 얼음장처럼 굳어 있었다.

조금 전 렉스의 움직임은 안드레이조차 미처 눈으로 쫓아가기 힘들 정도로 빨랐다. 조금 전 렉스의 움직임만 봐도 결코 그의 실력이 자신의 아래라고 단정할 수 없었다.

"만약 오늘 이 일을 제대로 처리하지 못한다면 내가 맹세하건대 널 그냥 두지 않을 테니 명심해! 아마 내 말을 기억해 두는 것이 좋을 거야. 적어도 네가 내년에도 멀쩡한 몸으로 새해를 맞이하고 싶다면 말이야."

경비대장의 멱살을 움켜잡은 렉스의 어조는 높지도, 그렇다고 낮지도 않았다. 곁에서 듣기에는 무덤덤하게 들릴 수 있을 정도로 평범했다. 하지만 그가 하는 말 한마디 한마디가 너무나 또렷하게 귓전을 파고들었다.

경비대장은 뭐라고 대꾸를 하고 싶었지만 자신을 노려보는 렉스의 살벌한 눈초리에 아무런 말도 할 수 없었다. 렉스가 잡았던 멱살을 놓자 경비대장은 억지로라도 서 있고 싶은 마음이 굴뚝같았지만 그의 다리는 주인의 의지를 배신한 채 그 자리에 주저앉고 말았다. 하지만 그의 입은 주인이 가지고 있는 생각을 확실하게 대변했다.

"네… 네놈의 이름은……?"

"내 이름은 렉스 레티나다."

"건방진 놈. 감히 기사를 능멸한 것이 얼마나 큰 죄를 범한 것인지 네놈에게 똑똑히 가르쳐 줄 것을 기사의 명예를 걸고 약속하마!"

그 자리에 주저앉은 채 렉스를 노려보는 경비대장의 얼굴에는 수치스러워하는 기색이 역력했다. 하지만 렉스의 얼굴에는 냉소만이 스치고 지나갔다.

"기사의 명예? 하하하! 길바닥에 버려도 개도 안 물고 갈 그 따위 기사의 명예를 걸고 뭘 맹세한다는 거지? 그 눈빛을 보니 날 죽이고 싶어 하는 것 같은데, 네가 나를 어떻게 할 수 있을 것 같아? 꿈 깨, 짜샤!"

뒷골목 불량배들에게서나 들을 법한 소리에 경비대장은 모멸감에 온몸을 부르르 떨었다.

"렉스 레티나, 네놈이 과연 기사를 무시하고도 언제까지 무사할 수 있을지 두고 보겠다."

더 이상 들을 것도 없다는 듯 몸을 돌린 렉스는 도네에게 한마디를 건넸다.

"도네, 그 늙은이가 간 곳이 어딘지는 모르겠지만 빨리 가자. 저 자식 때문에 기분이 아주 더러워졌어. 이곳에 조금만 더 있으면 무슨 사고를 칠지 모르니까 빨리 가자."

"알았어. 움직이지 마. 워프!"

렉스의 퉁명스런 소리에 도네는 아무 말도 하지 않고 시동어를 외쳤고, 그 순간 네 사람의 모습은 그들을 지켜보고 있던 사람들의 시선에서 감쪽같이 사라졌다.

"으드득! 렉스 레티나, 용병 따위가 기사를 능멸한 것이 얼마나 큰 실수를 저지른 것인지 뼈저리게 가르쳐 주마."

기사단장의 입가에서는 한줄기 선혈이 흐르고 있었다.

렉스와 일행들이 모습을 드러낸 곳은 작은 도시가 내려다보이는 완만한 구릉에 있는 숲의 외곽이었다.

울창한 숲과 2엠파렌 정도 떨어진 마을은 지방의 작은 도시로 약 100여 채의 작은 집들이 올망졸망 모여 있는 곳이었다. 또 도시가 산기슭에 위치한 탓인지는 모르지만 상당히 이늑해 보이는 곳이었다.

"여기가 어디야?"

"나도 몰라. 다만 그 늙은이가 현재 여기에 머물고 있는 것은 확실해."

"여기에 있다고? 이렇게 작은 마을에?"

도네의 말에 렉스는 산 아래로 보이는 작은 도시를 바라보며 고개를 갸웃거렸다.

자신의 생각으로는 슈피리어라고 불렸던 늙은이가 좀 더 큰 도시로 도주했을 것이라고 예상했기 때문이다. 그가 잠시 머뭇거리고 있을 때 도시를 살피던 안드레이가 자신의 느낌을 이야기했다.

"도시 분위기가 왠지 어둡게 느껴지지 않아?"

안드레이의 말에 세 사람은 도시를 내려다보았다.

도네야 그런 분위기를 읽는 것에 둔했기에 도시 분위기 같은 것은 알 수 없었고, 크레이 역시 경험이 부족해 도시의 분위기 같은 것은 전혀 알 수 없었다.

렉스만이 안드레이의 말에 고개를 끄덕였다.

확실히 그의 말처럼 이상한 분위기가 느껴졌다. 그렇다고 드러나게 특별한 것은 발견할 수 없었지만 묘하게 사람을 불쾌하게 만들었다.

"도네, 그 슈피리어인가 뭔가 하는 늙은이가 어디 있는지 정확하게 알 수 있어?"

"그게 좀 이상해. 여기에 있는 것은 확실한데 정확히 어디에 있는 것인지 존재감이 전혀 느껴지지 않아. 뭔가가 마법의 힘을 흩트리고 있는데, 이런 경우는 신의 권능이 마법을 무력화시킬 때 발생하거든. 아마도 아모데우스의 보호를 받고 있는 것 같아."

"아모데우스의 보호? 그럼 그 늙은이가 지금 아모데우스의 신전에 있단 말이야?"

"그럴지도 몰라. 잠시만 기다려 봐. 실프."

도네는 곧 실프를 소환했고 소환된 실프에게 슈피리어의 모습을 가르쳐 주며 그의 소재를 찾도록 지시를 내렸다. 명령을 받은 실프는 곧 도시를 향해 날아갔고, 일행들은 실프가 돌아오기를 기다렸다.

실프는 도시로 간 지 30분도 되지 않아 곧 일행들에게 돌아왔다. 처음 일행들은 실프가 슈피리어를 찾은 줄 알고 반색했지만 실프의 보고는 예상과 달랐다. 아예 도시에 진입하지도 못했다는 것이었다.

실프를 다시 정령계로 돌려보낸 도네는 이상하다는 표정을 지었다.

"실프가 보고하길, 저 도시를 뒤덮고 있는 이상한 힘 때문에 도저히 진입할 수 없었다는데? 정령의 행동을 막을 수 있는 힘이 있다니… 도대체 어떤 힘이 실프를 방해한 것인지 당장 가서 조사해 봐야겠어."

"잠깐만 기다려, 도네."

"왜?"

"일단 계획을 세워야지, 무작정 행동했다간 낭패를 보기 십상이라고."

"계획은 무슨 계획. 그냥 쳐들어가면 되잖아?"

비록 말은 그렇게 했지만 도네는 렉스가 말하는 것에 귀를 기울였다. 그런 도네를 잠시 바라본 렉스가 안드레이에게 질문했다.

"확실히 수상한 곳이야. 안드레이, 자네가 보기에 저 도시에 사는 사람들의 수가 얼마나 될 것 같은가?"

"일반 가옥이 100여 채 정도니까 대략 300에서 400여 명 정도 되지 않을까?"

"300에서 400명? 상당히 많군."

나직하게 대꾸하는 렉스의 말에 안드레이는 자신의 의문을 제기했다.

"자네는 저 도시에 사는 모든 사람이 검은 달 교단의 신도들일 것이라고 생각하는가 보군."

"최악의 경우까지 예상해야 하니까. 만약 내 예상대로라면 그 늙은이를 찾는 것도 쉽지 않겠지만 설사 찾는다 하더라도 보통 일이 아니겠는걸?"

대꾸를 하던 렉스는 머리를 벅벅 긁었다.

슈피리어라고 불렸던 늙은이가 도주한 곳이 설마 이렇게 이상한 곳일 줄은 미처 예상하지 못했기에 어떻게 해야 할지 쉽게 판단을 내릴 수 없었다.

안드레이 역시 자신이 미처 생각하지 못한 것을 지적하는 렉스의 말에 고심하지 않을 수 없었다.

그러는 사이 날이 서서히 밝아오고 있었다.

"일단 이렇게 하지."

렉스의 말에 사람들의 시선이 그에게 쏠렸다.

"낮에 움직이는 것은 위험하니 밤에 도시로 잠입하도록 하는 것이 좋을 것 같아. 저 도시에 사는 사람들이 우리가 고성에 보았던 평범한 신도들이 대부분이라면 우리가 원한 그 슈피리어라는 늙은이만 조용히 데려올 수 있을 거야."

"하지만 캡틴, 만약 폐성에서 만난 복면인들이 어제처럼 그 늙은이를 보호하고 있다면……."

"그렇다면 그들이 원하는 대로 모두 검은 달 교단의 순교자로 만들어줘야지."

렉스는 말과 함께 손을 들어 자신의 목을 긋는 시늉을 했다. 가만히 렉스의 말을 듣고 있던 안드레이는 그 방법이 가장 무난할 것 같다는 생각이 들었다.

그런 반면 크레이는 그동안 자신을 괴롭히는 것에만 혈안이 된 단순함의 극치인 렉스의 입에서 이렇게 논리 정연한 말이 어떻게 튀어나온 것인지 신기한 생각이 들었다.

자신을 바라보는 크레이의 눈에서 이상한 빛이 어려 있는 것을 발견한 렉스는 슬슬 짜증이 나기 시작하는 것을 느꼈다.

쾅!

"가만히 있는 사람을 왜 때리십니까?"

"그 재수없는 눈빛은 뭐야?"

"쳐다보지도 못합니까?"

"쳐다보는 것이 문제가 아니라 눈빛이 문제잖아! 이상한 동물 보듯 동그랗게 눈을 뜨고 쳐다보는 네 눈빛 말이야."

'이젠 별 희한한 것까지 시비를 걸어서 구타하네. 이런 것까지 내가 참아야 하는 거야?'

크레이는 자신의 신세가 너무 비참하게만 느껴졌다. 그런 크레이를 더욱 바닥까지 떨어뜨린 사람은 도네였다.

"렉스, 넌 왜 약한 애를 괴롭히고 그래. 불쌍한 생각도 안 들어?"

크레이는 울고만 싶었다.

어둠이 짙게 내린 저녁, 은밀하게 어둠을 가로지르며 이동하는 사람들이 있었다. 렉스들이었다.

렉스와 도네, 안드레이와 크레이가 한 조를 이루어 도시에 잠입해 슈피리어란 늙은이를 찾기로 했다. 도시의 입구에서 잠시 서로에게 조심하라는 눈짓을 한 두 사람은 곧 헤어졌고, 렉스는 도네와 함께 조심스럽게 도시로 진입했다.

도시 밖에서 느꼈던 불쾌한 기운을 더욱 강하게 느낄 수 있었다. 도네 역시 같은 기운을 감지했기 때문인지 잔뜩 인상을 쓰고 있었다.

도시 안으로 들어서면서 느낀 또 하나의 이상한 점은 그리 늦은 밤도 아니건만 도무지 사람의 흔적을 찾을 수 없다는 것이었다. 그 흔한 술주정뱅이들도 안 보이는 것은 물론 거리를 오가는 사람들도 전혀 보이지 않았다. 하다못해 도시를 경비하는 경비대의 모습도 전혀 보이지 않았다.

그렇다고 일일이 건물들을 뒤질 수도 없기에 렉스는 난감함을 느껴야만 했다.

도네는 렉스가 갑자기 걸음을 멈추더니 움직일 생각을 안 하자 그 이유를 물었다. 렉스가 자신이 멈춘 이유를 설명했다.

"사람들의 인적을 찾아야 스피디어라는 늙은이를 찾지."

"뭐야? 그런 이유 때문이라면 나에게 말하면 간단하잖아."

"그럼 방법이 있단 말이야?"

"그 늙은이를 찾는 것도 아니고 단지 사람을 찾기만 하는 것이라면 간단하지. 디텍트 라이프포스!"

잠시 주위를 두리번거리던 도네의 표정이 점점 찌푸려지더니 종내에는 완전히 일그러졌다.

"왜 그래?"

"건방지게 어떤 놈이 도시 전체를 안티 마나 존으로 만들었어. 게다가 희미하기는 하지만 아모데우스의 권능이 도시 전체에 퍼져 있어 실프가 도시에 들어오지 못하게 만들었어."

"그럼 어떻게 해야 하지? 언제까지 이렇게 있을 수는 없는데……."

"잠깐만 기다려. 리미티트 폴리모프! 디텍트 라이프포스!"

도네가 시동어를 외치자 그녀의 몸이 잠시 빛에 휩싸이더니 인간과 도마뱀을 섞어놓은 듯한 괴상한 모습으로 변했다. 또한 붉은 마나를 휘감고 있는 모습은 으스스하기 이를 데 없어 그녀의 모습을 더욱 공포스럽게 만들었다.

그녀의 눈이 붉은 보석처럼 붉은색을 띠며 반짝이기 시작하자 그제야 주위를 둘러보기 시작했다. 잠시 두리번거리던 도네는 곧 한쪽을 바라보았다.

"저쪽에 모여 있어. 아침에 안드레이가 한 말처럼 한 300명쯤 되겠는데?"

"그래? 일단 가보자고."

렉스와 도네가 도시의 남단으로 향하고 있을 때 크레이와 안드레이는 비슷한 상황에 봉착해 고심하고 있었다.

"안드레이님, 사람의 모습을 전혀 찾을 수 없으니 이제 어떻게 해야 합니까?"

"설마 사람이 이렇게 없을 줄은 몰랐군. 나도 어찌해야 좋을지 모르겠네."

자신의 말에 주위를 훑어보던 안드레이가 난색을 표명하자 경험이 부족한 크레이로서는 더 더욱 난감하지 않을 수 없었다. 잠시 시간이 지난 후 안드레이는 크레이에게 자신을 쫓아오라고 손짓하고는 어둠 속으로 달려갔다.

그들이 도착한 곳은 도시 중심에 있는 커다란 건물 앞이었다. 보아하니 시청 건물인 듯한데 역시 그곳을 지키는 병사의 모습은 찾을 길 없었다. 게다가 건물에서 전해지는 느낌은 사람이 살았던, 아니, 살고 있던 적이 한 번도 없는 폐가라는 느낌뿐이었다.

"잠시 이곳에서 기다리도록 하게."

크레이가 대답할 사이도 없이 안드레이는 건물을 향해 달려갔다. 재빠르게 건물 옆에 있는 나무 위로 올라간 안드레이는 다시 건물을 향해 몸을 날렸고, 소리없이 창문가에 내려서 다시 몸을 날리는 순간 3층 발코니에 내려섰다. 다시 몸을 날려 창문틀을 박차고 5층 발코니로 몸을 날렸다.

그런 식으로 안드레이는 눈 깜짝할 사이에 건물의 지붕에 올라설 수 있었다. 하지만 안드레이의 행동은 거기에서 멈추지 않았다. 지붕 위를 달려 건물의 양쪽에 위치한 첨탑에 오르기 시작한 것이다.

잠시 후 첨탑 위에 올라선 안드레이의 모습이 보였고, 어둠 속에 몸을 숨기고 있던 크레이는 너무나도 민첩한 안드레이의 행동에 감탄을 금치 못하면서 그가 왜 이곳으로 오자고 한 것인지 그제야 깨달을 수 있었다.

주위를 두리번거리던 안드레이는 곧 첨탑에서 내려왔고, 더욱 빠른 속도로 크레이에게 다가왔다.

"따라오게."

말과 함께 안드레이가 달려가자 크레이도 재빨리 그의 뒤를 따랐다.

"올라가서 보니 도시의 서쪽에서 상당한 숫자의 횃불이 움직이더군. 아마 렉스와 도네님도 곧 그쪽으로 올 걸세."

안드레이의 말에 크레이는 고개를 끄덕였다.

검은 로브에 후드까지 덮어써 자신의 모든 것을 감춘 사람 수백 명이 알아들을 수 없을 정도로 낮게 뭔가를 열심히 중얼거리고 있었다.

군데군데 있는 횃불과 머리끝까지 로브를 쓰고 있는 사람들, 기묘한 운율을 가진 채 들려오는 중얼거림, 그리고 그들의 몸을 휘감으며 피어오르는 정체 불명의 연기.

마치 어둠이 깊게 심호흡을 하는 것처럼 느껴지는 기괴한 모습이었다.

조금 떨어진 곳에서 그 모습을 바라보던 렉스는 더욱 집중해 그들의 중얼거리는 소리를 들으려 했지만 난생처음 들어보는 외국말처럼 단 한 마디도 알아들을 수 없었다.

"저 작자들 지금 뭐 하고 있는 거지?"

"미사라도 올리는 모양인데?"

도네의 말을 증명이라도 하듯 잠시 후 사람들의 중얼거림이 조금씩 잦아들자 그들 앞에 있던 단상 위로 오르는 사람이 있었다. 하지만 그자 역시 머리끝까지 로브를 뒤집어쓰고 있어 도저히 신원을 확인할 수 없었다.

그자가 양손을 치켜들자 주위는 곧 침묵 속에 빠져들었다.

"우리는 실로 오랜 시간 동안 참고 또 인내하면서 예정되었던 기회가 오기만을 기다려왔다. 그리고 마침내 그 약속된 시간이 도래했다."

"와~!"

"아모데우스님과 그를 믿고 따르는 어둠의 자식들이여~ 이제 너희의 세상이 도래한 것이다! 너희를 핍박하고, 너희를 괴롭게 만들고, 또 너희를 슬프게 만들었던 세상을 파괴하라! 그리하여 너희가 얼마나 고귀하고 위대한 존재인지를 그들에게 보여주자!"

"와와~!!"

"너희들의 뒤에는 너희만을 아끼고 사랑하시는 거룩하신 아모데우스님께서 계시다는 것을 잊지 마라! 그분은 암흑이시며, 혼돈이시며, 파괴이시고, 이 세상의 유일한 지배자이시니라! 너희는 진정으로 아모데우스님을 믿고 따르겠느냐?"

"믿습니다!"

"그분을 따르겠습니다!"

"너희는 그분을 위해 목숨을 바칠 수 있겠느냐?"

"기꺼이 바치겠습니다!"

"언제든 목숨을 바치겠습니다!"

"교단을 위해 비밀을 지키며 나아가 교단을 위해 헌신하겠느냐?"

"그렇게 하겠습니다!"

"너희들의 그러한 충실한 마음에 아모데우스님도 흡족해하실 것이다. 아모데우스님을 위해 너희가 가진 모든 것을 바치면 그분께서는 그 믿음에 대해 영적인 만족과 함께 지상의 모든 것을 지배할 수 있는 힘을 주실 것이다. 기뻐하라~ 환호하라~ 그리고 신에 대한 사랑을 그분께 보여라~"

단상에서 사람들에게 외치는 사내의 음성은 때로는 커지고, 또 때로는 작아져 사람들이 그의 말에 귀를 기울이게 만드는 힘이 있었다. 게다가 교묘한 설득력마저 가지고 있어 사람들을 더욱 집중하게 만들었다.

하지만 숨어서 지켜보던 렉스를 더욱 놀라게 만든 것은 단상 위에 있던 인간이 마지막 말을 마치는 순간 마치 마법처럼 사람들이 광란의 상태에 빠진 것 때문이었다.

광란이나 광신도들이란 말을 들어본 적은 있었지만 지금 자신들 눈앞에서 벌어지는 이 광경에 그 단어를 사용하기 적합한 말인지 다시 한 번 생각해 보아야만 할 것 같았기 때문이다.

단상 위에 있던 사내의 말이 끝나자 사람들은 일제히 자신이 뒤집어쓰고 있던 로브를 찢어발기며 환호성을 터뜨렸고, 울고, 웃고, 고함을 질렀다. 그리고 자신 곁에 있던 사람이 남자이든 여자이든, 아니면 어린아이이든 노인이든 구별하지 않고 열렬한 키스를 퍼부으면서 부둥켜안는 것이었다. 자신의 알몸이 드러나는 것을 개의치 않은 채 사람들은 노래 부르고, 제자리에서 뒹굴고, 껑충껑충 뛰었다.

렉스는 그러한 사람들의 모습에 충격을 받은 듯 멍하니 바라보고만 있었다. 그리고 그렇기는 그들과 조금 떨어진 곳에 도착한 크레이도 마찬가지였다. 이런 모습은 난생처음 보는 것이었다. 어떤 면에서는 공포스럽다는 생각마저 들었다.

그런 반면 안드레이는 벌써 자신의 검을 뽑아 든 채 단상 위에 올라서 있는 자를 노려보고 있었다.

검은 달 교단을 지난 10여 년 동안 쫓아다녔지만 그들이 어떤 방법으로 포교를 하는지, 또 어떤 자들이 교단을 꾸려가는지 도무지 알 수 없었다. 하지만 지금까지의 경험으로 봐서 단상 위에 있는 자가 이 자리에 모인 검은 달 교단과 연관이 있는 사람들 가운데 가장 지위가 높은 자라는 것은 쉽게 짐작할 수 있었다.

광란 상태에 빠진 사람들 가운데 일전에 보았던 어쎄신들이 있는지 없는지 확인할 수는 없었지만 대부분의 사람들이 무장을 하지 않은 것만큼은 확실해 보였다.

조금 떨어진 곳에 있던 렉스에게 손짓으로 자신이 단상 위의 인물을 잡겠다는 신호를 보냈다. 렉스가 알았다는 듯 고개를 끄덕이자 안드레이는 서서히 호흡을 가다듬었다.

지금과 같은 상황에서 흥분을 한다는 것은 치명적인 실수를 불러올 수도 있다는 것을 누구보다 잘 알고 있기 때문이었다. 아니, 그보다 애써 찾은 단서를 놓칠까 봐 조바심을 진정시키기 위해서였다.

크레이가 앞장섰고 안드레이가 후방을 경계하며 신중한 몸놀림으로 뒤를 따랐다.

두 사람, 아니, 네 사람이 광란의 현장으로 다가설 때였다.

앞장서서 걸음을 옮기던 크레이는 뭔가 비릿한 냄새가 바람에 실려 오는 것을 느꼈다. 그리고 불과 세 걸음을 옮기기도 전에 머리 속이 하얗게 변하는 것을 느끼며 그 자리에 쓰러지고 말았다.

앞서 걷던 크레이가 갑작스럽게 기절해 버리자 세 사람은 깜짝 놀라 걸음을 멈췄다. 동시에 바람결에 풍기는 비릿한 냄새를 맡을 수 있었다.

세 사람은 거의 동시에 황급히 숨을 멈췄다. 도네는 그 냄새가 비록 독은 아니지만 강력한 환각 작용을 일으키게 만드는 힘이 가지고 있다는 것을 깨닫고는 재빨리 정화 주문을 캐스팅했다.

"퍼게이션!"

붉은색의 연기처럼 보이는 마나가 잠시 네 사람들을 둘러쌌다가 곧 사라졌다. 그러나 들이마신 양이 많아서인지 크레이는 좀처럼 깨어날 줄 몰랐다.

그래도 그가 무사하다는 것에 렉스와 안드레이가 안심할 때였다.

"감히 네놈들은 누구인데 이 신성한 대지에 더러운 발을 들여놓은 것이냐?"

〈2권에서 계속〉

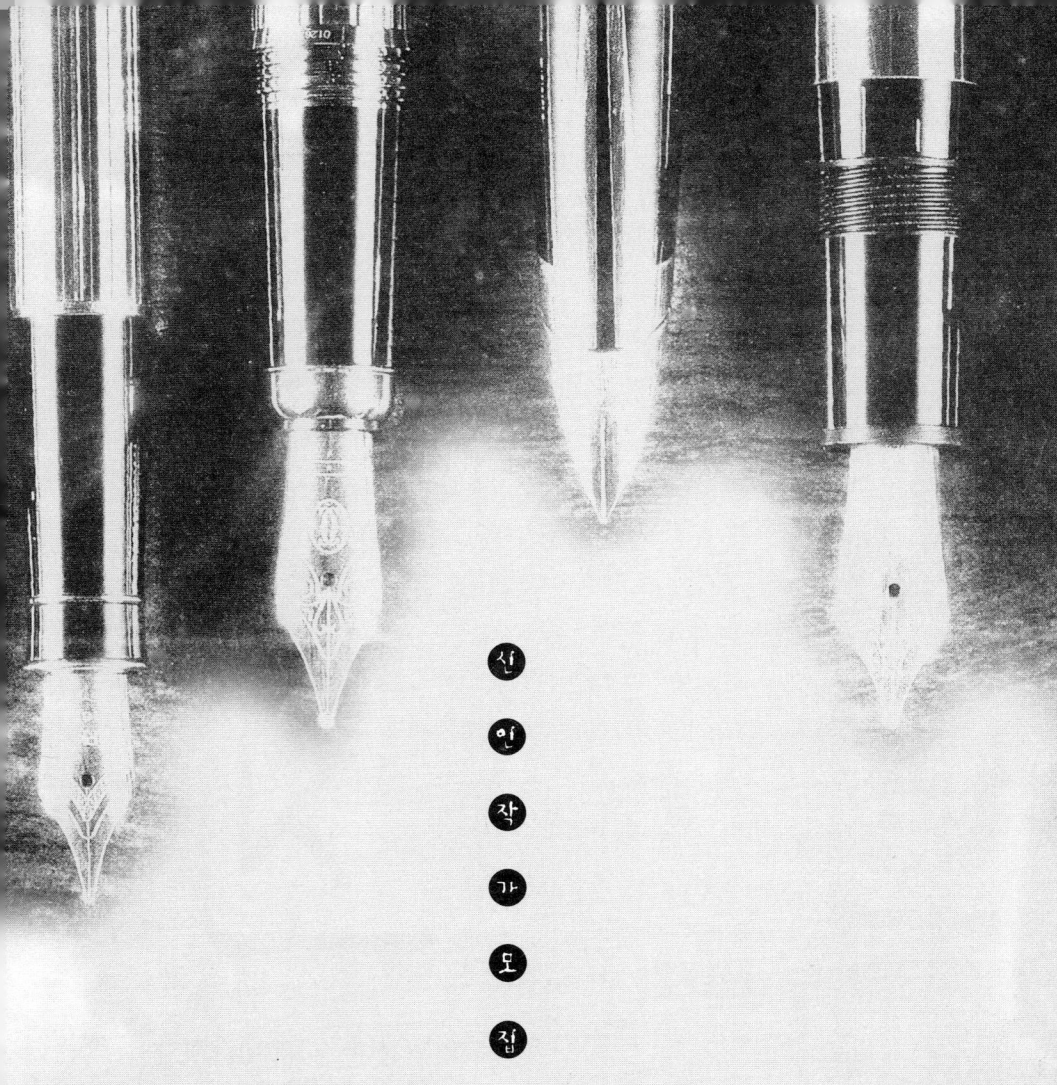

신
인
작
가
모
집

시작이 반이라고 했습니다.
작가의 길에 대한 보이지 않는 벽을 과감히 깨뜨리십시오!
청어람은 작가 지망생 여러분들의
멋진 방향타가 되어드리겠습니다.

저희 도서출판 청어람에서는
소설 신인 작가분들을 모집합니다.
판타지와 무협을 사랑하시는 분들의 많은 참여를 바랍니다.
소정의 원고(A4용지 150매)를 메일이나 우편으로 보내주시면
검토 후 출판 여부를 알려드리겠습니다.

주소:경기도 부천시 원미구 심곡1동 350-1 남성B/D 3F 우편번호420-011
TEL:032-656-4452 ·**FAX**:032-656-4453
http://**www.chungeoram.com**
e-mail:chungeoram@chungeoram.com